다정한

얼룩

# 다정한 얼룩

## 어떤 남자들에 대하여

한량

# 차례

# 프롤로그

"나 가스라이팅 하지 마."

어느 날 문득 남편이 말했다. 그 말을 듣고서 속으
로 뜨끔했지만 태연한 얼굴로 지난 햇수를 세어보았다.
연애 2년에 함께 산 지는 꽉 채운 9년, 합으로 10년이 넘
어가니 이제 슬슬 눈치를 챘단 말인가. 강산이 변할 지
경에 이르러서야 똑똑해진 저 사람을 어떡한담. 슬그머
니 찔린 나는 말을 더듬어가며 쏘아붙인다.

"너, 너, 그 말 어떻게 알았어?"

아무래도 트위터의 똑똑한 여자들이 말하는 걸 주
워들었을 확률이 높아 보인다. 나는 트위터를 안 하지
만 그곳에 똑똑한 이들이 많다는 것은 안다. 그 덕에 남

편이 깨우치게 된 것은 살짝 유감이지만. 이런 생각들을 하느라 내 표정이 제법 실룩거렸나 보다.

"니가 하도 그래서 집에서도 긴장의 끈을 못 놓아. 내가."

"어허, 그 끈 쉽게 놓을 생각 마."

다시 한번 매몰차게 고삐를 채어본다. 더불어 앞으로의 10년을 채비할 필요를 느낀다. 그러면서 이 날의 일을 원고에 써야지, 하고 몰래 메모했다.

그렇게 쌓인 메모들이 책이 되었다.

여기 나를 스치고 머무르고 남은 남자들의 이야기가 있다. 많이 사랑하고 몹시 미워하던 이들. 좋을 때나 싫을 때나 기대고 실망하고, 위로하며 부대끼곤 했던 사람들. 그들과 함께한 기억들을 떠올리며 나는 나의 어리고 어리석음에 얼굴이 화끈해지기도, 괜시리 눈가가 촉촉해지기도 했다. 물론 쓸데없이 애틋해질 때도 있었다. 그래서 원고를 쓰는 동안 늘 감정이 충만해 있었다. 몇 번의 계절이 바뀐 후 책상 앞에서 보낸 날들을 돌아보니 과람하게 좋은 시간이었다.

이 모자라고 서투른 기록들이 어떤 의미를 가지게

될까. 마음에 슬그머니 깃드는 것은 기대와 두려움이다. 부디 좋은 곳에 가 닿기를 종이배를 띄우는 마음으로 기원한다.

01

가족이란
여러 번 던진
주사위의 합일까

## 어떻게 만났냐면요, 길에서 주웠어요

남편과 어떻게 만났느냐는 질문을 들을 땐 언제나 조금 멋쩍어졌다. 내 대답은 그때그때 달라진다. 콘서트에서 만났어요. 길에서 주웠어요. 그냥 어쩌다 보니 그렇게 되었어요. 직접 혹은 건너 건너 소식을 듣는 이들역시 자기 나름의 해석을 붙이는 모양이다. 결혼을 얼마 남기지 않고 만난 이모부는 화색 도는 얼굴로 물어왔다.

"너희 음악회에서 만났다며!"

듣는 순간 웃고 말았지만 사실 틀린 말은 아니나. 이모부가 꺼낸 '음악회'라는 단어 하나에 20세기 초반의 소설이 떠오른다. 종달새나 제비처럼 멋들어지게 정장을 차려입은 젊은이들이 커다란 홀에 모여 웅성거린다. 오고 가는 곁눈질과 공중에 피어오르는 웃음들. 열심히 부리도 깃도 매만지며 추파를 던져본다. 그리고 짝을 만나 오순도순 사랑을 싹틔워 간다. 마치 한 쌍의 원앙들처럼.

우리가 처음 만난 날의 기억을 더듬어본다. 그날 뭘 입었더라? 이제 와 하는 말이지만 다른 남자의 티셔츠를 입은 채였다. 전날 밤을 꼬박 지새웠고 그것도 모자라 늦은 오후까지 꾸물거리다 굼뜬 엉덩이를 뗐다. 옷을 빌려주거나 빌려 입거나 아무런 스스럼이 없던 사이였다. 우리는 소설을 써보겠다고 모인 습작생들이었다. 매주 열심히 짧은 글을 써 와서는 함께 읽고 평을 나눴다. 새하얀 형광등 불빛 아래 둘러앉아 펜을 굴리며 줄을 그었고, 2쪽 모아찍기로 인쇄해 온 잔잔한 글씨들로 즐거이 눈을 혹사시켰다. 그러곤 장소를 옮겨 자리를 이어갔다. 밤은 길고 할 이야기는 넘치도록 많았다. 무엇보다 그곳엔 추하게 술을 마시는 이가 없었다. 1박 2일, 혹은 2박 3일로 이어지는 술자리에서도 토하는 이 하나 없고, 못 볼 꼴 보이는 이도 하나 없었다. 그때 알았다. 마음 맞는 이들과 마시는 자리는 취할 새가 없구나. 사실 이것만큼 연비 나쁜 일도 없다. 부어라 마시는데도 눈은 말똥말똥하다. 행여 대화의 흐름을 못 따라갈세라 귀는 쫑긋거린다. 서로 무릎을 치며 웃느라 바쁘다. 그렇게 밤을 새며 마시려면 어딘가 아늑한 곳에 모여 뭉개는 것이 최고다. 그러기에 명륜장 만한 곳이 없었다.

명륜장은 서울 종로구 명륜동에 있어 그런 이름이 붙었다. 주인이 살기 위해 튼튼하게 지은 옥탑방이라던데 그 말이 빈말이 아니었는지 한겨울에도 추위를 몰랐다. 어디 그것뿐이랴. 놀랍게도 화장실엔 제대로 된 욕조도 있었다. 명륜장 주인은 하루에 한 번씩 반신욕을 즐긴다고 해서 우리를 놀라게 했다. 그건 자취생치고 너무 사치스러운 느낌을 주었으니까. 자기가 무슨 로마 귀족이야? 당연히 농담이겠지, 생각했지만 놀랍게도 우리가 모여 놀고 있는 사이에도 그는 길고 여유로운 목욕 시간을 보냈다. 말과 행동이 참으로 일치하는 사람이었다. 더 인상 깊은 것은 욕조 위의 창 너머로 명륜당이 내려다 보인다는 거였다. 성균관 유생들이 숙식하며 공부했나는 명륜딩 마딩엔 노린 은행니무 잎 들이 그득했다. 우리도 유생들처럼 진지하게 모여 소설을 읽고 토론을 나눴으면 좋았을 텐데 대개는 그냥 술을 마셨다. 신기한 것은 또 있었다. 몹시 자취방다운 행거 뒤에는 전혀 자취생의 물건 같지 않은 달마도 액자가 숨어 있었다.

"저게 여기 왜 있어?"

물으면 명륜장의 주인은 달마대사에 얽힌 이야기를 늘어놓았다. 고향의 어머니가 용한 점집에서 점을 보고는 아들의 액운을 막기 위해 가져다둔 것이라고 했다. 한눈에도 아주 비싼 값을 주었을 듯싶은 달마도였다.

"어머니, 그런다고 막아질 액운이 아닌 것 같습니다. 그냥 아드님 자체가 액운인 느낌인데요."

좌중의 생각은 정확히 일치했다.

달마대사의 가호를 받으며 이어지는 술자리는 어쩐지 은혜로웠다. 지치지 않고 취하지 않고 이야기들이 이어졌다. 사실 달마도는 아무것도 아니었다. 해마다 새로 부적을 받아오고 기도도 많이 올리던 어머니 덕에 그는 불에 사르는 부적 위를 뛰어넘은 적도 있다고 했다. 대체 당신의 운명은 어떠하기에 그토록 많은 액막이가 필요한 것인지 의문스러워졌다. 정작 본인은 이 모든 전설과 설화를 즐거운 농담으로 바꿔놓았다. 깔깔 웃다가 맑은 공기 마시러 현관문을 열면 별이 또록 빛났다. 옹기종기 앉은 옥탑의 마당엔 교회 첨탑의 그림자가 드리웠다. 달마도와 십자가 그리고 마르지 않는 알코올의 샘. 그 어떤 악도 액도 발붙일 틈이 없었다.

"이만 가볼게. 내일, 아니 이제 가서 씻고 출근해야지?"

신새벽의 발소리들이 골목을 울렸다. 어떤 의미론 정말 성실한 걸음들이었다.

그날도 그랬다. 강원도에 다녀온 언니는 지역 막걸리를 사왔고, 제주에 다녀온 이는 글렌피딕을 들고 왔다. 유명한 비빔국수를 포장해온 언니는 야무지게 국수를 삶은 다음 더 야무진 손놀림으로 척척 비벼준다. 채 썬 오이 위로 통조림 골뱅이도 턱턱 얹었다. 누군가의 가방에선 풍선이 와르르 나온다. 왜 풍선을 들고 다녀? 하고 묻기도 전에 하나씩 불어 머리에 대고 문지른다. 올올이 곤두선 머리를 하고서 천장으로 풍선을 던진다. 정전기 덕에 풍선은 천장에 턱턱 붙었다. 생일도 기념일도 아닌데 색색의 풍선들 아래서 실패한 고백과 망친 언에, 치참힌 이별들을 안주 삼는다. 겪은, 직접 들은, 혹은 멀리 멀리 전해 들은 이야기들이 상 위로 쏟아졌다.

"술상이 깔끔해야 술자리가 오래 가."

길이 남길 전언을 들은 것도 그곳에서다. 빈 병은 한데 모으고 다 비운 접시들은 치운다. 과자 봉지는 반듯하게 접어 쪽지 모양으로 만든다. 나는 그 술자리가 아주 오래 가길 바란 사람들 중 하나였다. 그 노력이 헛되지 않았는지 술자리는 오래오래 이어져 아침도 먹고 점심도 먹고 나서야 떠날 시간이 되었다.

"나 이제 콘서트 가야 해. 옷 하나만 빌려줘."

그는 행거를 뒤져 티셔츠를 찾았다. 옷걸이가 챙챙 부딪치는 사이 달마대사가 그윽한 눈빛을 보낸다. 꺼내 준 것은 아디다스 래글런 티셔츠다.

"이거면 되겠냐?"

"응, 내가 세탁해서 가져다 줄게."

"콘서트 갔다가 다시 오려면 와."

"그래, 알았어."

토요일 늦은 오후였다. 티셔츠에선 내가 쓰는 것과 다른 섬유유연제 향이 났다. 아무래도 이 사람, 꼴에 깔끔하긴 하다.

나는 분위기에 쉽게 물드는 사람이다. 느적느적 나

사가 빠진 듯한 시간을 보내다 왔는데 공연장에 오니 심장이 쿵쿵 뛴다. 일상과는 동떨어진 세상처럼 공연장 다운 무드가 있다. 커다란 스피커에서 쿵쿵 울려 나오는 소리와 무대에 깔리는 스모그 그리고 오늘따라 조금 더 신경 쓴 차림새들도 눈에 띈다. 나는 슬그머니 빌린 티셔츠의 소매를 만지작거린다. 그동안 얼마나 기다려 왔던가. 오늘은 크라잉넛의 15주년 콘서트다. 조명이 꺼지고 익숙한 멜로디가 흘러나온다. 프랭크 시나트라의 '마이 웨이'를 번안한 크라잉넛의 '마이 웨이'다. 그 음악을 배경으로 지난 15년의 사진과 영상들이 스크린을 채운다. 지금보다 한껏 어린 얼굴들이 기타를 바닥에 내려치고 옷을 거칠게 찢는다. 입안 가득 채운 맥주를 공중에 뿜고 관중의 뻗은 손 위로 몸을 던진다. 씩씩거리며 숨을 고르는 와중에도 눈빛만은 형형하다. 거기서 눈물 흘리지 않을 팬이 있을까? 아니, 가슴 치지 않을 사람이 있을까? 어깨를 들썩거리며 입술을 깨물고 발돋움을 하며 주먹을 높이 쳐든다. 흡사 궐기대회의 한 장면 같기도 하나. 오늘 우리는 무엇을 위해 모였는가? 모두 답을 구하기 위해 달리고들 있다. 훌렁훌렁 윗옷을 벗어던진 이도 있다. 돌고래마냥 크게 뛰어오르는 이도 있다. 나는 작게 하지만 있는 힘을 다해 제자리에서 뛴다. 그 보폭과 높이는 아마 날치 정도 되었을까. 아무튼 다들 헉헉거리고 있다.

숨을 돌리기 위한 막간의 짧은 토크 순서. 다음 곡으로 넘어가기 위해 캡틴락이 멘트를 던진다.

"인생에서 가장 힘든 순간이 언제였는지 아세요?"

"군대!"

객석의 누군가 큰 소리로 외친다. 그 소리가 너무 쩌렁쩌렁해 캡틴락은 푸핫 웃음을 터뜨린다. 안 그래도 반달 모양인 눈이 더욱 둥글게 휜다. 그러더니 소리가 들린 쪽을 향해 고개를 돌린다. 환한 조명을 피해 손차양을 하고서 방금의 외침을 찾는다. 이윽고 소리 지른 이와 눈이 마주쳤는지 무대 위로 올라오라고 청한다. 객석에서도 웃음이 인다. 사양 않고 무대로 뛰어오른 이는 마이크 앞에 서더니 자기소개를 한다. 쭈뼛대는 기색은 전혀 없이 현재 복무 중인 군인이라 말한다. 말아쥔 주먹으로 차렷 자세를 하는데 동작엔 각이 제대로 서 있다. 관등성명 분위기에 느닷없이 학번까지 실토하고 마는데 나와 같은 학번이다. 동갑내기려나? 싶다. 그러더니 오늘 분위기가 아주 좋다며 너스레를 떤다. 사람들은 다시금 웃는다. 물론 나도 웃는다.

"크라잉넛 팬들을 향해서 경례 부탁드립니다."

캡틴락의 말에 무대 위 군인은 거수경례를 한다. 그에 맞춰 전주가 흘러나온다. 기상나팔 소리와 함께 시작된 노래는 제목부터 '군바리230'이다. 한날한시 함께 입대해 군악대로 복무를 마친 크라잉넛의 곡인만큼 무대 위 군인의 마음도 자못 들떠보인다. 그래도 그렇지, 경례를 마친 군인은 우향우, 우향우, 절도 있는 걸음걸이로 자리로 돌아가는 대신 갑자기 요란스레 뛰어오른다. 그러더니 무대 위 깔린 전선과 앰프 사이로 껑충껑충 뛴다. 저건 돌고래도 날치도 아닌, 뭐랄까. 노루나 얼룩말 같다. 크라잉넛은 웃으면서도 연주와 노래를 이어가는데 보다 못한 경호원이 군인을 잡으러 뛰어온다. 군인은 요리조리 도망다니다 이내 끌려 내려간다. 끌려가는 순간에도 펄떡거린다. 아마 신발도 벗어 던졌던 것 같다. 아니, 던져졌던가?

분위기가 날아오르나. 남은 시간도 요란스레 딜리고 나니 막이 내린다. 앵콜에 앵콜, 진짜 마지막 앵콜까지 마치고 크라잉넛은 손을 흔들며 퇴장했다. 객석에도 불이 켜지고 상기된 얼굴의 사람들이 주섬주섬 짐을 챙긴다. 나도 공연장을 빠져나온다. 땀이 흠뻑 났다. 명륜장에 다시 돌아가기엔 다소 피곤하다. 바로 지하철을 타기엔 조금 더워 역으로 향하는 길의 불 꺼진 가게 앞에 주저앉는다. 여기서 잠시 땀을 식히려 한다. 어둠이 내린 거리엔 공연장에서 나온 사람들이 역 방향으로 걷고 있다. 그때다. 아까의 그 군인이 보인다. 무슨 용기였을까. 나는 갑자기 말을 건다.

"저기요."

걷고 있던 사람들이 고개를 돌린다. 나는 군인에게 눈을 맞추고 다시 말한다.

"저기요."

"저요?"

군인은 주춤주춤 내게로 걸어온다. 그렇게 시작되었다.

봄이었고 밤이었다.


술 한 잔 안 마신 매끈한 정신으로 처음 보는 사람에게 말을 건 나다. 그 장면을 여러 번 복기할 때마다 새로 얻게 되는 정보들이 있다. 군인은 원래 고등학교 친

24

구와 공연에 함께 가기로 약속했었다. 둘 다 크라잉넛의 아주 오랜 팬이었기 때문에 하루하루 설레는 마음으로 기다렸다. 그런데 공연 전날 친구가 자전거를 타다 넘어지고 말았다. 살짝 생채기 난 것도 아니고, 조금 접지른 것도 아니었다. 그만 두 팔이 모두 부러지고 말았다. 그 몸으로 펑크락 공연이라니, 큰일 날 소리다. 그러면 혼자라도 괜찮을까, 망설이다 가게 된 공연이라고 했다.

군인은 말한다.

"아마 친구와 갔으면 마치고 다른 방향으로 샜을 거야. 혼자 갔으니 역 방향으로 가고 있었던 거였고."

이제 막 서로를 알아가기 시작한 우리는 모든 이들이 하는 일들을 한다. 아주 사소한 것들에 커다란 필연을 덧붙여댄다. 말 끝마다 들뜬 추임새를 넣는다.

"그러게, 그냥 다른 길로 갔으면 만날 일도 없었지."

"알아? 나 그때 무대 아래에서 신발 찾느라 늦게 나온 거야. 빨리 나왔으면 타이밍도 안 맞았을지 몰라."

"난 지하철 타러 가려다 땀 식히려고 앉아 있었거든."

"맞아, 맞아. 가로수 그늘 아래서 너가 날 부르는데

약간 쫄았었잖아. 얌마, 너 이리 와 봐. 그러는 모습이 프로레슬러 같았어.”

키득거리며 덧붙이는 사족에 움찔하게 된다. 프로레슬러라, 그 봄에 내가 헤어스타일을 바꾸긴 했다. 책 읽고 글 쓰고 술 마시고 나서도 또 붙어다닐 명분이 필요했는지 명륜장 멤버 셋이서 미용실에 갔었다. 셋이서 나란히 앉아 야무지게 롤을 말았다. 숱 많은 머리는 쉽게도 부풀어 작은 바람에도 훅훅 나부꼈다. 아무렴 그래도 그렇지. 그렇게까지 대단한 포스였을까? 당황한 나를 놀리느라 장면 묘사는 더욱 과감해진다.

“응, 다리도 딱 이렇게 해 가지고, 손짓을 까딱까딱. 부르는데 안 가면 어떻게 될지 몰라서 굽신거리면서 갔었지.”

그러니까 남편과의 만남을 요약하자면 이렇다. 콘서트장에서 만나긴 했는데, 주운 건 늦은 밤 길거리에서였으며, 어쩌다 보니까 조금 무섭게 만들었다는 거. 일이 그렇게 되었다. 얌마, 하며 이제는 어깨를 툭 치고 넘어갈 일이다. 아니면 어쩌겠는가?

# 우당탕탕 연애역정

군인은 머나먼 남쪽 바닷가 마을에서 복무하고 있었다. 휴가와 휴가 사이 우리는 매일 밤 통화를 했다. 나는 나의 자취방에서 군인은 그의 숙소에서 하루 일과를 마치면 자연스레 벨이 울렸다. 다소 고전적인 느낌의 연락이었다. 이야기를 나누는 밤은 길었고 지새울 체력도 충분했다. 처음 짐작했던 것처럼 나이는 동갑, 하지만 아직 어색하니 존댓말을 썼다. 아무래도 공연장에서 만났으니 음악에 대해 할 이야기들이 많았다. 좋아하던 라디오, 즐겨 듣던 음악, 언센가 갔던 공연들에 대해 쉼 없이 이야기를 나눴다.

"그때 저도 거기 있었어요. 맞아요. 맞아. 다 같이

떼창 부르고 진짜 좋았는데."

그 공연의 마지막 날, 헤드라이너의 무대이니만큼 구름 같은 관중들이 모인 자리였다. 나는 나의 친구들과, 군인은 군인의 친구들과 함께였다. 많은 이들이 모인 자리였으니 이건 우연의 우연이라고도 하기 어려운 일이다. 그렇지만 역시 손쉽게 해석하고 만다. '우리는 참 많은 공통점을 가지고 있구나'라고.

헤아려 꼽을 것은 많았다. 같은 해, 같은 달에 태어났다. 같은 혈액형에 성별 다른 동생이 있는 첫째란 점도 같았다. 바다가 있는 도시에서 고등학교를 졸업해 서울로 대학을 왔고, 그때부터 줄곧 부모 슬하를 떠나 살았다. 알고 보니 대학 시절 살던 곳도 그리 멀지 않은 동네였다. 마을버스도 여럿 다니고 쉬엄쉬엄 걸어서도 오갈 수 있는 거리다.

"그럼 어쩜 우리 대학생 때도 우연히 스치지 않았을까요?"

"음, 그랬을 수도 있겠죠?"

이쯤 되면 다정도 병이 아니라 망상도 병일지 모른다. 그러나 눈에 뭔가 쓰인 이들에겐 사소한 지표도 중요한 증표가 된다. 우리가 만난 것은 우연이 아니라, 반드시 일어나야 했을 일이라고. 루시드폴도 그랬다. "만날 것들은 만나게 되리."

두 번째 만남은 한 달 후였다. 전화 통화로 서로를 많이 알게 되었다고 느꼈지만 막상 다시 만난다고 생각하니 떨리긴 했다. 안 떨어야지, 적어도 떨리는 티는 안 내야지. 이런 생각을 할수록 더 어색해졌다. 여러모로 미숙하고 서툰 스물 여섯이었다. 상수역과 합정역 사이, 저 멀리 걸어오는 사람이 보인다. 점점 거리가 가까워져 손을 들어 아는 체한다. 뭔가 어색하지만 반가운 마음이 더 앞선다. 늦은 저녁 식사와 맥주, 사케, 다시 맥주. 과연 흥이 무르익을 만도 했다. 웃고 떠들다 보니 놀이터 미끄럼틀 위에 나란히 앉아 있었다. 사람들의 정수리가 우리 무릎 아래로 달랑거린다. 통화할 때처럼 주거니 받거니 별 시시껄렁한 농담들을 한다. 농담은 농담인데 존댓말로 하는 농담이다. 나 원 참, 뭐가 좋다고 이렇게 깔깔 웃을 일인지. 흥겹고 신나는 건 이해하는데 왜 이 야밤에 같이 노래를 부르고 있는 건지. 도저히 알다가도 모르겠다. 이어폰을 하나씩 나눠 끼고 크라잉넛의 '새'

를 부른다. 말랑말랑하고 귀여운 멜로디는 서글픈 가사
를 담고 있다.


　　잘 가요 마이 달링 그렇게 울지 말아요
　　수줍고 달콤했던 키스 머릿속을 떠나지 않네
　　이렇게 끝이 났지만 후회는 안 할 거예요
　　왜냐면 나의 그대는 새처럼 날아갔으니
　　새파랗고 높은 하늘 하늘 위엔 아마
　　오존층이 파괴됐겠지 그러면 안 되는데
　　잘 가요 저기 멀리


　고개는 까딱거리고 손으로는 무릎을 치며 박자를
맞춘다. 미끄럼틀이 좁은 탓에 어느새 한 뼘 안 되는 거
리로 붙어 앉았다. 아무래도 그러다 훅 가까워진 느낌
이다.
　"이제 전 가봐야 할 것 같아요."
　나의 목소리는 적당히 새초롬한데 시간은 새벽 4시
다. 새벽 4시야말로 첫 번째 데이트를 마치기 적당한 시
간이다. 거리는 한산하고 택시 할증도 풀렸으니 합리적
인 가격으로 빠르게 돌아갈 수 있다.

"다음에 다시 만날 수 있을까요?"

답은 둘 다 알고 있었다. 그리 멀지 않은 시기에 다시 만나게 될 거라고. 각자의 방식대로 오늘 밤을 기억하게 될 거라고.


세 번째 만남에 입을 맞췄다. 상당히 인상 깊었다고 요약해둔다.


아무 때나 만나고 싶을 때 만날 수 없는 게 군인과의 연애란 것을 알게 되었다. 그게 우릴 더 애타게 만든다는 것도 알 수 있었다. 오랜만의 재회는 주로 기차역에서 이루어졌다. 이제는 겸연쩍은 얼굴로 조심스레 손 흔들어 인사하지 않는다. 수줍게 고개를 숙이지도 않는다. 밀려오는 사람들 중 서로를 발견하자마자 뛴다. 다다다다 달려온 관성을 이용해 펄쩍 뛰어오른다. 이산가족 상봉 저리 가라의 자세로 안고 빙글빙글 돈다. 치맛단 움켜쥐고 휘휘 도는 민속무용이 따로 없다. 돌고 돌아 무아시경으로 떠나는 여행이다. 서울로, 또 군인이 복무하는 곳으로, 아니면 둘 다 새로운 곳으로. 데이트는 전국구로 이루어진다. 그러니 전국 방방곡곡의 기차역에서 빙글빙글 돌기를 했다는 이야기다. 그때는 왜 그렇게 체력이 좋았을까. 가히 쇠도 씹어 먹을 나이여서 그랬을까.

기다려 온 영화를 씨네큐브에서 본다. 영화 이야기를 하며 정동길의 모든 갈래를 샅샅이 누빈다. 헤어지기 싫은 만큼 자꾸만 걸음이 느려진다. 다리도 쉴 겸 구세군회관의 벤치에 앉아 음악을 나눠 듣는다. 그러다 보니 어느새 밤 그리고 새벽이 된다. 이게 웬 떡이냐 달려드는 모기를 쫓느라 손부채질을 하면서도 떠날 줄을 모른다. 미대사관저를 지키는 의경은 우리가 신경 쓰이는 눈치다. 어서 좀 가줬으면 하는 눈길로 자꾸 순찰을 돈다. 그제서야 슬금슬금 일어나 큰길로 나오니 하늘색이 달라져 있다. 종로1가를 가리키는 커다란 표지판 아래로 세종대로를 달리는 버스들이 보인다. 우리는 그 모두를 바라보며 앉아, 아니 누워 있다. 보도 위의 나무데크에 누워 오늘의 마법 같은 순간들이 저무는 것을 본다. 종일 걸어다닌 우리의 발바닥은 꼬질꼬질 거무튀튀하다. 군인의 동생이 오빠 대체 언니랑 뭘 하고 노느냐고 물어볼 만큼. 응, 매일 만나서 온 동네를 돌아다녔지. 매번 짧게만 느껴지던 휴가가 끝나는 날까지. 그런 순간들이 모이고 모이니 과연 제대도 가까워졌다.

　전역을 얼마 안 남기고서 우린 몇 가지 작당을 했다. 그중에는 이루어진 것도, 이루지 못한 것도 있다.
　"같이 여행 갈래?"
　제안한 것은 나였다. 이미 매 휴가마다 가방을 꾸려 다니면서도 왜 그런 생각을 했을까. 나는 군인과 길고 긴 여행을 떠나고 싶었다. 기껏해야 한 손으로 다 헤아릴 수 있는 휴가 말고 아주 긴 날들을 보내고 싶었다. 무엇보다 기차표 시각을 미뤄가며 아쉬워하고 싶지 않았고, 이왕이면 낯선 곳들을 떠돌기를 원했다. 군인의 제안은 다소 급진적이었다.
　"우리 혼인신고 할래?"
　헤어지지 않고 싶어 그런다기엔 부연 설명이 필요했다. 그가 든 이유는 이러했다. 혼인신고를 근거로 결혼휴가를 받을 수 있다는 것이다. 이번엔 그렇게 여행을 디너오고 나중에 진짜 결혼하고 나서는 군내 아닌 사회에 속해 있을 테니 다시 결혼휴가를 갈 수 있다는 거다. 한마디로 휴가에 미친 놈 같았다.

{ 주사위의 합일까 여러 번 던진 가족이란 }

"뭐야, 말이 되는 소리를 해."

일축했지만 자꾸 듣다보니 은근히 설득력 있게 들렸다. 나에겐 이 문제를 의논할 사람이 필요했다. 엄마에게 물어봤다가는 듣는 순간 뒷목 잡을 게 뻔했다. 그 다음으로 물어볼 사람을 찾아야 했다. 나를 아껴 진심어린 조언을 해줄 사람. 다음 번 명륜장 모임에 가서 들은 그대로를 털어놓았다. 세상사 모든 것에 활짝 열려 있는 언니들이 내 손을 붙잡고 만류했다. "그건 너무 성급한 일이야." "그냥 제대하면 여행을 가." "혼인신고는 나중에 해도 늦지 않아." 언니들의 진심이 다가왔다. 그제서야 정신이 번쩍 들었다. 그래, 결혼이라니. 그건 아직 멀고 먼 이야기지. 우리 그냥 긴 여행을 가자. 군인이 휴가에 미쳤다면 난 여행에 미친 것이라 할 수 있었다. 맞다, 이젠 군인이 아니지. 함께 올랐던 유달산에서 따온 달이란 별명도 붙여주었다.

6월에 제대, 7월에 출발, 8월에 귀국하는 계획을 짰다. 길 위에서만 한 달 동안 떠도는 여정이었다. 첫 기착지는 바르셀로나, 그 다음 마드리드에 들렀다가 이탈리아로 넘어간다. 로마에서 소렌토를 거쳐 피렌체와 베로

나 그리고 베네치아에서 터키로 향한다. 순전히 터키 항공을 고른 덕에 귀국길 스탑 오버로 이스탄불에서 닷새를 보내기로 했다. 지금보다 세계가 평화로웠다고 느꼈던 것은 물정에 어두운 눈 탓이었을까, 서로만 보느라 다른 것들을 볼 겨를이 없었기 때문일까. 우리는 겁 없이 가방을 꾸렸다. 달은 든 것도 별로 없는 체크카드를 많이 만들었다. 혹여 지갑이나 가방을 털려도 여행을 이어갈 수 있도록 여러 장의 카드와 현금을 나눠 곳곳에 숨겼다. 돈을 찾기 위해선 도둑뿐 아니라 우리도 숨은 보물 찾기를 해야 할 지경이었다.

나는 여행 노트를 만들었다. 거기엔 우리의 여정이 큼직큼직한 여백 사이에 자리잡고 있었다. 빈칸을 많이 만든 이유는 여행 틈틈이 채우기 위해서였다. 그러기 위해 필통과 펜도 야무지게 챙겼다. 친구들에겐 주소를 달라고 했다. 엽서를 잔뜩 쓸 요량이었다. 한쪽 어깨가 기울도록 묵직한 필름 카메라는 호신용으로 챙겼다. 농담이다. 트렁크 꽉꽉 필름을 채웠다. 지금보다 필름이 쌌던 시절이었고 셔터를 핑핑 누르는 것이 나의 호사였다.

준비가 끝나갈 무렵, 달은 각자의 부모님께 우리의 여행 계획을 알려야 한다고 했다. 나는 그렇게까지 자세히 알리고 싶지 않았다. 그냥 뭐, 혼자 혹은 동성의 친구와 간다고 부모님이 생각하길 바랐다. 괜히 논쟁이 될 만한 일을 만들고 싶지 않았기 때문이다. 사실 말하지 않으면 알 수도 없는 일이었다. 하지만 달의 태도는 진지했다. 맑고 담백했다고 할까. 나는 그 기세에 매료되어 비슷한 어조로 부모님께 전했다. 비행기표 예약을 비롯해 여정의 큰 그림은 모두 그려둔 참이었으니 사실 통보에 가까웠다.

"뭐라고? 너희가 한 달씩이나 여행을 간다고?"

"응, 조심히 잘 다녀올게요."

"어? 어, 그래. 그래. 조심히 다녀와라."

부모님은 매우 놀란 눈치였다. 놀라긴 했는데, 내가 너무 당당하게 말하니 트집을 잡기 어려워 보였다. 당황해 어물어물하다 본의 아니게 쿨한 부모님이 되어버렸다. 걱정한 것보다 쉽게 허락이 떨어졌다. 아니, 허락이 아니다. 이번 여름 나의 거취에 대한 정보를 알리고, 부모님은 이를 인지했을 뿐이다. 떠나는 날 아침 공항에서의 짧은 통화에서 부모님의 인사는 간단했다. 재미있게 또 안전하게 잘 다녀오길. 물론 그 안전에 여러 가지의 안전이 담겨 있음을 이제는 안다.

그러거나 말거나 우리는 천둥벌거숭이들처럼 신이 났다. 헤어지지 않고 한 달을 꼭 붙어 있을 수 있다는 사실에 들떴다. 아름다운 것들을 바라보며 맛있는 음식을 잔뜩 먹는다. 농담과 농담 사이를 건너다니며 도시를 누빈다. 그러다 대판 싸우기도 한다. 낯선 언어들 속에서 으뜸가는 모국어 실력으로 다다다다 날선 말을 뱉는다. 그렇지, 이 거리에서 한국말 제일 잘하는 건 나야. 제일 잘 알아듣는 건 너고. 행간에 숨은 비아냥과 들숨과 날숨 사이의 한숨까지 동원해 열심인 우리다. 까페 앞 테이블에 앉아 한참을 싸우고 났더니 웬걸, 들고 다니던 에코백이 없어졌다. 분명 바로 옆 의자 위에 올려두었는데 말이다. 조금 전 어색하게 이 주변을 얼쩡거리던 애들인가? 살짝 수상하긴 했는데 지니고 있던 필름 카메라로 내려칠 틈도 없이 사라져 버렸다. 소중한 가방과 함께. 거기에 뭐가 들어 있었더라? 여권과 필름 카메라 빼고 중요한 건 다 들어 있었디. 지갑, 지갑 인의 카드와 현금, 디지털 카메라, 휴대폰 그리고 잡다한 물건이 든 파우치. 싸움을 후회하고, 부주의를 자책해도 어쩔 수 없다. 경찰서를 찾아 손짓 발짓 애를 쓰며 도난신고서를 작성한다. 이 신고서를 한국의 보험사에 제출하면 된다고 한다. 괜히 드나 싶었던 여행자 보험 덕을 보긴 하겠군. 한숨이 절로 나온다. 이러려고 그리 착실히 준비해왔나. 숙소에 돌아와 트렁크 속 봉투들을 털어 남은 카드와 돈을 계산해본다. 어찌되었건 남은 여행은 이어가야 하니까. 늦은 밤 한국에 전화를 걸어 잃어버린 카드 분실 신고도 한다. "이런, 상심이 크시겠습니다. 고객님." 같은 대사를 듣고야 만다. 이역만리에서 화적패에게 털리다니. 원통하고 분하다.

그러나 대부분의 시간은 깔깔대기 바쁘다. 매일 보니 밀린 이야기가 있을 틈이 없는데 그 옛날 통화하던 버릇을 못 버리고 새벽까지 수다를 떤다. 이제는 나란한 베개를 베고 누워 떠는 수다다. 열심히 이야기를 나누다 보니 사방이 밝아온다. 로마의 해는 부지런해 무거운 내 눈꺼풀을 마구 찌른다. 이제 조금 후면 바티칸 투어를 가야 하는데, 하는데, 하는데. 겨우 몸을 일으켜 머리까지 감았는데 감기는 눈을 뜰 수가 없다.

"로마까지 가서 바티칸 가보지 않은 사람 우리야,

우리."

"그거 뭐냐, 그래. 천지창조. 나중에 다시 만나
자고."

돌아오기 위해 헤어지는 길, 트레비 분수에 동전을
던지며 미래를 기약한다. 훌쩍 얇아진 지갑을 의식하며
걷고 걷는다. 울퉁불퉁한 돌길 위를 덜컹대며 지난다.
손바닥과 손등, 발바닥과 발등의 경계엔 또렷한 선이
생긴다. 지중해의 태양에 온몸을 내맡긴다. 복잡한 해안
선 사이 아무 바다에나 첨벙 뛰어들어 몸을 적신다. 나
는 물 만난 물고기처럼 없는 지느러미를 흔든다. 그래,
여름이란 이런 것이다. 연애란 이런 것이고. 만난 지 1년
조금 넘는 시간 동안 나는 저 사람에 대해 많은 것을 알
고 있다고 생각했는데, 붙어 다닌 한 달 동안 배운 게 더
많다. 시시콜콜한 버릇들과 미묘한 흉들. 나같이 도량이
넓은 사람이어야 고개를 끄덕이며 이해할 수 있는 단점
들까지 세세히 알게 되었다.

여행을 떠나기 전 혼자 생각했었다. 어쩌면 돌아오
는 비행기는 시간이든 좌석이든 따로 잡을 수도 있겠다
고. 원래 여행에선 별일이 다 일어나니까 헤어짐도 아주
어려운 일은 아니란 생각이 들었다. 그렇다면 우리의 한

달은 한바탕 지나간 소나기나 한여름 밤의 꿈처럼 지났을 것이다. 다행히 돌아오는 비행기에선 난기류가 무엇인지도 모르게 서로 기댄 채 정신없이 곯아떨어졌다.

공항에 내려 찾은 짐엔 굉장히 부담스러운 노란 자물쇠가 채워져 있었다. 이걸 풀려면 반드시 세관에 가지고 가야 하는 자물쇠다. 유럽발 비행기 승객들에게 종종 무작위 검사를 한다고 들었지만 막상 당해보니 잘못한 것도 없는데 덜컥 무서워진다. 공권력에 취약한 인간은 순종적인 자세로 어깨를 늘어뜨린 채 세관으로 향한다. 가방을 열어보라는 말에 순순히 여니 철제 장난감 자동차들이 하나, 둘, 셋, 넷 계속 튀어나온다. 바르셀로나 택시, 피아트 친퀘텐토, 로버 미니와 베스파 오토바이. 이스탄불 야시장에서 산 탬버린도, 베네치아에서 산 피노키오도 당당히 자리 잡고 있다. 장난감의 부피에 캐리어의 여유 공간이 모자라 작은 천가방까지 사온 우리다. 색색의 파스타면과 모카포트, 라바짜와 일리 원두도 모두 무사하다. 세관 공무원은 잠시 침묵하더니 그냥 가 보라 한다. 세금 물리기에 마땅찮았나 보다. 그럼요. 보태주셔도 모자랄 판에요. 여행에서 많은 것을 털렸지만 역시 얻은 것도 많다. 달은 나중에 말해주었다. 이 여행에서 나와 결혼하기로 마음을 정했다고. 사실 나는 그렇게 생각하지 않았는데 말이다.

## 밀물과 썰물을 따라, 만조와 간조를 지나

　해가 바뀌었다. 아직 찬 바람이 스산한 저녁 무렵 동네 밥집으로 향한다. 생선구이 전문점으로 함께 나오는 찬도 정갈하고 맛있는 곳이다. 이미 가게는 사람들로 꽉 차 있어 가게 앞 비닐 휘장 안에서 순서를 기다리기로 한다. 길가로 난 화덕에선 생선들이 지글지글 구워지고 있다. 고등어가, 삼치가, 임연수어가 석쇠 위에 나란히 누웠다. 주인 아저씨는 정확한 타이밍에 사뿐한 손놀림으로 생선을 뒤집는다. 두툼한 생선에서 기름이 후두둑 떨어질 때 입맛을 다시는 건 길고양이뿐 아니다. 열심히 코를 킁킁거리다 달의 품 안에 얼굴을 묻는다. 나와는 분명 다른 냄새, 좋아하는 사람의 냄새가 밀려든다. 귓가엔 가게 한편에 틀어둔 오디션 프로그램의 소리가 들린다. 목청이 좋은 출연자가 목소리와 감정을 끌어올리고 있다. 열심히 절정을 향해 달려가는 모양이다. 그때 달이 말한다.

"우리 결혼할래?"

고음의 노랫소리가 쩌렁쩌렁 이어진다. 이어 방청객과 패널들의 박수 소리가 화답하듯 터져 나온다.

"응? 갑자기 무슨 소리야."

"너랑 결혼하고 싶어."

"뭐야, 무슨 소리야."

뭐라고 대답을 해야 할지 몰라 나는 바보 같은 말만 반복한다. 이건 프러포즈인가? 이렇게 갑자기 훅 치고 들어와도 되나? 게다가 난 지금 빈속인데? 이건 법에 저촉되는 일 아닌가? 사실 결혼이라는 미래에 대해 잘 상상해보지 않았다. 평생을 함께하기로 약속하고 같이 산다는 것은 어떤 걸까. 지금 우리는 적당히 떨어진 곳에 산다. 지하철로 30분, 자전거로는 50분. 늦은 밤 내부순환로를 타면 20분 정도의 거리다. 서울과 땅끝마을로 떨어진 시절보다는 훨씬 나아졌다. 이제 보고 싶으면 눈물 없이 콧물 없이 담담하게 그냥 말하면 된다. 뼛속 깊이 사무치지 않아도 편하게 만날 수 있다. 퇴근길에, 아니면 주말의 아무 때나. 그런데 결혼이라.

기름이 잘잘 흐르는 고등어와 삼치를 요모조모 발라 먹는다. 콩자반에 배추김치, 맵지 않게 무친 콩나물도 함께. 이곳은 식사의 마지막에 숭늉을 가져다준다. 따뜻하고 구수한 국물이 목을 적신다. 그래서 위와 마음을 몽글몽글하게 만들어준다. 숭늉을 다 비우고 흠흠, 목을 가다듬고 말한다.

"좋아, 결혼하자."

대체 어쩌자고 그렇게 덥석 답하고 말았을까. 결혼이 반드시 치러야 할 의례가 아님은 알고 있었다. 물론 완수해야 할 사명도 거쳐야 할 관문도 아니었다. 사실 결혼이란 게 무엇인지 몰랐기에 할 수 있던 대답이었다. 그러면 그 마음은 어디에서 비롯된 것이었을까.

연애하던 때, 달의 팔베개를 베고 누울 때면 우리가 누운 침대가 바다 위 보트 같았다. 침대의 사이즈는 슈퍼싱글로 좁고 작은 만큼 가볍고 얇은 보트였다. 너울에도 팔랑팔랑 헤매며 맴을 돌 보트는 사실 보트라기보다 뗏목, 어쩌면 부표에 가까웠다. 서로에게 기대고 있노라면 무언가 기대하고 싶어졌다. 뱃전에 찰싹찰싹 이는 파도 소리는 미리 다가와 울리는 미래 같았다.

　네가 좋아, 너와 함께하면 즐거워. 앞으로 무슨 일이 생길지는 잘 모르겠어. 그렇지만 같이 있으면 재미있을 거란 생각이 들어. 그래서 행복할 것 같아. 오래오래 함께하고 싶어.


　짐과 집을 합치며 새로 마련한 침대는 퀸 사이즈였다. 궁궐을 향한 커다란 창 아래 침대 머리를 붙여두었다. 창을 활짝 열면 손에 잡힐 듯 솔숲이 보였다. 궁궐에서부터 바람이 불어오면 소나무들이 몸을 떨었다. 청정한 바람에 매달아둔 종이 모빌이 빙글빙글 돌았다. 기쁠 때나 슬플 때나, 즐거울 때나 괴로울 때나 한결같이 서로 아끼고 사랑할 것. 아름다운 라임의 주례사는 크게 와닿지 않았다. 연애 이상의 사랑, 안녕 너머의 슬픔을 아직 모르는 우리의 표정은 시종일관 밝았다. 아빠의 손을 잡고 걸어갈 때, 앞에서 기다리고 있던 달이 넙죽 바닥에 엎드려 절을 올렸다. 하객들도 나도 외르르 웃었다. 그 순간 웃지 않았던 것은 아빠뿐이었다. 축가는 감사하게도 크라잉넛이 불러주었다. 화창한 가을 하늘 아래 '밤이 깊었네'가 울려퍼졌다. 우리도 팔짱을 낀 채 목청껏 따라 불렀다. 밝고 맑은 날이었다.

나는 내가 스물여덟에 결혼할 줄은 꿈에도 몰랐다. 주변 친구들도 그리 생각한 모양이다. 너는 결혼 안 할 줄 알았어. 이런 말을 덕담처럼 참 많이 들었다. 그러니 덕담 대신 농담 같은 결혼이었는지도 모른다. 결혼 소식을 알리자 가장 친한 친구가 청첩장을 만들어주었다. 표지로는 지난 여행 사진을 큼지막하게 넣었다. 해질녘의 몬주익 언덕에서 찍은 사진이었다. 잔디밭 위로 둘의 발이 비스듬히 만나는 모습 아래 우리의 이름을 썼다. 내 친구가 만들어서 그랬을까, 내 이름이 먼저 등장하고 달의 이름은 그 뒤를 이었다. 친구에게는 자연스러운 그 배치가 내 눈엔 반짝 뜨인 것은 나 역시 현실에 발 딛고 있었기 때문이었다. 지금까지 만난 모든 청첩장엔 신부의 이름이 신랑 뒤에 얌전히 있던 것을 떠올렸다. 내 마음에 쏙 들었던 청첩장은 넉넉히 만들어 고루고루 뿌렸다. 뿌리고도 남은 것은 상자에 넣어 고이 보관해두었다. 들여다볼 때마다 내 이름은 평평한 종이 위에 볼록 도드라진 것처럼 보였다. 그게 몹시 마음에 들었지만 세상의 많은 종이, 특히나 공문서들 위에선 그러지 못했다. 뜻있는 주장을 올곧게 펼치지 못한 바람에 나는 내아이의 성을 나의 성으로 물려줄 기회를 놓쳤다. 아기이름의 첫 글자에 내 성을 넣었지만 그건 두고두고 아쉬움으로 남았다.

함께 누운 침대를 바다 위의 뜰 것으로 생각한 것은 직감이었는지 모른다. 결혼은 마치 항해와 같았다. 모두의 박수와 함성을 뒤로 하고 출항해 낮에는 태양, 밤에는 별에 의지해 나아간다. 돛을 접었다 펴고, 구령에 맞추어 노를 젓는다. 언제는 이것도 꽤 괜찮은 인생이라 느껴진다. 갑판에 기대 어설픈 칵테일이라도 마시며 풍경을 바라본다. 열대의 구름, 하늘을 가득 메우는 무지개, 장엄한 일출 그리고 은하수. 뱃전에서 발견하는 비약적인 장면들이 있다. 함께 누우면 모든 것이 감동처럼 느껴진다. 가장 가까운 사람의 심장이 조용히 그리고 성실히 뛰는 것을 본다, 듣는다, 느낀다. 마음 깊이 행복이 차오른다   그러나 그런 날은 어쩌다 만날 만한 그래서 특별한 날이다. 대개의 날은 그저 평범하다.

알람에 맞춰 일어나 출근 준비를 한다. 버릇처럼 원

두를 갈고 커피를 내린다. 커피 한 모금에 비로소 정신이 든다. 씻고 주섬주섬 옷을 골라 입고 가방을 챙긴다. 거울 앞에서 매무새를 한번 살핀 후 집을 나선다. 이건 홀로 살 때도 늘 하던 일들이다. 한 개의 화장실과 좁은 드레스룸, 별반 크지 않은 신발장 하나를 두고 둘이 앞서거니 뒤서거니 준비해야 한다는 것만 달라졌다. 퇴근 후 함께 저녁을 먹고 짧은 설거지를 하고 주말엔 무엇을 할까 생각한다. 우리의 행동양식과 반경은 결혼 전과 크게 다르지 않다. 익숙한 동네의 단골 가게에 가고 늘상 다니던 공연에 간다. 일기에 쓴다면 무슨 말로 칸을 메워야 할지 고민하게 되는 날들이 대부분이다.

무념무상의 날들이 지나면 기다렸다는 듯 장면이 전환된다. 볕은 뜨겁고 한 점 부는 바람도 없다. 나침반은 제멋대로 맴을 돌다 멈춰버린다. 동여맨 밧줄은 자꾸만 풀리고 식량 주머니는 물에 젖어버렸다. 주머니칼은 무딘데다 설상가상으로 녹도 슬었다. 애타게 도움을 구하는 마음으로 뒤를 돌아본다. 함께 승선한 이가 영원한 동지인 줄 알았는데 나만 노를 젓고 있었다. 분노에 몸을 떨며 소리친다.

"너 지금 뭐 하는 거야!"

순순히 잘못을 고하며 용서를 구해도 될까 말까인데, 지지 않는 데시벨의 외침이 돌아온다.

"나 진짜 잠시 쉬고 있던 거라고!"

그러면 더 이상 폭우는 보트 밖 일이 아니다. 밤을 새워 애틋하게 속삭이던 우리는 그 체력을 요긴하게 사용한다. 이것이야말로 자웅을 겨루는 일이다. 서로를 너무 잘 아는 터라 강점과 약점도 눈에 훤하다.

"너도 지난번에 말도 없이 늦지 않았어? 그래 놓고 지금은 말이 바뀌네?"

"그걸 아는 사람이 그러고 있냐? 횟수 한 번 세어볼까? 나한테 뭐라고 할 자격이 된다고 생각해?"

"웃겨, 진짜. 정말 대단하다. 대단해."

"비꼬지 마. 누군 못 비꼬는 줄 알아?"

고릿적 과거지사가 각주처럼 따라붙고 각 항목마다 논거를 일목요연 나열하니 창과 방패의 싸움이 따로 없다. 눈빛과 표정, 비아냥과 비웃음을 동원해 엎치락뒤치락하다 보면 이기는 날도 지는 날도 있나. 그것은 그날의 운수에 달린 일일까? 동전의 앞뒷면이나 오늘 날짜가 홀수냐 짝수냐에 따라 결정되는 승패일까? 사실 결론은 하나다. "내가 잘못했어, 미안해." 이 한마디가 하기 싫어서 무수한 밤들을 그리 보냈다.

문제는 그 다음으로 싸움에서 이긴다고 해도 뒷맛이 개운치 않다. 승리를 선언해도 찬사를 보내줄 이는 뾰로통한 얼굴로 숨어버렸다. 진다고 해서 마음이라도 편히 발 뻗고 자느냐 하면 또 그렇지 않다. 씩씩대며 다음 싸움을 대비해 칼을 갈아야 한다. 아, 맞다! 지지난 달 언제더라? 그때도 끝까지 사과 안 하고 버티다가 나중에야 꼬리 내리고 그랬지? 혹시 문자에 남아 있지 않을까? 그 이야기를 했어야 하는데! 하며 아쉬워한다.

이 정도는 아주 가벼운 싸움이다. 더 거센 싸움에 힘이 들던 시간들이 있다. 나와 달은 같은 보트가 아니라 이미 서로 다른 대륙에 당도한 듯싶었다. 바다는 우리 옆이 아니라 사이에 있었다. 이를 어쩌지. 뭔지 모르겠지만 이건 아니다. 그 생각을 동시에 같이 하고 있던 게 그나마 다행이었다. 우리에겐 피를 철철 흘린 여기 말고 다른 시간과 공간이 필요해. 어렵게 갈구해 휴가를 얻었다. 3주의 시간 동안 오직 볕을 쬐러 떠나기로 했다. 질척이는 이곳을 떠나 몸과 마음을 말릴 필요가 있었다.

꼭 7년만이었다. 다시 찾은 바르셀로나는 여전했다.

햇살과 바다 하나 변하지 않고 그대로였다. 상그리아와 하몽, 타파스도 물론이다. 조금은 베테랑 여행자가 된 걸까. 허술한 가방도, 느슨한 매무새도 쉽게 남의 손 타지 않는다. 모두들 잘 지내고 있었구나! 기쁜 마음에 도시 높은 곳에 올라 모두에게 손을 흔들어본다. 도시를 내려다보고 있자니 방금 집에서 자다 나온 듯한 아저씨가 작은 아이스 백을 어깨에 메고 걸어온다. 손에는 직접 쓴 광고판이 들려 있다. '시원한 맥주.' 누가 봐도 슈퍼에서 12개들이 캔을 사다가 요령껏 이문을 붙여 파는 모습이다. 저런 불법 상행위는 그냥 지나칠 수 없지.

"두 캔만 주세요!"

너른 바위에 나란히 앉아 꿀꺽꿀꺽 마셔댄다. 캬! 때는 초여름, 미술관도 쇼핑몰도 가지 않는 날엔 풍덩풍덩 물속으로 뛰어든다. 마음껏 헤엄을 치고 나와 선베드에 누우면 코앞에 지중해가 보였다. 여기 수영클럽 참 좋다. 월 회원 등록해놓고 매일 왔으면 좋겠다. 이런 이야기를 나누며 해 아래 몸을 맡긴다. 자박자박 맨발로 걸어 여러 깊이이 풀을 오고 긴다. 좋나, 좋아. 늘어올 때와 한층 다른 톤의 얼굴끼리 마주 보며 내일도 다시 오자고 결심한다. 주섬주섬 가방을 챙겨 나서려는데 신고 온 샌들이 없다. 나의 선베드, 달의 선베드, 주변의 선베드 아래를 다 둘러봐도 보이질 않는다. 한참을 맨발로 헤매고 다니다 깨닫는다. 정말이지 모두들 그대로였구나! 너희들 하나도 변하질 않았어!

그런 도시지만 역시 사랑할 수밖에 없다. 청첩장에 넣은 사진 속 장소를 찾아 몬주익을 오른다. 100년이 넘은 시장 구경을 하고 햇살 가득 머금은 오렌지 주스를 마신다. 바닷가를 거닐다 정박된 요트들을 구경한다. 함께 좋아하는 작가, 호안 미로의 이름이 붙은 공원을 찾는다. 몬주익의 미로 미술관은 다 둘러봤으니 새로운 작품도 보러 가기 위해서였다. 우리의 예상과 달리 미로의 조각은 한 점 있었다. 공원 전체를 내려다볼 만큼 커다란 작품이 딱 한 점. 그러나 우리는 작품 이상의 아름다움들을 본다.

일요일 늦은 오후, 해는 서쪽으로 살짝 기울었다. 아직 뛰지 못하는 아기들은 모래밭에서 모래를 퍼 담으며 논다. 날쌘 아이들은 빠른 속도의 타이어 그네를 타고 있다. 할아버지와 나온 손녀는 용기를 내어 철봉에 매달린다. 멜빵바지를 입은 아저씨는 비눗방울 묘기를 펼치고, 바람에 날리는 비눗방울을 잡으려고 아이들은 열심히 내달린다. 방주처럼 생긴 어린이 도서관은 보기만 해도 든든해진다. 공원과 맞닿은 창 너머엔 작고 알록달록한 의자들이 모여 있다. 벤치에 앉아 이 모두를 바라보다 괜히 울컥해지는 우리다. 지는 해를 쬐며 나는 말한다.

"어쩌면 우리 그동안 망망대해 위에서 그냥 부유하고 있었던 것일지 몰라. 어디를 갈지 모른 채 그저 둥둥 떠 있는 기분이었어. 그래서 조금 나아갔다 싶다가도 다시 반대로 노를 저었나 봐. 그러니 우리가 어디에 떠 있는지도 몰랐던 거지. 나는 이제 이 바다를 어떻게 건너야 할지 알 것 같아. 그리고 너랑 같이 건너고 싶어. 언젠가 이 도시에 자리를 잡고 일상을 살아보자. 그때 이 공원에 다시 와서 함께 뛰놀자. 여기라면 함께 아이를 키워도 좋은 곳이란 생각이 들어."

이것은 새로운 프러포즈일까. 생선구이 집 비닐 휘장 아래에서 머나먼 도시의 공원 벤치까지, 우리는 여기까시 차츰차츰 밀려왔다. 밀물과 썰물을 따라, 만조와 간조를 지나.

나는 이제 이 바다를

어떻게 건너야 할지 알 것 같아,


그리고 너랑 같이 건너고 싶어,

# 나보다 어린 나이의 아빠

'아빠'라는 단어를 생각하면 뭔가가 밀려온다. 어떤 때는 사방을 메우는 모래바람, 또 언제는 모두를 적시는 비바람, 이어 집채만 한 몸을 일으키는 파도나 해일도 달려온다. 부서지기 위해 솟는 힘들이 서로 다투다 흩어진다. 아빠에 관해선 어디서부터 써 내려가고 거기에 무엇을 더하고 빼야 할지 고민하게 된다. 아빠는 가상의 인물이나 허구의 누군가가 아닌, 나에게 아빠로서의 아빠니까.

아빠가 없었다면 나는 세상에 태어나지 못했다. 스물셋, 결혼과 동시에 나를 임신한 엄마는 입덧으로 많은 고역을 겪었다. 기쁨보다 얼떨떨함과 당황스러움이 먼저였을 테다. 끊임없이 흔들리는 뱃전이나 비포장 도로를 달려가는 버스, 혹은 제멋대로 구르는 다람쥐통에 들어앉은 새댁이었다. 메슥거림은 계속되어서 하루에도 몇 번씩 위에 든 것을 쏟아내야 했다. 냉장고 문을 열어도 우욱, 다 된 밥이 뜸 드는 냄새에도 우욱, 온갖 냄새와의 싸움 앞에서 핼쑥해진 엄마는 고민한다. 이렇게 빨리 아기가 올 줄 몰랐다는 점도 고심에 이유를 보탠다. 엄마가 되기에는 충분히 두렵고 무서운 나이이기에 견디기 힘들다고 하소연한다. 그 말을 들은 아빠는 여러 날 생각하다 말한다.

"그래도 낳자. 우리에게 온 아기를 만나고 싶어."

그러니 아빠의 이기심 덕에 나는 태어났다.

"어쩌면 너 태어나지 못했을 수도 있어."

이런 말을 들으면 선택지가 없는 꼬마는 고개를 끄덕거린다. 지금 와 생각해보면 어린애에게 그런 이야기를 해도 괜찮은 것인지? 의문도 든다. 탄생에 관한 비화를 들으면서도 꿋꿋하게 자란 나다. 그렇다면 아빠에게 고마워해야 할 일인가? 어떤 면에서는 그렇고 또 어떤 면에서는 그렇지 못하다.

"나한테 그럴 거면 왜 낳았어!"

동서고금을 막론한 이 대사가 사춘기의 내 입에서도 터져나온다.

기억은 손쉽게 만들어지기도 하는 모양이다. 나는 드문드문 어린 날을 떠올려본다. 직접 겪은 것 같이 생생한 이미지는 사실 앨범 속 사진과 비디오 테이프 화면 속에서 비롯된 것이다. 그러나 기억을 꺼내는 확실한 방법은 역시 기록을 뒤져보는 일이다. 두툼한 앨범을 넘기며 허술한 기억들을 기워본다. 앨범 속 나는 노란 고무줄을 채운 천기저귀를 하고 멍하게 렌즈를 바라보고 있다. 귀퉁이가 닳은 곰돌이 인형과 함께 잠들어 있다. 앨범의 빳빳한 장을 이어 넘겨본다. 바구니 속에 들어가 있는 사진도, 진지한 얼굴로 그림책을 보는 사진도 넘긴다. 마른 빨래를 개는 엄마 옆에서 아빠의 팬티를 거꾸로 뒤집어쓴 사진도 있다. 연필을 쥐고 뭔가를 쓰기도 하고 엄마의 구두에 올라타 있기도 하다. 플래시를 팡팡 터뜨려 찍은 사진에선 졸린 눈을 하고 있나. 코앞에 삭은 케이크와 불 붙인 촛불 하나가 있는 걸로 봐서 자는 애를 깨워 생일 케이크의 초를 불라고 시킨 모양이다.

생일 파티이긴 한데 한밤에 열린 파티다. 왜 그랬을지 물어보지 않아도 안다. 우리가 제대로 파티를 즐기는 이들이라서가 아니라, 아마도 아빠의 퇴근이 늦어서 그랬겠지. 아빠는 늘 많이 늦곤 했으니까.

지금이나 그때나 술을 좋아하는 것은 여전해서 아마도 내가 잠든 다음에 귀가했을 아빠다. 그렇게 술을 많이 마셨는데 어떻게 집을 찾아왔는지 참으로 신기하다. 양복 안주머니에 비둘기라도 품은 것처럼 정확한 귀소본능으로 돌아와 벨을 누른다. 휘청거리며 들어와서는 소파에 고꾸라진다. 그러곤 일찌감치 일어나 출근 준비를 하고 다시 집을 나선다. 엄청난 체력, 아니 몸 안에 내장된 시계가 정확히 꼬박꼬박 알람을 울리는 덕이다. 똑딱, 똑딱. 이제 일어날 시간이야. 다시금 채비를 해서 나가야지. 나가서 돈을 벌어야지. 구겨진 아빠를 일으키는 알람 소리다.

그런 성실함이 아빠의 늦은 귀가를 무마시킬 수 있었는지 모른다. 그냥 후딱 일어나 휑하니 나가버린 것도 아니라 이른 아침이면 방에 들어와 잠든 나를 깨운다. 아침이다, 일어나라. 이렇게 무뚝뚝하게 깨우는 게 아니다. 자는 나를 훌쩍 들어올리는데 마치 동화 속 공주

님을 안아 올리는 모양새다. 두 팔로 안아들고선 거실로 나가 소파에 눕힌다. 거실의 공기는 서늘하고 소파의 표면은 차가워 나는 슬그머니 눈을 뜬다. 오스스 돋는 소름에 몸을 움츠린다. 촉감의 기억은 오랜 시간이 지난 지금까지도 선명하다.

아빠가 매일같이 머리를 말려준 기억 또한 그렇다. 지금이나 그때나 많은 숱의 머리칼을 치렁치렁 늘어뜨리고 양반다리로 앉는다. 아빠는 내가 누워 있던 소파에 앉아 수건을 펴 들고 머리의 물기를 털기 시작한다. 열심히 수타면을 뽑아내는 요리사처럼 현란한 손놀림으로 머리를 말려준다. 나는 게슴츠레 눈을 감고 덜덜덜 떨리는 진동에 머리를 맡긴다.

"이제 다 됐다."

하면 나는 일어섰다. 매일 반복되는 하루였다. 자는 딸의 얼굴을 들여다보고 젖은 머리의 물기를 튕겨주는 일. 특별한 생색 없이 평범하게 이어지는 손길. 그럼 아빠는 나를 사랑한 것일까.


아빠와 마주 선 채로 양손을 잡고 손에 힘을 주어 매달리기 시작한다. 장난을 거는 새끼 원숭이 같다. 아빠도 나의 무게를 지탱하기 위해 손에 힘을 준다. 매달리고 매달리다 눈앞의 아빠 다리를 밟고 오른다. 무릎을 지나 허리까지 올라 한 바퀴 몸을 거꾸로 돌려 착지한다. 그걸 시작으로 어디든 눈에 보이는 곳은 다 기어오른다. 문설주의 기둥을 양손으로 밀고서 그 힘으로 문틀을 타고 오르기 시작한다. 한 발씩 타고 올라 꼭대기에 정수리가 닿는다. 거미 같은 나는 엄마보다 아빠보다 커진 키로 아래를 내려다본다. 이제 더 이상 문을 오르는 것은 무섭지 않다. 그렇다면?

철봉에 오르고 정글짐의 꼭대기까지 오른다. 늑목을 타고 끝까지 기어올라가 반대편으로 발을 넘긴다. 종아리에 스치는 바람이 서늘해 아래를 내려다보면 친구의 얼굴이 참으로 작아 보인다. 순간 오스스 소름이 돋지만 무사히 땅에 발을 딛고 나면 두려움은 사라진다. 이제 쇠로 된 기둥은 어디든 오를 수 있다. 어린이의 손바닥엔 늘 쇠 냄새가 감돌고 손바닥과 손가락이 이어지는 도톰한 부분은 한껏 도드라진다. 몇 번 껍질이 벗겨지더니 튼튼한 굳은살이 박혔다. 매일 단련을 멈추지 않으니 더욱 강철이 되어간다. 두 팔을 철봉에 감고 다리

역시 철봉에 올려 매달리니 동화책 속 그림 같다. 모닥불 일렁이는 밤, 엇갈려 엮은 버팀목 위엔 가로로 얹은 막대가 보인다. 거기에 동여맨 큼직한 고기는 잘도 익어 간다. 나는 그렇게 매달린 채 대롱거리고 있다. 물론 재미있어서다.

이번엔 다리는 걸어둔 채 팔만 떼어내 상체도 훅 늘어뜨린다. 운동장과 저 멀리 교문이 거꾸로 보인다. 서서히 머리에 피가 몰리기 시작해 힘을 주어 몸을 일으키려 한다. 그러다 후두둑, 주머니 속 동전들이 떨어진다.

"야, 주워 주워."

"어, 그러면 여기 떨어진 다른 동전 또 있는 거 아냐?"

후다닥 내려와 동전을 줍다가 친구와 눈이 마주친다. 진심을 다해 모래를 헤집는 초등학생들이다. 손가락 사이사이 모래알이 파고들지만 찾는 동전은 나오지 않고, 아이스크림 나무 막대나 깨진 플라스틱 조각만 걸린다. 이왕 더러워진 손은 계속 모래를 판다. 부스스 흘러내리는 모래 밑으로 손가락을 세워 긁으면 갈색 흙이 나왔다. 모래와 달리 축축하게 물기를 머금고 있어 이제 손톱 밑에 끼는 것은 허연 먼지 대신 축축한 흙 부스러기다. 주운 잡동사니로 의미 없이 흙을 파며 별별 이야기를 나눈다.

"1반의 □□가 3반의 ○○를 좋아한대."

"걔? 축구 잘하는 걔?"

"응."

우리는 우리를 둘러싼 공기가 살짝 달라지는 것을 느낀다. 서정, 꼬마들에게도 서정이 있다. 마침 해도 지려고 하니 우리는 해질녘의 두더지들이다. 푹푹 흙 속에 함부로 손가락을 꽂아 넣는 두더지들.

그런 몰골, 아니 그런 꼬라지로 집에 돌아가면 엄마에게 혼이 났다. 신이 나게 미끄럼틀을 타서 얼룩덜룩해진 엉덩이로 돌아가도 마찬가지였다. 하지만 가장 중요한 것은 따로 있었다. 수학경시대회에서 만점을 받지 못한 날, 나는 집 앞 놀이터 벤치를 맴돌았다. 혼나는 것이 싫고 무서워서였다. 만점은 금상이고 하나를 틀리면 은상, 두 개를 틀리면 동상이었다. 초등학생도 시험을 치던 때, 나는 전과를 보며 시험 공부를 해야 했다. 매주 눈높이 수학을 풀어야 하고 틀리면 다시 풀어야 했다. 맨 뒤의 몇 장은 죽어도 풀기 싫어 내버려두곤 했는데 그러면 선생님은 다음 주까지 숙제로 내주고 갔다. 당연히 다시 풀 생각이 없던 나는 내가 생각하는 가장 안전한 장소인 피아노 뒤나 책장 뒤에 숨겨 넣곤 했다. 언제가 될지 모르는 이삿날을 두려워하면서. 그건 어린 내게 닥칠 종말과 같았다. 동그라미 대신 가로지르는 빗금은 혼이 나는 일이다. 풀기 싫어 숨겨놓은 것을 들키면 매를 맞을지 모른다. 덜덜 떨며 손톱을 깨물고 발끝으론 흙바닥을 문지르고 문질렀다. 운동화 코는 금세 시커매졌다.

그렇게까지 하지 않아도 되었는데, 그때는 몰랐다. 나도 모르고 엄마도 몰랐다. 아빠는 알았을까. 아빠는 지금껏 내게 공부를 하라고, 성적이 중요하다고, 대체 나중에 뭐가 될 거냐고 잔소리를 한 적이 한 번도 없다. 혼낸 적도 없고 매를 든 적도 없다. 그렇지만 호통을 치고 야단을 치고 벌을 세우고 손바닥과 종아리에 회초리를 들던 엄마보다 아빠가 더 무서웠다. 여간해서 혼을 내지 않는 사람이 혼을 낸다는 것은 그게 정말 큰 잘못이라는 걸 의미했다. 잘못과 실수의 구분, 어린 나이에도 충분히 알 수 있었다.

"여기 와서 무릎 꿇고 앉아라."

낮은 저음의 목소리가 들리면 그때부터 눈물이 줄줄 났다. 내가 한 거짓말이 몹시 후회스럽고 수치스러웠다. 부모님의 마음에 염려를 끼친 것이 죄송하여 석고대죄라도 하고픈 마음이었다. 다시는, 정말 다시는 그런 잘못을 저지르지 않으리. 진심 어린 후회와 반성이 물밀듯 밀려오고 또박또박 쓴 반성문엔 진심이 담겼다. 그러면 아빠는 내게 무서운 사람이었을까.

아빠는 웃긴 사람이라고 엄마는 말한다. 둘은 사내연애로 만났다. 연애하고 결혼하려고 입사한 것은 아니었는데 어쩌다 보니 그렇게 되었다. 연애 이전의 우여곡절들도 있었다. 엄마에게 마음을 고백하던 다른 동료가 있었고, 사내 체육대회에서 축구를 하던 아빠를 바라보며 두근거리던 엄마가 있었다. 그리고 그 모든 이야기 사이를 농담으로 뭉개는 아빠가 있다. 이리저리 얽히고 설키던 젊은 마음들이었다.

엄마의 마음을 사로잡은 데는 아빠의 유머 감각이 컸다. 어쩌면 전부였을지도 모른다. 젊은 아빠가 가진 것은 얼마 없었으니까. 아빠의 농담은 무례함과 무신경함과는 거리를 두었고 듣는 이의 허를 찔러 피식 웃게 만드는 재주가 있었다. 그래서 아빠의 주변엔 사람들이 많았다. 같이 놀면 재미있는 사람, 같이 술을 마시면 더 재미있는 사람, 언제나 분위기를 돋우는 사람으로 꼽혔다. 집들이라도 하려면 미리 신신당부를 했다.

"제발 부담 갖지 말고 두 손 무겁게 들고 와."

그러나 함께 술이라도 마시면 언제나 앞장서 지갑을 여는 사람이었다. 여럿이서 엉겨 붙어 서로 제가 내겠다고 허술한 다툼을 벌여도, 깔끔하게 제일 먼저 돈을 내버리는 사람이 아빠라고 했다. 우르르 좌식으로 앉아 부어라 마셔라 먹는 자리에서도 아빠의 구두끈은 단정하고 뭉툭해 가뿐히 일어나 계산할 수 있었던 걸까. 물론 그만큼 엄마의 복장을 자주 터뜨리기도 했다.


내게는 무엇보다 태어나 처음 만나는 이들이었다. 엄마와 아빠가 만드는 장면은 대개 이렇다. 엄마의 동작은 크고 목소리도 우렁차다. 아빠는 조용조용한 목소리로 다정한 말 대신 우스개 소리를 한다. 그러면 잠깐의 시차를 두고 엄마의 웃음이 터져 니온다. 숨길 수 있고 숨기고 싶지도 않은 웃음, 그건 두 사람의 사랑 표현이었다.

갓 가정을 꾸린 젊은 부부가 해야 할 일들은 참 많았다. 겨울이니 연탄을 가득 쟁여두어야 하고 곧 태어날 갓난아기를 위해서 등유 난로와 누빔 담요도 사야한다. 많고 많은 천기저귀도, 아기를 씻기기 위한 대야도 필요하다. 찬바람이 불면 배추를 절여 김치를 담그고, 계절이 바뀌면 욕조에 이불을 넣고 밟았다. 바지를 무릎까지 걷어 올린 아빠가 힘차게 이불을 밟는 그림은 생생하다. 세제 거품이 뭉글뭉글 종아리에 어리는 오후, 별스럽지 않았으나 집안엔 생기가 가득했다.

어느 날엔 느닷없이 마술을 보여준다고 한다. 인형놀이 장난감에 들어 있던 동전만 한 접시를 손에 쥔 아빠는 이걸 삼켰다가 방귀를 뀌면 엉덩이로 뿅 나온다고 말했다.

"아빠, 진짜 진짜?"

"그럼 그럼. 아빠가 이거 삼키게 물 한 잔 가져다 줘?"

아빠는 접시를 입 가까이 가져가며 알약처럼 삼키려는 시늉을 한다. 나는 주춤주춤 물을 가지러 가다 깨닫고는 뒤를 돌아보고 외친다.

"지금 엉덩이에 숨기려고 한 거지!"

그런 속임수를 알아차린데다 이 에피소드를 기억할

나이였으니 유치원생은 되었던 걸까.

낮, 아빠가 회사에 있는 시간이면 엄마와 함께 수화기를 들었다. 아직 자기만의 번호가 없던 시대였다. 모두 자신이 속한 어딘가의 대표번호로 연결될 때, 유일하게 외우는 번호를 누른다. 교환원이 받으면 또박또박 아빠의 부서와 이름 그리고 직함을 말한다. 네, 연결하겠습니다. 낭랑한 음성 뒤로 벨소리가 이어진 다음 아빠의 목소리가 들린다. 나는 시답잖은 이야기를 지껄이다 수화기를 엄마에게 넘긴다. 엄마가 묻는 것은 늘 비슷하다. 오늘은 몇 시쯤 퇴근해서 언제 들어올 거냐고. 아빠에게 퇴근과 귀가가 늘 동일하지 않다는 걸 알지만 그래도 엄마는 묻고 물었다. 피맛골을 휩쓸고 다니던 젊은 아빠와 그런 아빠를 기다리던 젊은 엄마 그리고 어린 나였다.

아주 가끔은 아빠 회사 앞으로 나들이를 간다. 엄마와 나는 덜컹덜컹 지하철을 탄다.

"역이 몇 개 남았어?"

"이제 3개만 더 가면 내릴 거야."

엄마는 문 위에 붙은 노선도를 보고 하나씩 세어준

다. 엄마 손 꼭 붙들고 붐비는 지하도를 지난다. 어둑어둑한 불빛과 어딘가 퀴퀴한 냄새, 무심한 얼굴로 바삐 스치는 사람들도 신기하다. 꼬마에겐 모든 것이 새롭다. 역과 바로 이어지는 서점에서 아빠의 일이 끝나길 기다린다. 동네 도서관이 책의 우물이었다면 이곳은 책의 바다다. 눈 닿는 모든 곳이 책으로 넘쳐난다. 책을 들춰 보는 사람들과 책을 넘겨 보는 사람들이 있고, 책이 가득든 수레를 밀고 가는 사람도, 여러 권의 책을 안고 허둥지둥 걸음을 옮기는 사람도 있다. 두리번거리며 고개를 젖히다 깜짝 놀란다.

거울로 된 천장엔 빼곡하게 작은 막대들이 달려 있다. 고드름처럼 생긴 막대들이 갑자기 후두둑 떨어지면 어떡하지. 거울은 얼빠진 내 얼굴을 비춘다. 새로 만난 세계에 작은 심장은 쿵쾅거린다. 이 서가와 저 서가를 흘러 다니며 책 구경을 하다 다시 엄마의 손을 잡고서 아빠 회사로 향한다. 지금도 생생한 것은 엄청나게 빠른 엘리베이터의 속도다. 가만히 타고 있기만 한데도 귀가 찡 하니 아파왔다. 내려서 마주한 것은 벽을 가득 메우는 거대한 그림이다. 나는 아빠를 만나러 왔을 뿐인데 이제껏 보지 못한 것들과 자꾸만 부딪친다. 커다란 것,

새로운 것, 빠른 것들과 마주하는 날이다. 그중에 가장 좋은 것은 역시 손에 쥐어주는 용돈들이다.

"어, 니가 대리님 딸이니? 자, 맛있는 것 사 먹어라."

"감사합니다 하고 인사해야지."

엄마가 재촉하는 말에 고개를 꾸벅 숙이며 다짐한다. 맛있는 거 사 먹어야지. 꼭.

기억 속 장면은 햄버거 가게로 바뀐다. 바스락거리는 포장지엔 빨간색 삐삐머리 소녀가 그려져 있다. 햄버거와 감자튀김, 코울슬로와 콜라. 맛은 흐릿한데 포장지의 그림은 또렷하다. 기억은 그렇게 경중경중 제멋대로 건너다닌다. 그러다 디뎌야 할 곳을 훌쩍 지나치기도 하고 그만 건너뛰어도 좋을 곳엔 오래 머물곤 한다.

아빠의 첫째인 나는 아빠에게 많은 처음을 선사한다. 그럼 아빠는? 나의 처음 그 자체다. 나는 아빠에게 많은 것을 배운다. 누운 아빠가 천장을 향해 무릎을 굽히면 얼른 다가간다. 아빠의 맨발에 배를 얹으면 아빠는 다리를 접었다 펴며 비행기를 태운다. 허공에 뜨면 배가 간질간질한 느낌이다. 아빠는 나를 데리고 나가 놀이터의 그네를 태운다. 앉아서는 탈 수 있으니 이제 서서 타는 법을 가르쳐 주겠다고 한다. 아빠 말 대로 두 발을 딛고서 줄을 잡지만 어떻게 해야 할지 몰라 뻣뻣하게 굳어버린다. 아빠가 일러준 대로 무릎에 살짝 반동을 줘가며 발을 구르는 방법을 배우자 그네가 그리는 곡선은 점차 커져간다. 알맞게 박자를 조절하면 더 안정적인 느낌으로 미끄러지는 것을 알게 된다. 아빠가 가르쳐주는 작은 팁들은 요긴하다. 이제 나는 그네를 서서 탈 수 있다. 씽씽, 바람을 가르는 느낌을 안다. 귀밑머리가 훌훌 날리고 눈썹이 산뜻한 느낌을 안다.

아빠는 자전거 타는 법도 가르쳐 준다. 우리는 겸손히 네발에서 시작하기로 한다. 진분홍색 하니 자전거의 작은 안장과 손잡이에 어느새 익숙해질 즈음, 아빠는 보조 바퀴 하나를 떼어낸다. 커브를 도는 것이 조금 어렵지만 일곱 살 작은 몸은 금세 적응해낸다. 그렇다면 이제 보조 바퀴 없이 진짜 자전거를 탈 때다. 이번에야말로 제대로 긴장이 든다. 그러면서 기우는 쪽으로 더 무게를 실으라는 말이 어떤 뜻인지 몸이 알아간다. 아빠는 넘어져도 일어나 무릎을 터는 법을 일러준다. 이윽고 나는 삐뚤빼뚤 커다란 호를 그리며 운동장을 돈다. 흘깃 뒤돌아보면 멀어진 아빠가 손을 흔든다. 작아진 아빠가 박수를 쳐준다.

　아빠가 가르쳐주는 것은 이런 것들이다. 몸으로 배우는 것, 한 번 배우면 오래오래 써먹을 수 있는 것, 무엇보다 진정으로 재미있는 것들이다. 두 손 꼭 잡고 배를 띄운 다음 열심히 발장구를 친다. 물속에 얼굴을 넣었다 뺐다 하며 숨을 고르는 법도 배운다. 배경은 어디라도 상관없다. 발끝을 차 몸을 띄울 수 있는 깊이라면 어디든 좋다. 지리산 계곡의 시린 물에서도, 동해안의 바다에서도, 휴일의 야외 수영장에서도. 너른 수영장 가장자리엔 앉아서 쉴 수 있는 휴게 공간이 마련되어 있다. 돗자리를 펴놓고 앉아 젖은 몸을 말리는 곳이다. 한 발로 뛰면서 귀에 든 물기를 털고, 싸온 수박과 참외를 베어 무느라 바쁘다. 모두가 왁자지껄 시끄러운데 기둥에 매달린 현판엔 더없이 진지한 궁서체로 이렇게 쓰여 있었다. '정숙.' 그게 또 우스워 우리는 웃는다. 대체 누가 정숙하겠느냐고, 한여름의 수영장에서.

　즉, 벌써 떠들 때와 조용히 해야 할 때를 구분할 줄 알았던 어린 나는 조용히 해야 할 때도 여러 갈래가 있다는 걸 배우게 된다. 숨을 죽여야 할 때, 입만 꾹 다물고 있으면 되는 때, 입을 열어 이는 보이되 침만 꿀꺽 삼켜야 할 때도 있다. 아빠 앞에 양반다리로 앉은 나는 벌린 입으로 조용히 침만 삼키고 있다. 아빠는 반짇고리에서 굵은 실패를 꺼내 적당한 길이로 실을 잘라내곤 내 얼굴 앞으로 가져다 댄다. 흔들리는 앞니에 실을 묶었을 때의 공포란 지금도 생생하다. 무턱대고 '하나, 둘, 셋?' 하고 당겼다면 아빠가 아니다. 아빠는 잠시 별스럽지 않은 웃긴 이야기를 한다. 나는 앞니에 실을 달고서 하하 웃는다. 그때 휙, 아빠의 손이 재빠르게 스치더니 이어 톡 하고 이가 튕겨져 나온다. 뽑는 줄도 몰랐으니 아플 새도 없다. 허전함만 가득해 나는 자꾸만 혀로 앞니 있던 자리를 더듬는다. 이게 가능할까? 궁금해져 입 안 가득 물을 머금고 컵 위에서 입을 벌린다. 앞니가 있던 조그만 구멍에서 물이 쫄쫄 쏟아진다.

그래도 이만하면 다행이지. 언젠가 읽은 책에선 앞니에 실을 묶고 그 끝은 방문 손잡이에 건 아이의 이야기가 나왔다. 누가 무심결에 문을 잡아당길 때 이가 쏙 뽑히길 기다리는 거였다. 나는 못 해, 못 해. 그때가 언제일지 알고 문 뒤에 서서 덜덜 떨고 있냐고. 그냥 휙 뽑는 게 낫지. 유치 몇 개 뽑았다고 대범해진 나는 송곳니

차례에 이르자 뻐근함을 즐기기 시작했다. 혀로 지그시
밀면 삐걱대며 이가 기울어졌다. 뿌리가 반쯤 들린 이에
선 연한 피 맛이 느껴졌다. 얼마 지나지 않아 빠질 것 같
네. 어린이용 〈모비딕〉을 읽으며 나는 내내 피 맛을 즐
겼다. 나무 의족을 찬 선장과, 수없이 튀어 오르는 작살,
그럼에도 계속 달려드는 고래와 인간. 행간 사이에도
피, 잇몸에도 피가 흘렀다. 입 안 가득 쇠 맛이 났다.

연애의 기미를 점칠 때면 항상 그때의 서점, 광화문
교보문고로 향했다. 상대가 어느 서가에서 서성이며 무
슨 책을 들춰 보는지 어깨 너머로 살폈다. 어떤 취향의
사람인지 가늠하며 아빠를 떠올리지 않았다면 거짓말
이다. 피처럼 낭자한 거짓말이다.

## 증기기관차를 모는 남자

　여기 물과 불 그리고 아주 오랜 옛날의 검은 돌멩이
들이 있다. 한데 모여 부딪치고 태우다 부글부글 끓기
시작한다. 문자 그대로의 엄청난 열기와 소음에 솟아오
르는 압력은 가만히 있질 못한다. 여기저기 내달리다 마
침내 굉음과 함께 거대한 쇳덩이를 끌기 시작한다. 느
리게 걸음을 떼다 차차 제 속도에 몸을 맡긴다. 드디어
궤도에 올랐다. 칙칙폭폭, 증기기관차가 달리기 시작한
다. 제일 앞 칸의 멋들어진 일등석보다 더 더 앞 칸. 할
아버지의 자리는 그곳이다. 다들 옆면의 유리창에 머리
와 어깨를 기댈 때, 할아버지 혼자 정면의 커다란 창 앞
에 앉았다. 그 자리에서 계속 눈앞으로 달려드는 선로를

응시하고 있다. 할아버지는 증기기관차의 기관사였다. 그랬다고 한다.

내가 태어나고 열아홉 날이 지나 할아버지가 돌아가셨다. 정월의 추위를 뚫고 엄마 아빠는 기차를 탄다. 이제는 석탄도 증기도 없는 기차에 올라 차갑게 식은 할아버지를 만나러 간다. 품 안엔 나. 삼칠일도 지나지 않은 갓난아기를 안고 가는 길이다. 서울에서 부산, 그 오랜 여정을 엄마와 내가 어떻게 버텨냈을까. 나는 울다 자다 보채다 자다 했겠지. 엄마는 아기에게 바람 들세라 계속해서 꽁꽁 여몄을 테고. 아빠는 굳은 얼굴로 자기가 돌봐야 하는 아내와 아기를 살폈을 것이다. 지켜야 할 것과 잃은 것들에 대해 생각했을지도 모른다. 잃고 나면 그만이다. 없다. 존재하지 않는다. 아버지는 돌아가셨다. 이제 영영 만날 수가 없다. 이렇게.

할아버지를 직접 만난 적 없는 나는 작디 작은 이야기 몇 토막으로 할아버지를 접한다. 엄마에게서 조금, 어른들끼리 모여 이야기하는 어깨 너머로 조금, 그렇게 얻어들은 이야기로 할아버지를 상상한다. 정작 아빠에게선 거의 듣지도 못했다. 아빠는 마치 원래부터 아빠가 없던 사람처럼 군다. 이건 뭐, 공중에 잠자리채를 휘두르는 기분이다. 성긴 그물 사이 가느다란 바람만 솔솔 빠져나갈 뿐, 눈 먼 잠자리 하나 걸려 들지 않는다. 그럼에도 주워들은 이야기들엔 모두를 잇는 공통점이 있다. 할아버지의 곁엔 항상 기차와 선로가 있다. 덜컹덜컹, 할아버지의 삶이 이리저리 달리며 내는 소리, 힘껏 구르는 소리다.

할아버지는 기관사라서 전쟁 때도 군수물자며 병사들을 실어 나르느라 군에 가지 않았다. 대신 매일 부산을 기점으로 인근의 도시를 오갔다. 이른 새벽이든 늦은 밤이든 그날의 기차 시간에 따라 하루의 시작과 마감이 달랐다. 할아버지는 서슬 퍼런 통행금지 시각이 지나도 후다닥 뛰지 않았다. 기관사용 통행 허가증이 할아버지의 걸음을 점잖게 만들어줬다. 그러나 점잖은 것과 넉넉한 것은 다른 문제였을까. 형편이 어려워 아빠는 국민학교 수학여행을 가지 못했다. 실망과 슬픔을 숨기기엔 아직 어린 5학년이었다. 할아버지는 시무룩해하는 아들에게 제안한다. 대구까지 운행하는 기차 스케줄이 있으니 같이 가자고. 가서 하룻밤 자고 다음 날 오자고. 이건 엄마도 두 형도 여동생도 두고 가는 거다. 친구들과 밤 새워 베개 싸움은 못 하고 다 함께 찍는 단체 사진에서도 빠지겠지만, 그래도 여행은 여행이다. 아빠의 마음은 솔깃해진다.

아빠와 할아버지는 단둘이 여행을 떠난다. 아, 단둘일 리 없다. 그날 대구에 가야 하는 수백 명과 함께 떠나는 여행이다. 덕분에 기차의 맨 앞 칸, 누구보다 제일 앞 칸에 타보는 아빠다. 끝없이 뻗어가는 철로가 양옆의 숲을 가른다. 산골짜기를 지날 때면 터널 너머 출구는 작은 흰 점이었다가 이내 시야를 메우는 풍경이 되어 나타난다. 드물게 보이던 지붕들이 차차 촘촘해지고 전신주와 간판들도 보이기 시작하면 도시가 가까워졌다는 증거다. 어린 아빠는 숨을 몰아쉰다. 할아버지와 아빠는 대구역 앞 중국집에서 짜장면을 먹는다. 호록호록 짜고 단 면발을 건져 올리고선 근처의 영화관에서 〈아라비아의 로렌스〉를 본다. 영화를 보는 5학년의 마음엔 '무슨 이야기인지 하나도 모르겠다.'와 '외국인들은 다 똑같이 생겼네.' 두 가지가 남는다. 철도청 직원 숙소에서 자고 일어나 집으로 돌아오는 여정엔 역시나 부산으로 떠나는 수백 명이 함께 한다.

한참이 지난 지금 아빠는 말한다. 아버지와 둘이서 〈아라비아의 로렌스〉를 본 이후로 지금껏 다섯 번은 더 봤다고. 그 영화가 오랫동안 사랑받는 영화라서 다행이란 생각이 들었다. 드문드문 TV에서 틀어줄 때마다 아빠는 채널 돌리기를 멈추고 방금 시작된 장면부터 이어 보기 시작했겠지. 그러면서 할아버지와의 여행을 떠올렸겠지. 부자 간의 처음이자 마지막이었을 여행은 이미 이것으로 뜻깊다. 이야기를 들려주는 아빠의 얼굴에 어리는 것은 행복이다.

할아버지는 헌칠한 미남자로 쌍꺼풀도 진하고 콧날도 오똑했다고 한다. 엄마 말에 따르면 마치 영화배우 같았다고. 큰아버지와 사촌 언니, 오빠를 보면 만나지 못한 그 얼굴이 상상되었다. 오목조목 어여쁜 우리 고모 역시 그랬다. 또렷하게 생겨 여럿이 등장하는 사진에서도 톡 튀지 않았을까. 그런데 아빠는 할머니를 똑 닮았지 뭐니. 엄마가 그렇게 말하면 나는 괜히 아쉬워하곤 했다. 나는 아빠를 닮았기 때문이다. 특히나 하관은 할머니부터 아빠를 쏙 빼닮았다. 부리부리한 눈과 이목구비 진한 얼굴이 부럽지 않았다면 거짓말이다. 대신 할머니는 꾸미는 것을 좋아했다. 매니큐어를 잘 바르고 목걸이나 팔찌, 반지 같은 장신구도 즐겨했다. 어린 내 눈에도 그게 보였다. 그래서 내가 손과 발에 뭘 바르고 있노라면 느그 할매 꼭 닮았네, 하며 엄마가 말을 거들었다. 지금도 눈에 선한 것은 할머니의 알록달록한 반지들이다. 젊은 시절엔 그것도 하나 없었을 게 분명했다. 잠시 있었더라도 곧 팔아야 했을 패물이었을 것이다.

형편이 어려웠던 만큼 할머니에겐 의지할 곳이 절실했다. 마음 깊이 붙들고 믿을 것이 필요했다. 정초엔 가족들의 운수를 보러 갔는데, 그해따라 아빠와 관련된 점괘가 불길하게 나왔다. 그것도 아주 많이 불길했다. 점쟁이의 말은 단호했다.

"얘는 올 여름에 물에 빠져 죽을 운세다."

할머니의 마음은 철렁했지만 그러거나 말거나 방학을 맞은 중학생은 신이 났다. 원래부터 방학 숙제 따위 한 적이 없으니 종일 부지런히 놀 생각만 했다. 그 시절 아빠는 새벽 4시면 골목을 뛰어다니며 호각을 불어 친구들을 불러냈다. 지금이라면 친구가 아니라 경찰을 불렀을 일이지만 시절이 너그러워 살아남을 수 있었다.

그맘때 아빠와 친구들의 일과는 이러했다. 각자 어

른들에게 하루치 용돈을 받는다. 버스를 타고 광안리로 향해 바닷가에서 즐겁게 논다. 돌아올 차비를 털어 점심과 간식을 사 먹는다. 해가 질 무렵이 되면 집까지 달리기가 시작된다. 무려 한 시간 반을 달려 집에 돌아와 저녁을 먹는다. 그러곤 쿨쿨 잔다. 다음 날이면 다시 모여 바닷가로 향해야 하기에. 그러나 올해는 다르다.

"넌 이제 바다에 못 간다."

방학식 날 저녁 할머니가 엄포를 놓다. 내일부터 당장 바다에 가서 놀기로 약속을 다 해놨는데, 이건 말도 안 되는 소리다. 아무래도 몰래 나가는 수밖에 없다. 그러나 역시 4남매 엄마의 내공은 만만치 않다. 다음 날 아침, 집을 빠져나가려던 아빠의 허리춤을 낚아채고는 옥신각신 실랑이가 벌어진다. 친구들이 기다리고 있으니 가야 한다. 안 된다, 바닷가는 안 된다. 처음엔 아빠를 기다려주던 친구들도 시간이 늦자 그만 출발해버렸다. 내심 좋아했을 할머니는 슬슬 아빠를 꼬신다.

"그럼 아버지가 해수욕 열차 운행할 때 그거 타고 같이 가자. 광안리 대신 송정 바닷가에서 놀다가 오자?"

하는 수 없이 아빠는 할머니와 고모와 함께 역으로 향한다. 저 멀리 할아버지가 모는 열차가 들어오고 있다. 이미 사람들로 미어터지는지라 승객들은 객차의 지붕에도 올라가 앉아 있다. 어머니와 아버지, 여동생과의 조촐한 피서가 아니라 피서군단과의 전투적인 나들이다. 중학생 아빠는 엄마와 여동생을 에스코트하기 위해 앞장을 선다. 사람들 틈바구니 속 어떻게든 자리를 잡아보려 애쓴다. 겨우 기차에 올라 객실로 들어서려는데 눈앞의 문 상태가 좀 이상하다. 문 가운데 있는 차창의 대부분이 날아간 상태다. 남은 유리창은 기요틴의 칼날처럼 사선으로 매달려 있다. 해수욕장을 잇는 열차에선 고성방가와 주먹다짐이 종종 일어난다는데 아마도 비슷한 일들이 있었던 모양이다. 섬뜩하지만 객차에 들어가려면 문을 열어야 한다. 문 손잡이를 잡는데 덜컹, 차체가 크게 흔들린다. 매달려 있던 유리가 통째로 떨어진다. 아빠의 팔 위로.

피가 무섭게 솟는다. 뼈까지 패인 모양이다. 할머니는 손수건을 꺼내 아빠의 팔 위쪽을 단단히 동여맨다. 놀랍도록 침착한 태도로 역 앞 병원을 찾아, 피에 젖은 아들의 팔을 건네며 말한다.

"빨리 꼬매 보소."

의사는 급히 수술을 시작한다. 아빠는 울지도 않았

다고 한다. 아빠가 우는 모습은 여태 잘 보지 못했으니 여기까진 믿을 만하다. 그러나 마취도 안 했다는 말은 좀 그렇다. 아니 아빠, 아빠가 무슨 관우야? 어떻게 마취를 안 하고 꿰매. 그럼 혹시 의사랑 바둑이라도 둔 거야? 나는 상식적인 의문을 던지지만 아빠는 정말 마취 없이 수술을 했다고 한다. 마취 안 하고 꿰맸다기엔 지금껏 남은 흉이 제법 크기에 나는 재차 의문을 던진다. 아빠는 말을 잇는다. 의사의 솜씨는 훌륭해서 상처를 꼼꼼하게 잘 꿰맸다고 한다. 할머니는 역시 강단 있는 어투로 수술을 마친 의사에게 감사를 표했다.

"내 다음에 돈 주께요."

하고 집에 돌아와선 아빠에게 포도를 사 먹였다. 피를 많이 흘렸을 땐 포도가 좋다면서. 그렇게 큰일이 있었는데도 할머니는 기뻐했다. 이제 올해 바다는 정말 다 갔으니까. 상처가 나을 때까진 절대 물에 들어갈 수 없으니까.

실망한 아빠는 호각 불며 아이들을 규합한 실력으로 그해 여름의 놀이를 수영에서 축구로 바꿔놓는다. 팔에 붕대를 감고서 하루 종일 축구를 한다. 그러느라 간신히 붙여놓은 상처는 벌어지고 또 벌어져 지금의 커다란 흉이 되고 말았다. 점심이나 오후에 기차를 운행하는 날엔 할아버지가 구경을 왔다고 한다. 팔 다친 막내아들이 공은 뻥뻥 잘 차는지, 까불다 더 다치진 않는지 지켜보려고 온 것이다. 그렇다면 할아버지는 자상하고 다정한 사람이었을까. 어떤 때는 그랬지만 어떤 때는 그렇지 않은 사람이었다. 사실 많이 엄하고 무서운 사람이기도 했다. 제 마음 같지 않게 엇나가는 자식에겐 불호령을 내리고, 그를 막으려 절절 매는 할머니에겐 더 모진 말을 했던 사람이었다.

할머니는 늘 이리 뛰고 저리 뛰어야 했다. 아들 중 하나가 사고를 쳐 재산을 크게 들어먹게 생겼어도, 할머니는 남은 것들을 추슬러 삶을 꾸려나갔다. 그게 한 번이 아니어도 할머니는 주저앉지 않았다. 오뚝이처럼 계속 일어나고 또 일어났다. 아기 돼지 삼 형제 이야기 속 늑대 같은 불운이 할머니가 지어놓은 작은 오두막을 무너뜨린다. 할머니는 검부러기들을 줍고 주워 다시 집을 짓는다. 갈수록 집의 크기는 작아지고 볼품없어지지만 멈추지 않는다. 어떻게든 살아날 방도를 찾아 일으켜 세운다. 난 이제 못 하겠다, 포기할래. 하며 나동그라지지 않는다. 그러고선 불 같은 남편과 자식들을 품는다. 평생을 그렇게 살았다. "바람 잘 날이 없던 인생이라 도통 이해 못 할 것이 없는 사람." 시어머니를 지켜본 며느리의 평이었다. 평균적인 고부 사이보다 조금 진하고 얼룩덜룩했던 사이였던 것을 고려하면, 나는 할머니의 됨됨이를 더욱 믿게 된다. 그 씩씩함과 대범함을 우러르게된다.

아빠가 장가를 가고 서울에 살림을 차린 후, 할아버지와 할머니는 신혼집에 잠시 다녀갔다. 은퇴한 직후였으니 홀가분한 나들이였을 것이다. 게다가 며느리의 뱃속엔 손주도 자라고 있다. 여러모로 흐뭇한 일이었다. 막내아들의 집에서 할아버지는 각혈을 했다. 이제 아무도 그런 대본은 쓰지 않을 텐데, 할아버지는 그 대본 안으로 성큼성큼 들어가 기침을 한다. 커억컥 붉은 피를 토한다. 할아버지가 입원한 병실에선 바다가 내려다보인다. 도시와 도시를 잇는 촘촘한 타임 테이블이 더 이상 필요 없어진 지금, 할아버지는 한결 여유롭다. 편안히 침대에 기대 바다 위 흐리고 맑음, 어두움과 밝음을 바라본다. 작은 섬과 다리들 사이로 고깃배와 갈매기들이 맴을 돈다. 할아버지는 작은 스케치북을 가져다 달라고 해 보이는 것들을 스케치한다. 실루엣을 그리고 그 위로 명암을 넣는다. 이제 할아버지에겐 시간이 많으니 천천히 그려도 좋다. 같은 풍경을 그리고 또 그려도 좋다. 그러고 얼마 지나지 않아 할아버지는 돌아가신다. 한참이 지나 나는 생각한다. 할아버지가 그린 그림이 남아 있다면 참 좋을 텐데. 액자에 담아 잘 보이는 곳에 걸어두고 싶다. 그렇게 할아버지를 알아가고 싶다고 생각한다.

# 양복을 짓는 남자

여섯 딸들은 입을 모아 그때 할아버지는 왜 그랬냐며 투덜댄다. 여기서 할아버지는 나의 외할아버지의 아버지, 그러니까 증조할아버지다. 외할아버지는 어릴 때 탱자나무에서 떨어지는 사고를 당한 후 다리를 조금 절게 되었다고 한다. 그렇다면 서서 하는 일은 어려울 테고 대체 아들에게 뭘 가르쳐야 밥벌이를 할는지, 증조할아버지의 고민은 깊었다. 결국 추려낸 후보는 두 가지였다. 하나는 한의사, 하나는 재봉사로 둘 다 앉아서도 할 수 있는 일이다. 기술은 기술인 만큼 젊을 때 배우면 계속해서 써먹을 수 있을 것이다. 둘 중 하나를 고르라면 아무래도 신기술을 배우는 게 유망하지 않을까?

생각했던 증조할아버지는 아들에게 재봉 기술을 배우게끔 한다. 그래서 양복점의 시다로 일하게 된 할아버지다. 그렇게 여섯 딸들은 재봉사의 딸이 된다. 물론 미래의 일을 아직 모르는 젊은 할아버지는 열심히 기술을 배우느라 바쁘다. 정확한 수치로 치수를 재고 패턴을 떠서 한 땀 한 땀 손으로 만드는 양장의 세계에는 배울 것이 많을 수밖에 없다. 시다에게 거저 일을 가르쳐주는 재봉사는 없으니 눈치껏 요령껏 익혀야 한다. 어깨 너머로 힐끔, 드는 팔 아래로 힐끔, 구박도 받고 설움도 받으며 일을 배운다. 그때 할아버지의 마음속에서 뭔가 생겨났을지도 모른다. 훗날 자기 이름을 내건 가게를 차리겠다는 목표가.

외할머니는 바느질 솜씨가 좋은 아가씨였다. 할머니의 오빠는 초등학교 선생님으로 학교 근처의 양복점에서 일하는 청년을 괜찮게 본다. 무엇보다 성실해 보이는 점이 마음에 들어 여동생과 다리를 놓아주려 한다. 말이 다리지 사실 중매다. 아니, 중매라기보다 이미 셜혼시키기로 약조가 된 셈이다. 그때만 해도 당사자들의 의사는 별 중요한 일이 아니었으니까. 일은 빠르게 진전

되어 할머니의 오빠와 양복점 청년이 집으로 인사를 오게 되는 날, 그걸 안 할머니는 안절부절못한다. 생각만 해도 부끄러운 일이라 손님이 오기 전 일찌감치 염소를 몰고 나가버린다. 행여 마주칠까 봐 돌고 돌다 늦은 저녁이 되어야 돌아온다. 덕분에 외할머니는 결혼식 날이 되어서야 남편 될 이의 얼굴을 보게 된다. 외할머니의 나이는 열여덟이었다.

고작 방 두 개의 작은 집에서 방 하나는 신방이고 다른 하나는 시부모님과 어린 시누이들이 쓴다. 이것도 신접살림이라 부를 수 있을까? 새색시는 어찌할 바를 모른다. 많은 것이 낯설고 두렵기에 눈치껏 잘해야 한다는 생각뿐이다. 빨리 일어나 밭을 매야 한다는 말에 이른 새벽 집을 나선다. 결국 시아버지가 밭에 나간 며느리를 찾으러 온다.

"애야, 아직 해도 안 떴다. 들어가서 더 자거라."

하지만 그건 약과다. 뱃속의 아기가 미어져 나오려는데도 차마 입을 떼지 못한 적도 있다. 밭을 매다 일하다 하늘을 보며 생각했다. 언제 저 해가 다 지려나. 어서 날이 저물어야 집에 가서 아기를 낳을 텐데.

그런 상황 속에서도 아기는 잘도 태어난다. 첫째부

터 여섯째까지 딸들만 줄줄이 태어난다. 성별을 정하는 것은 할머니 몫이 아닌데도 비난의 화살은 할머니가 고스란히 맞아야 한다. 할머니는 뒤늦게 이렇게 회상한다.

"너희들이 태어날 때마다 속으로 눈물을 삼켰는데, 이제 와보니 그 딸들이 다 진주가 되었네."

듣는 딸들과 딸들이 낳은 자식들 모두의 마음이 뭉클해진다. 아무렴, 할머니의 배는 모두를 품기에 넉넉하다. 그 넉넉한 배에서 일곱째가 태어나는 날, 드디어 바라고 고대하던 아들이다. 할아버지는 신이 나서 동네 사람들에게 술을 산다. 비틀거리며 종일 축하주를 마신다. 동네 전체에 골든벨을 울린 셈이다.

일곱 자식을 먹이고 입히기 위해 할아버지와 할머니는 더 열심히 일을 해야 했다. 방학이면 어느 정도 자란 딸들은 시골에 보낸다. 입도 덜고 일도 덜기 위해서였다. 엄마는 어린 날의 방학을 추억한다. 외갓집에 가면 손녀들을 품어주는 할머니가 있었다고. 지천의 푸성귀들과 개울에서 잡은 것들로 차리는 여름 밥상이 아직도 떠오른다고. 들로 산으로 종일 나다녀도 나무랄 사람 하나 없는 방학이 끝나 떠나는 날이면, 엄마의 외할머니는 작은 손에 용돈을 쥐어주었다고 한다. 그러면서 꼭 덧붙이는 말은 집에 돌아가 엄마 말 잘 들어야 한다는 당부였다. 사실 엄마 말을 듣고 안 듣고 할 것도 없었다. 바쁜 부모님을 대신해 딸들은 저들끼리 자랐다. 웃고 떠들고 울고 싸우다 옥신각신 말썽을 부리면 큰언니가 나섰다. 너어! 하며 무서운 눈을 하고는 무릎을 꿇으라 한다. 그러곤 꾀 부리지 말고 제대로 손을 들라고 한다. 큰언니 말엔 거역할 수 없으므로 울먹거리는 얼굴로 내려가는 손을 치켜올린다. 괘종시계 아래 무릎 꿇고 앉아 벌을 서는 동생들이었다.

입은 많고 살림은 어려워 할머니는 꾀를 낸다. 라면을 끓일라 해도 머릿수만큼 풍덩풍덩 넣을 수 없기에 국수를 넣어 양을 늘린다. 그러면 국숫발 사이로 꼬불거리는 라면을 서로 건져 먹겠다고 다툰다. 밤이면 자매들끼리 모여 김밥 재료들처럼 가지런히 눕는다. 겨울엔 등은 따수워도 코는 시렵곤 해 이불의 가장자리에 누운 사람은 제 쪽으로 이불깃을 말아쥔다. 당연히 반대쪽도 만만치 않은 기세로 옥신각신 이불을 당겨댄다. 가운데 누운 사람만 발 뻗고 편안하게 잠이 든다. 그렇게 늘 왁자지껄하던 밤, 마침 부모님이 집을 비워 늦은 시각까지 떠들다가 한 명씩 잠이 들었다. 그런데 새벽녘 이상한 기척이 느껴진다. 방 안에 스며든 매캐하고 몽롱한 냄새, 이건 연탄가스다. 모두들 비몽사몽한 가운데 다섯째 홀로 떨쳐 일어난다.

"난 괜찮다! 내가 나가서 사람들 불러 올게!"

비틀거리면서도 대문을 열고 뛰어나간다. 그리고 큰길가의 약국 앞에 도착해 장렬히 고꾸라진다. 그렇게 다섯째는 첫째부터 일곱째까지 모두를 구한다. 대단한 다섯째는 바로 용감한 우리 엄마다.


할아버지는 양복을 만든다. 손님의 몸 치수를 일일이 다 잰 다음, 취향과 예산을 반영해 한 사람만을 위한 옷을 지어낸다. 요즘 같으면 디자이너 부띠끄인 셈이다. 할머니는 할아버지의 엽렵한 조수로 해야 할 일은 많고 많았다. 모든 공정의 백업은 물론이거니와 할아버지의 꼬장꼬장한 성격에 비위를 맞추는 것도 중요한 일이다. 자신의 기술에 자부심이 있는 할아버지는 본인 생각에 무리한 요구를 해오는 손님은 그냥 내쳐버린디.

"옷을 안 만들면 안 만들었지, 그렇게는 안 합니다."

무안해진 손님이 휑하니 가게를 나서면 할머니는

몰래 가게를 빠져나가 손님을 잡는다. 우리 영감이 말만 저렇게 하는 거라고. 값을 깎아줄 테니 옷을 만들겠다고. 날짜도 맞춰주겠다고. 그렇게 꾸려가는 살림이다. 일곱을 키우려면 이렇게 하는 수밖에 없다.

그런 뻣뻣하고 완고하던 할아버지가 털썩 주저앉아 핑 도는 눈물을 훔친다. 엄마가 처음 본 할아버지의 눈물. 간밤에 양복점에 도둑이 들어 할아버지의 전 재산인 원단들을 모조리 훔쳐갔다. 할머니와 할아버지는 물어 물어 수소문한 끝에 어느 동네에 있다는 비밀스러운 시장도 찾아가 본다. 이 시장은 여기저기의 장물들이 거래된다는 곳이다. 부피도 크고 아무데서나 쉽게 팔기도 어려운 원단들이니 처분을 위해 여기에 가져왔을까 하는 마음에서다. 하지만 할머니와 할아버지는 원단의 행방을 찾지 못하고 빈손으로 돌아온다. 원단은 사라졌지만 손끝의 기술은 사라지지 않는다. 할아버지는 다시금 줄자와 가위를 든다. 재봉틀의 페달을 밟고 양복을 짓는다. 자식들을 키운다.

술 좋아하는 남편을 위해 할머니는 포도주를 담근다. 그럴 땐 딸들이 일손을 거들어야 한다. 포도를 한 알 한 알 떼어 잘 씻은 다음 체에 걸러 물기를 빼는 일이다.

함부로 물러지고 서둘러 쉬어버리지 않도록 정성을 들여야 한다. 딸들은 포도를 떼어 손질하다가 크고 실한 놈은 꿀꺽 삼킨다. 그렇지만 할머니는 야단치지 않는다. 한 평생 야단 한 번 안 치고 일곱을 기를 수가 있다니, 이거야말로 도시 전설 아닐까 싶지만 할아버지 역시 그랬다. 다정하고 살가운 성격은 아니었지만 모질게 야단치지도 않는다. 다만 거슬리는 일이 있으면 자식 대신 할머니를 나무란다. 그걸 또 묵묵히 받아주는 할머니다. 가끔 할아버지가 말도 안 되는 트집을 잡아 할머니에게 잔소리를 할 때면 역시나 용감한 다섯째, 엄마가 나선다.

"아버지는 왜 그러세요? 괜히 엄마한테 그러지 마세요."

하며 바른 말을 한다. 딸의 호통에 할아버지는 말을 멈추곤 헛기침만 한다.

할아버지가 돌아가시고 나서도 할머니는 가게를 접지 않는다. 예전처럼 양복을 만들지는 못해도 천으로 만들 수 있는 많은 것들을 만든다. 계절별로 두께와 소재가 다른 이불이며 베갯잇과 잠옷, 보자기와 행주까지 일상에 필요한 것은 많고 많다. 할머니는 오래된 미싱을 돌리고 또 돌린다. 할머니의 가게를 찾으면 뭐든 손에 잡히는 것을 주려고 한다. 아유, 괜찮아요. 하고 손사래 쳐도 잠시 눈길이 멎은 곳을 유심히 살피다 꺼내주려 한다.

"이 무늬가 별로라서 그러나? 그라믄 다른 것도 있는데 볼래?"

하며 끝도 없이 이불들을 끌어내리고 펄럭거리며 잠옷들을 꺼내온다. 그 덕에 많고 많은 우리 가족들은 다 할머니표 잠옷을 입는다. 사락거리는 잠옷 바람으로 할머니의 이불 속에 들어가 잠이 든다. 할머니의 손길이 우릴 감싼다.

더 이상 반주를 즐겨 마실 할아버지는 없지만 태어나면서부터 동네에 술을 돌린 일곱째, 외삼촌도 술을 좋아한다. 여섯 딸이 데리고 온 여섯 사위들도 술을 좋아한다. 누가 보면 사위 볼 때 주량 테스트부터 하는 집안인 줄 알 정도다. 우리 딸과 결혼하겠다고? 그럼 이 말술부터 들이켜라, 이런 식으로. 그래서 할머니는 명절을 앞두고 술을 담근다. 커다란 약수통 가득 담근 술은 모두의 위를 적신다. 고스톱을 치다 좀 잃어도 허허 웃게 만들고 줄줄이 모인 조카들에게 덥석덥석 용돈을 쥐어줄 만큼 너그럽게 만든다. 웃다가 보면 또 딩동, 벨이 울린다. 문이 열리면 할머니의 딸과 사위, 손녀와 손자다. 현관 앞은 온갖 신발들로 빈틈없이 들어차니 말 그대로 번족한 집안이다. 이 모두를 일궈낸 것은 할머니의 품이다. 방마다 모여 앉은 이들을 보면 이들이 다 할머니 뱃속에서 나왔다는 게 사뭇 신기해진다. 요모조모 닮은 구석들을 훔쳐보게 된다.

우리 모두의 기원인 할머니는 딸들을 위해서 김치를 담근다. 힘들게 왜 담그냐고, 이제 그만하라고 해도 김치 담그기를 멈추지 않는다. 황태를 끓인 육수로 양념을 만들어 절인 배추에 치댄다. 여름이면 열무가 시원한 물김치도 척척 만들고 조그만 꼴뚜기가 들어간 무김치도 담근다. 반찬통에 반찬통을 거쳐 할머니의 김치는 손녀, 손자들 집까지 흘러들어 간다. 누구는 무슨 김치를 좋아하고 또 누구는 무슨 김치를 좋아한다는 것은 할머니 마음속에 다 새겨져 있다. 그걸 알맞게 챙겨줘야 마음이 좋은 할머니다.

할머니가 지금껏 담근 김치 속 배추들을 일렬로 줄

세워보면 그 이파리들이야말로 화성에 도달할 것이다. 흰 속대와 노랗고 푸른 잎이 멀고 먼 은하수 사이에서 영롱하게 빛날 것이다. 외갓집, 외할아버지, 외할머니의 '외'는 내게 떠나야 하거나 멀어진 곳을 의미하지 않는다. '외'라는 접두사는 울타리 밖의 무엇 대신 서걱서걱하고도 시원한 여름 과일을 떠올리게 한다. 진노랑에 흰 선이 또렷한 참외를 한 입 베어 물면 단물이 입을 적신다. 아삭하고 달큰한 맛. 동시에 그만큼 진한 뭔가가 밀려온다. 엄마의 엄마, 내가 영원히 속한 곳. 나의 뿌리, 내 사랑, 나의 외갓집이다.

자는 딸의 얼굴을 들여다보고

젖은 머리의 물기를 튕겨주는 일,

특별한 생색 없이

평범하게 이어지는 손길,

그럼 아빠는 나를 사랑한 것일까,

## 조심스레 펼친 손바닥 아래 너의 눈

아빠에겐 미안하지만 많은 이들이 외갓집을 더 편안하게 느낄 것이다. 진화심리학에선 그것이 자연스러운 결과라 한다. 그야말로 자연이 만들어낸 섭리다. 유전자 검사로 친자를 확인할 수 없던 오랜 시간 동안 인간은 고민해왔다. 정확히 말하자면 남자 인간의 고민이었다. '저 새끼가 내 새끼가 맞는가? 혹시 다른 놈 새끼 아냐?' 인간의 본성상 뻐꾸기 새끼는 용납할 수가 없으므로 한정된 자원을 핏줄에게 물려주기 위해 민감해진다. 그만큼 긴장도가 올라가고 불편함이 심화된다. 가족이란 이름 아래 같은 밥술을 뜨고 있지만 혹시 모르는 일이다. 낼름낼름 고기 반찬을 집어먹고 있는 저 아이가 내 아들의 핏줄이 맞는지, 일단은 같은 성을 쓰고 있지만 그 성을 받을 자격이 있는지 역시 알쏭달쏭하다. 고기 반찬만이라면 몰라도 그 이상의 것들도 걸려 있기에 드는 생각이다. 진실은 며느리만 알 것이다.

반면 여자들끼리는 그런 의심이 필요하지 않다. 내 딸의 아이는 확실한 내 핏줄이니 가나다라마바사, 어떤 성을 붙이든 아무런 상관이 없다. 열 달 동안 배불러 낳은 아이는 어떻게 봐도 내 새끼니까 혹시나? 하며 의심의 눈초리 번뜩일 필요가 없다. 나는 그 이론을 자연스레 몸으로 익혔다. 나의 외갓집은 완전한 모계 사회로 엄마를 제외하고도 이모만 다섯에 외삼촌은 하나, 게다가 막내다. 아무리 남자를 귀하게 여기는 사회 속에서 자랐다 쳐도 누나 여섯이 주는 물리적인 무게는 무시할 수 없다. 틈바구니에서 살아남을 방도를 스스로 터득해야 한다. 막내란 자리가 원래 그런 것인지 아니면 타고나길 그런 것인지 외삼촌은 중년임에도 까불까불 귀여운 캐릭터다. 누나들 예쁨 받고 자란 티가 절로 난다. 평생 누나, 누나, 하며 자랐을 외삼촌이다.

내게 외삼촌은 외삼촌이기 이전에 '아지아'였다. 아

마도 아재의 사투리 아니었을까. 외삼촌이 장가 가기 전 서울의 우리 집에 와 잠깐 머문 적이 있다. 아지아라는 이름도 그때 가르쳐주었을 것이다. 새로운 단어를 배운 김에 나는 종일 아지아, 아지아 하며 외삼촌을 불러 대고 그럴 때마다 외삼촌은 즐거이 대답해준다. 칭얼거릴 대상이 생겼으니 틈만 나면 이리저리 엉겨 붙어 논다. 외삼촌은 아주 웃긴 사람인데다 어린 내가 치대도 잘 받아주는 좋은 사람이다. 필통에 그려진 캐릭터를 가지고도 이야기를 만들어 들려준다. "칼국수에 칼이 들어가나요, 주먹밥에 주먹이 들어가나요." 이런 노래를 끝도 없이 지어내 불러준다. "수제비에 제비가 들어가나요."를 지나 "가래떡에 가래가 들어가나요."에 다다르면 어린 나는 몸을 뒤집으며 웃어댔다. 가래, 침, 방귀, 똥, 이런 이야기는 꼬마 귀에 너무 웃겼으니까.

이제는 외삼촌 무릎에 앉아 깔깔 웃을 일은 없지만 일곱 남매는 지금도 많이 친하다. 자주 만나 시간을 함께 보내고 생일이면 왁자지껄 모여 밥을 먹는다. 조카들의 결혼식엔 좌라락 멋진 한복을 입고 단체 사진의 맨 앞에 선다. 평소엔 조를 짜서 혼자 계신 할머니집으로 향한다. 여하튼 모이기만 해도 떠들썩해지기 마련이다.

가만히 듣고 있다가도 끼어들고 싶어질 정도다. 그중 엄마는 바로 위의 이모랑 유독 친한 사이다. 어쩔 땐 자매보다 친구 사이처럼 보이기도 한다. 친구는 친구인데 하루 종일 실컷 놀다가 헤어질 때가 되면 "집에 가서 전화해."라고 말하는 친구 같다. 내가 어릴 때 엄마는 이렇게 말했다.

"만약에 엄마에게 무슨 일이 생기면 넌 이모를 엄마처럼 여겨야 해."

어린이에게 엄마의 부재는 세상 모든 이야기 중 가장 무서운 이야기인지 모르고 그랬을까. 만약이란 말이 붙었지만 가정만으로도 무서운 상상이었다. 그래서 더 마음에 새기게 되었다. '무슨 일이 생기면 난 이모에게 갈 거야.' 무슨 일의 '무슨'에 뭐가 들어가는지는 모르지만 그런 일이 생기면 큰일이란 느낌만 안다. 생각만 해도 눈물이 찔끔 나올 것만 같다. 결국 그렇게 되면 이모에게 가야 한다는 것만 강렬히 남았다. 이모는 정말 그런 사람이다. 내리사랑이 무엇인지 알려주는 사람. 나는 이모에게 큰 은혜를 입었다.

그래서 내 동생을 생각하면 나는 내가 이모 될 수 없음이 안타깝게 느껴진다. 다들 입을 모아 말하듯이 나도 자매가 있기를 소망해왔다. 어릴 때야 옷장을 나눠 쓸 수 있다는 게 가장 부러웠고 자라서는 옷장 밖의 많은 것들을 공유할 수 있음을 부러워했다. 엄마와 이모가 평생에 걸쳐 많은 것을 공유해온 것과 같다. 그중에는 기쁜 추억도 슬픈 추억도 있다. 높은 파도와 잔잔한 물결도 있다. 나와 동생 사이에도 그런 것들이 있을까.

동생과 나는 다섯 살 차이다. 그래서 엄마의 배가 불룩 솟아올라 있던 장면을 기억한다. 부푼 배 안에 동생이 들어 있다는 말도 들었었다. 어느 날 아빠의 손을 잡고 병원으로 향해 그곳에서 하루를 보낸다. 심심해했을 나를 달래기 위해 아빠는 사탕을 사준다. 아직도 기억나는 '아이셔'. 엄마는 한 번에 한 통 다 먹는 것을 허락한 적 없는데, 아빠는 내가 연이어 사탕을 까먹어도 뭐라 하지 않는다. 새콤한 사탕을 녹여 먹는데 방문이 열리고 강보에 싸인 아기가 들어온다. 아기는 조금 전 내가 뒹굴거리던 바닥 위에 놓인다. 아주 작은 얼굴에 눈을 감고 있다. 아빠가 손을 들어 아기 얼굴 위로 올리니 새하얀 형광등 빛 아래 아빠 손바닥만 한 그늘이 생겼다. 그늘 아래서 반짝, 아기가 눈을 뜬다. 그 장면은 아주 또렷하게 내 마음에 콕 박힌다. 어릴 때도 크고 나서도 동생에게 여러 번 이야기해 주었다. 누나는 네가 눈을 뜨는 순간을 보았다고.

아빠는 필름 카메라로 찰나의 순간들을 담는다. 6월 3일, 동생의 생일이 오른쪽 귀퉁이에 찍힌 사진 속에서 나는 노란색 유치원 원복을 입고 있다. 하루를 열심히 보낸 터라 약간 꼬질꼬질해진 모습이다. 동생은 빨간 얼굴을 하고서 하얀 속싸개에 곱게 담겨 있다. 밖은 초여름이나 난방 잘 되는 회복실의 온돌 바닥에서 함께 절절 끓던 우리다.


모든 꼬마들에게 그런 시기가 오는 것인가. 반 친구들 중 몇은 '뽀삐'나 '해피' 같은 강아지를 키우고 있었다. 하얗고 복슬복슬, 혹은 갈색의 곱슬곱슬한 강아지들을 마음껏 품에 안고 싶었다. 나도 강아지를 키우게 해달라고 졸라댔다. 강아지를 얻어다 줄 만한 시골은 없었고 친구들 강아지는 아직 새끼를 낳지 않았다. 조르거나 말거나 엄마는 단호히게 안 된다고 딱 질렀다. 엄마는 어릴 때 광견병 걸린 개한테 물려 죽은 사람을 봤다고 했다. 그 이후로 엄마는 아주 작은 강아지를 만나도 그대로 멈춰 섰다. 주인의 품에 꼭 안긴 것을 보고서야 잰 걸음으로 피했다. 나는 그래도 작고 따수운 뭔가를 포기하지 못했다. 품 안에 안고 쓰다듬고 싶었다. 그 시절 나만 그런 것은 아니었던 모양이다.

병아리를 파는 아저씨가 교문 앞에 온 날, 많은 아이들이 자리를 떠나지 못했다. 박스 안에 담긴 병아리들은 열심히 꾸엑꾸엑거리며 발돋움을 했다. 노랗고 부숭부숭한 솜털과 아직 무른 부리들이 끊임없는 소리를 만들어냈다. 나는 두 마리를 사기로 결심하고 모이랍시고 파는 좁쌀도 같이 산다. 아저씨는 허연 비닐에 두 마리의 병아리를 담아준다. 병아리들은 좁은 봉지 안에서 허공을 딛느라 애를 쓴다. 비닐에 부리를 비비며 삐악삐악 운다. 병아리와 함께 하교한 나를 보고 엄마는 당황하지만 어쨌거나 달려드는 강아지는 아니다. 버리려고 놓아둔 빈 박스로 병아리의 집을 만들어주고 자리가 포근하게끔 신문지도 깔아준다. 밤에는 잘 자라고 인사도 한다.

베란다에 살게 된 병아리는 잘도 자라 제법 병아리답게 울기도 한다. 그러던 어느 날 학교에 다녀온 오후, 엄마가 조심스레 말한다. 어린 동생이 휘적휘적거린 빗

자루에 병아리 한 마리가 죽고 말았다고. 원래 허약했을 테고 동생도 모르고 그런 거라지만 나는 동생이 미웠다. 그밖에도 미워할 일은 얼마나 많은가. 다섯 살의 터울에도 불구하고 많이도 싸웠다. 고작 5년 더 산 까닭에 동생 이겨 먹는 것은 일도 아니었다. 호랑이 없는 세상엔 여우가 왕이라고, 엄마 없을 때면 온갖 호통과 으름장이 난무했다. 컴퓨터 게임 시간을 정할 권리, 친구들과 노는 데에 끼워줄 권리, 놀이의 규칙을 정할 권리. 나는 권리와 권위를 자주 혼동했는데 사실 이러나 저러나 비슷하게 으르렁거렸다. 그리고 그건 언제나 먹혀들었다. 조금 못되게 굴어도 동생은 누나, 누나, 하며 나를 불렀다. 내가 하는 많은 것을 함께 하고 싶어 졸졸 따라다니며 귀찮게 굴었다.

살아남은 병아리는 노란 털이 희끗희끗하게 변하기 시작했다. 이른 아침이면 꼬끼오 비슷하게 울기까지 했다. 그렇게 자라난 건 우리 집 병아리뿐 아니어서 아파트 복도 곳곳에서 닭 울음소리가 들렸다. 훌쩍 자란 병아리, 이니 우리 집 닭은 자꾸만 싱자 밖으로 뛰쳐나가더니 어느 날 집 밖으로 탈출해버렸다. 한 번은 우리 동 현관 출입문 근처에서 잡아오고 두 번째는 다른 층 복도에서 데려왔다. 그건 일종의 사전 연습이었을까? 다음 번 집을 나가서는 영영 돌아오지 않았다.

병아리가 죽었을 때는 울었는데 닭이 탈출하고 나서는 울지 않았다. 놀자고 조르는 동생을 데리고 나가서 놀아주었다. 함께 정글짐에 오르고 미끄럼틀도 탄다. 시소도 태워주고 모래성도 쌓는다. 비가 온 다음 날이면 그네 밑에 생긴 웅덩이로 모여들어 종일 손을 적신다. 여기저기 성을 쌓고 물길을 판다. 찰랑찰랑, 기분 좋은 서늘함을 아직 기억한다. 손톱 아래 흙먼지가 끼고 손바닥엔 굳은살이 박이도록 논다. 그네와 철봉에 하도 매달린 탓에 손바닥에선 쇠 냄새가 난다. 그래도 노느라 정신이 없다. 미끄럼틀에서 발을 구르며 노는데 동생이 고꾸라져 넘어진다. 긁힌 줄 알았던 턱이 찢어져 피가 솟는다. 이럴 땐 어떻게 해야 하지. 동생의 손을 잡고 재빨리 집으로 간다. 걸음이 절로 빨라진다. 엉엉 우는 동생의 울음 속에서 나는 엄마, 엄마 목청껏 엄마를 찾는다. 엄마와 병원에 간 동생은 턱을 꿰매고 돌아온다. 그 이후로 우리 집 아기가 맞나, 엄마가 장난으로 놀릴 때면 동생은 턱부터 치켜든다. 하얗게 아문 흉터를 엄마에게 들이민다. 이거 보라고, 우리 집 아기 맞다고.

엄마 아빠의 아기이자 누나의 영원한 동생. 나는 일찍 동생의 곁을 떠나 서둘러 발돋움해 어른의 세계로 헤엄쳐 갔다. 거기서 건져 올린 것들을 가끔 소포로 보냈다. 어느 해 6월엔 기형도 시집을 부쳤다. 동생은 두고 두고 이야기한다. 누나가 보내준 그 시집이 정말 좋았다고. 여름방학에 잠깐 기타 학원에 다니더니 그 이후에도 종종 기타를 친다. 통기타로 속주도 한다. 고등학교 졸업식엔 형광 핑크색의 모히칸 머리를 하고 간다. 엄마가 보고 기절할 뻔한 헤어 스타일이지만 유난히 많은 기념사진들을 찍고 돌아온다.

언제는 기타를 들고 바닷가에 나가 버스킹을 하며 자기가 작곡한 노래를 부른다. 나는 건반 위에서 도레미 다음 엄지를 바꿔 다시 파솔라시도를 치는 것도 힘겨운 사람인데 같은 배에서 나왔지만 나랑은 많이 다른 것을 느낀다. 그러더니 제대 후 얼마간 모은 돈으로 앨범을 만들겠다고 한다. 이제껏 써온 곡들을 다듬어 세상에 내어놓겠다는 포부를 말한다. 6개월, 10개월, 1년. 자취방과 작업실에서 기타를 튕기며 멜로디를 만들고 거기에 가사를 붙인다. 그러더니 정말이지 앨범을 만들어 낸다. 내가 오래도록 알아온 음성이 기타 연주 위로 흐른다.

문득 우리가 함께 갔던 콘서트가 떠오른다. 루시드폴의 콘서트를 동생에게 보여주고 싶었다. 우리는 지하철을 타고 아주 멀리 멀리 갔다. 바다와 강이 만나는 낙동강 하구둑, 무성한 갈대 속 새들이 쉬었다 떠날 채비를 하는 곳에 공연장이 있었다. 조용한 무대 위엔 기타와 작은 의자 하나가 놓여 있었다. 손과 현 그리고 목소리가 빚어내는 두 시간 동안 우리는 말없이 음악을 들었다.

그런 동생이 여자친구를 소개시켜 준다고 한다. 특별히 부담 가지지 말고 우리끼리 가볍게 밥이나 먹자고 한다. 그 자리에서 생각한 것 이상으로 긴장을 많이 했다. 왜 그랬을까. 그 옛날 눈 반짝 뜨던 아기가 결혼할 사람이라며 여자친구를 데려오다니. 이미 내가 결혼했던 나이보다 동생이 더 나이 먹은 것은 생각 안 하고 나는 어릴 적 아기만 생각한다. 꽃게탕의 집게발이 무서워 엉엉 울고 귤의 하얀 속껍질도 발라주어야 했던 아기였는데. 그때의 아기가 지금 미래의 아기 이야기를 한다. 자기들은 아기도 많이 키우고 싶다고 말하면서 "가능하다면 셋?" 이렇게 웃는다. 그래서 나는 생각한다. 내가 이모는 못 되어도 고모는 될 수 있겠다고. 조카와 함께 멍멍거리고 꽥꽥거리고 삐약삐약 소리 내며 기어다니는 고모가 되겠다고. 끝없는 개사로 동요 메들리를 불러주고 잠든 이마에 뽀뽀해주는 고모가 되겠노라고 다짐한다. 그런 달짝지근한 장면을 상상하고 나니 세상에 올 아기를 먼저 기대하며 기다리는 기분도 괜찮구나, 생각한다.

# 세기말의 난파선

아빠가 내게 준 것들을 생각한다. 편지 한 장 써준 적 없지만 기념일마다 꼬박꼬박 선물을 받았다. 어렸을 땐 2층짜리 인형의 집을 조금 커서는 이런저런 여러가지 것들을 받았다. 주로 아빠가 생각할 때 내게 필요하다고 생각되는 것이었다. 툭 잡아 뽑아준 앞니 말고 스스로 밀어대다 뽑아놓은 송곳니 말고 드디어 굳세고 튼튼한 어금니 차례가 되자 아빠는 누런 종이봉투를 들고 온다. 그 안엔 엿이 한가득 담겨 있다. 엿에 들러붙은 이가 쏘옥 뽑혀 나오길 바랐던 걸까. 그나저나 초등학생이 정녕 박하엿을 좋아할 거라고 생각했던 걸까.

언제는 하모니카 교본집을 사들고 왔다. 옅은 주황

색 케이스에 담긴 하모니카와 함께였다. 요리조리 살펴봐도 음계에 무딘 나는 하모니카가 영 어려웠다. 그저 입술을 뗐다 붙였다 하며 들숨과 날숨만 번갈아 쉬어댔다. 관악기의 좋은 점은 그래도 어찌되었건 음률 비슷한 소리가 난다는 거다. 나는 삐익 하고 빼액 하는 소리로 희미한 동요들을 불러댄다. 자꾸만 가벼운 플라스틱 바구니와 그 안에 짤랑거리는 동전 몇 개가 떠오르는 것은 왜인지. 구슬프면서도 구성진 하모니카 소리를 종종 만날 수 있던 1호선, 아빠는 1호선을 타고 집과 종로의 회사를 오갔다. 그러니 박하엿도 하모니카도 낙원상가 어름에서 온 것이다. 옆구리에 종이봉투나 하모니카 교본집을 끼고 지하철을 탔던 아빠를 상상한다. 지금의 내 나이쯤 되었던 젊은 아빠.

　그 젊음을 상상해보다 생각을 이내 접는다. '아빠의 젊음' 다음 장에 뭐가 등장하는지 이미 알고 있기 때문이다. 오랜 시간 나는 이 지점에서 더 나아갈 수 없었다. 사랑하고 아끼는 사람들 앞에서도 이런 문제에 대해선 말을 아꼈다. 우리 가족의 추억은 흐리든 생생하든 이쯤까지 훑는 게 좋았다. 감히 무릎을 걷어올리고 첨벙첨벙 건너갈 용기가 나지 않았다. 생판 남의 이야기나 이미 죽어버린 사람의 이야기가 아니다. 우리 모두는 이곳에 살아 있고 여전히 서로의 삶에 기대고 있다. 조금이나마 발을 걸쳐놓고 슬며시 간섭하고 있다. 때는 1999년, 세기말이었다.

IMF. 그건 국제통화기금의 약어지만 그걸 맞닥뜨린 사람들에겐 호환 마마보다 더 두렵게 보였나 보다. 눈에 잘 보이지 않으나 내 앞에 날카로운 것을 들이미는 무섭고 서늘한 이름. 귀신이 온다, 손이 온다 말하듯 IMF에 '오다'라는 동사를 붙여 쓰는 것을 보면, 그 시절 잘 모르는 뭔가가 와서 모두의 삶을 바꿔놓았음은 분명하다.

우리도 피해갈 수 없었다. 뭐가 뭔지는 하나도 몰랐지만 후들후들한 분위기는 기억난다. 수학여행을 못 가는 게 다가 아니라 사회 곳곳에 공포와 불안이 팽배했다. 매일 뉴스의 헤드라인이 새롭게 경신되었다. 건설회사들이 쿵 하고 넘어지더니 은행들이 도미노처럼 무너졌다. 그늘 짙은 표정들이 거리를 배회했고 모든 것을 포기한 사람들은 높은 곳에서 몸을 던졌다. 99년 발매된 크라잉넛 2집 〈서커스 매직 유랑단〉에 '게릴라성 집

중호우'란 곡이 있다. 그 곡을 들으면 처음 노래를 듣던 마음으로 돌아간다. 전주의 경쾌한 드럼 소리가 시작되면 주변의 온도가 몇 도 떨어지는 느낌이다.

> 눈부신 태양 가리며 건물 위에 한 사람 서 있네
> 무엇이 서러운가 더러운가 하염없이 울고만 있네
> 떨어지는 눈물을 쫓아서 날아가는 새들을 따라서
> 떨어지려 한다 떨어진다 이번 차례는 나인가
> 또 다른 한 사람 밑으로 밑으로 떨어지네
> 또 다른 두 사람 밑으로 밑으로 떨어지네
> 또 다른 세 사람 밑으로 밑으로 떨어지네
> 또 다른 네 사람 밑으로 밑으로 떨어지네

노래가 끝나갈 때쯤 술병이 데굴데굴 굴러가는 소리가 들리면 굳은 얼굴로 되감기 화살표를 누른다. 떨쳐 일어나기 힘든 감정이 된다. 당시에는 일가족이 극단적 선택을 했다는 뉴스도 참 많았었다. 사실 그건 살인과 자살이 같은 공간에서 약간의 시차를 두고 일어니는 일이었디. 시내는 시대인지라 오죽하면 그런 선택을 했겠냐며 가장을 동정하기도 했다. 그렇다면 나는 아빠가 완력으로 내 목을 조르지 않았음에 감사해야 할까.

조심스럽게 방문을 딸깍 잠그고 잔 밤도 있었음을 떠올린다. 무서웠기 때문이었다. 무엇이 어떻게 되어가는지 하나도 알 수 없었지만 날씨가 좋지 않음은 확연히 알 수 있었다. 어디선가 벼락이 내려치고 우지끈 부서지는 소리가 나는 밤. 그것이 우리 집이 아니어야 할 텐데 하며 의지할 만한 것을 붙들고 기도하듯 엎드려야 하는 밤. 부들부들과 바들바들의 사이, 기둥은 아니어도 밥상은 여러 번 엎어졌다. 고성과 함께 국이 엎질러지고 그릇이 나동그라진다. 숟가락과 젓가락은 언제나 요란한 소리를 내고 불그스레한 국물은 흰 벽 위로 튄다. 순간 모두의 눈길이 그리로 향하고 잠시 뒤 무대 위 불이 꺼진다.

그래서 영화 〈미나리〉를 그냥 볼 수 없었다. 보통 비바람도 아닌 허리케인이 부는 밤, 바퀴 달린 집 따위 두 동강 낼 수 있는 바람이 불어온다. 바다 건너 낯선 땅에 엉성하게 붙들어 맨 모든 것을 날려버릴 기세다. 집뿐 아니라 삶 전체를 송두리째 부술 수 있는 바람이다. 메마른 얼굴의 엄마와 아빠가 핏대 올리며 서로를 탓할 때, 오누이는 오들오들 떨다 서둘러 종이비행기를 접는다. 계단 난간에 서서 엄마 아빠를 향해 비행기를 날린다.

"싸우지 마!"

용감하게 외치면서 계속 비행기를 날린다. 불행히도 내게 그런 기지나 용기는 없어 그저 엉엉 울었던 기억이다. 거칠게 휘저어대는 팔에 매달리긴 했던가. 울먹이며 붙잡던 기억이 슬몃 일어나 한순간에 그 시절로 돌아간 듯했다. 한낮의 영화관, K열엔 다행히 나뿐이었다. 어둠 속에서 눈물을 뚝뚝 흘렸다.

눈물과 한숨 사이 나의 말은 토막토막 흩어져 버린다. 언어로 묘사하기 이전에 감정이 먼저 밀려든다. 이제껏 아주 가까운 사람, 나와 한 이불을 덮고 잠드는 사람에게도 세세히 다 털어놓진 않았던 기억들이다. 나만 그리 마음에 담아둔 줄 알았는데 알고 보니 아니었다. 내가 기억하지 않는 것도 아빠는 기억하고 있었다.

내가 잠시 자리를 비운 사이 그 시절에 대한 이야기가 나왔다고 한다. 우리 가족에겐 아주 기나긴 스페이스 바 혹은 마구 내려친 엔터키처럼 존재하지 않았다는 듯 지우고픈 그 시절이다. 1999년, 멀리 이사를 가야 한다는 말에 중학생이던 나는 이렇게 말했다고 한다.

"나는 친구 집에서 계속 학교 다닐 테니까 이사 안 가고 전학도 안 갈 거예요."

정작 나는 기억이 나지 않는다. 이사를 가기 싫어했던 것은 사실인데 그렇게 선언했던 일은 전혀 생각나지 않는다. 이어 생각이 닿는 것은 그런 말을 들었을 아빠의 마음이다. 그리고 어린 자식이 한 말을 여태 담아두었던 마음이다.

풍랑에 처참히 부서진 난파선이었다. 구조용 보트만 간신히 띄워 겨우 올라탄 셈이었다. 허둥지둥 손에 잡히는 대로 파도 위 잔해물들을 실어 담았다. 찌는 더위나 바람을 막아줄 무엇도 없었다. 아빠는 이삿짐과 함께 차로 이동하고 엄마와 나, 동생은 기차를 타고 가기로 한다. 방학이나 명절에 오고 간 적은 많지만 편도 표를 사기는 처음이었다. 구 서울역의 아치형 문을 지나 계단을 오르던 감각은 아직 남아 있다. 대리석 바닥은 서늘했고 중학생의 마음도 그와 비슷하게 얼어붙었다.

'난 돌아올 거야. 꼭 다시 돌아올 거야.'

복수를 다짐하듯 비장한 마음으로 그렇게 기차에 올랐다. 그러나 대체 누구에게 복수를 할 텐가. 대상을 모르긴 나도 마찬가지였다.

　그날은 비가 엄청 내렸다. 모래로 된 운동장 바닥이 푹푹 패이던 장면이 떠오른다. 사방으로 튀어오르는 흙탕물도 우리의 종아리를 적셨다. 처음 해보는 전학의 과정은 다소 복잡했다. 먼저 교육청에 가서 학교 배정을 받은 다음 새 학교에 찾아가 전학 수속을 밟아야 했다. 낯선 학교의 교무실에서 교과서 목록과 학교생활 안내문 같은 것을 받아들었다. 소문은 바람보다 빨라서 교무실 창문에 다닥다닥 아이들이 붙었다. 의기소침해진 어깨 너머로 의식을 안 할 수가 없었다.

　교육청에서 학교로, 학교에서 집으로 이르기까지 모든 과정을 이모가 함께 해주었다. 새 교복을 사라고 돈도 주었다. 그날 이후에도 엄마와 아빠가 마땅히 함께 해주어야 할 대소사에 그렇지 못한 상황이 될 때면 언제나 이모가 있었다. 대학교 졸업식 날, 이모는 아침 일찍 기차를 타고 서울에 온다. 노란 프리지어 꽃다발을 들고 와 나와 함께 사진을 찍는다. 졸업식에 참석하지 못한 아빠 대신이었나.

　그러니 그때까지 우리 가족은 바람 잘 날이 없었다. 여러모로 힘들고 어렵고 괴로웠다. 혼자서 어떤 마음으로 지내든 밖에선 그런 티를 내지 않으려 각고의 노력을 했다. 수면 아래의 바쁜 발길질은 사실 발버둥에 가까웠다. 그에 비례해 나의 미움은 질겨졌다. 싸늘하고 냉랭한 마음은 10년이 지나는 시간 동안 차차 굳어갔다. 켜켜이 생성되는 분노는 없지만 그렇다고 누그러질 일도 없는 상태가 되었다. 어쩌다 아빠와 둘만 남은 오후에 밥이라도 먹게 된다면 오직 텔레비전의 소음만이 구원이 되어주었다. 한낮의 코미디 채널 속 말장난과 가짜 웃음들이 상 위로 쏟아졌다. 그 소음들은 결코 무의미하지 않았다. 달그락 달그락, 말 없는 숟가락질 소리를 견디게 해주었다. 쨍그랑, 퍽! 밥상과 그릇이 나뒹굴지 않아서 다행이었다. 우리 사이에 드잡이는 없어 다행이었다.

02

내가 자라는 동안

# 어쩌면 이름도 희열일까

지금은 공학이 되면서 이름도 바뀌었지만 내가 졸업할 때만 해도 역사가 오랜 여중이었다. 한 학년에 열두 반씩 모두 서른 여섯 개의 반이 있었다. 한 반은 40명쯤 되었으니 어림짐작으로도 1400명이 넘는다. 여학생들로 가득 찬 교정에서 생각했다. 이 인원의 4분의 1은 늘 피를 흘리고 있겠구나. 아무렴 뚝뚝 떨어지는 것은 만개한 목련뿐 아니었다. 학교의 오랜 역사는 교정 곳곳에 스며 있었다. 본관에 들어서면 보이는 넓은 계단의 끝은 양갈래로 나뉘어 2층 복도와 이어졌다. 나선형의 모양은 〈해리포터〉같은 영화 속 배경과도 비슷했다. 여기가 무도회장이라면 부채로 얼굴을 가린 주인공이 총

총 내려오겠지만 그럴 리는 없었다. 껑충껑충 뛰어다니던 중학생들도 이곳 계단에서는 몸을 사려야 했다. 도통 이해할 수 없는 규칙이지만 학생들은 중앙 계단으로 다닐 수 없었으니까. 살금살금 걷다 웃기라도 하면 교무실에서 머리 하나가 나와 소리를 빽 질렀다. 그러면 건물 끝에서 끝까지 종종종 달음질을 쳤다. 가방 안 수저와 도시락통이 달그락달그락 머리채를 잡을 듯 쫓아왔다. 체벌이 아무렇지 않은 시절이었다.

어느 학년에나 악명 높은 선생들이 하나둘 있었다. 마치 스트레스를 풀기 위해 출근하는 듯한 인간들로 보였다. 그들은 가끔 애들을 쥐 잡듯이 잡았는데 유난히 분위기가 심상치 않은 날이면 교실은 쥐 죽은 듯 조용해졌다. 전체를 두고 훈계하는 것보다 한 애를 지목해 모욕하는 게 더 효과적이었던 걸까. 이유는 다양했다. 머리의 색과 길이, 교복 치마의 색과 길이, 양말의 색과 길이까지, 우리보다 더 우리를 잘 관찰하던 인간들이었다. 가만히 앉아 있던 애의 등짝을 후려갈길 때면 온 교실이 찬물을 끼얹은 것처럼 얼어붙었다.

"야, 너는 정신이 있는 거니, 없는 거니?"

하며 잡아채는 손에 작은 등이 휘청거렸다. 쟤가 뭘

잘못한 거지? 모두 숨을 죽였다. 곧 밝혀진 이유는 지극히 간단했다. 하복 블라우스 안에 러닝셔츠를 받쳐 입지 않아서였다. 그래서 브래지어 끈이 비쳐 보일 수 있으며 하늘이 두 쪽 나도 그래선 안 된다는 거였다. 세상 모든 사람 다 가진 젖꼭지를 가리기 위해 브래지어를 해야 하고, 브래지어 끈을 가리기 위해 러닝셔츠를 꼭 입어야 한다는 것은 그 시절, 감히 이의를 제기할 수 없을 만큼 준엄한 명령이었다. 시간이 한참 지나 어떤 여행길, 차를 세우고 풍덩 뛰어든 바닷가에서 가릴 것 없이 훌훌 벗어던진 몸들을 마주쳤다. 문득 그때의 교실이 떠올랐다. 끈도 러닝셔츠도 우격다짐과 미친년 어쩌고 하는 쇳소리도 없는 세상. 더없이 청명하고 맑은 하늘엔 갈매기들이 낮게 날고 있었다. 그때의 선생들은 어떻게 되었을까? 아직 살아 있을까? 설마?

또 어느 날엔 외부 초청 강의가 있다고 했다. 한참 이어지는 지루한 강의를 듣고 온 우리 손에 하나씩 남은 것은 은장도 모양의 얇은 책갈피와 조그만 사탕이었다. 사탕 껍질에는 '순결 캔디'라고 쓰여 있다. 열나섯 마음에도 이게 무슨 씨발이냐는 생각이 들었다. 당연히 은장도를 어떻게 휘두르냐보다 제 목에 겨눌 것을 강권하는 시대였다. 이렇게 말하면 역사의 뒤안길에서 돌아와 거울 앞에 선 누님 같으나 이래 봬도 MZ세대의 일원이다. 정작 그렇게 불릴 때마다 머쓱하기 짝이 없지만.

　나는 학년 중간에 전학 온 학생이었다. 물 위에 살짝 뜬 기름처럼 학교를 다녔다. 소문난 단짝과의 영원한 우정은 생기지 않았다. 대신 여러 무리의 친구들과 느슨하게 어울렸다. 어떤 친구들과 시간을 보내느냐에 따라 가는 곳도 하는 것도 달랐다. 같이 도시락을 까먹는 친구들이 있고 코인 노래방을 가는 친구들이 있다. 만화책을 돌려보는 친구들과는 만화책 이야기를 하고 라디오를 듣는 친구들과는 라디오 이야기를 한다. 라디오, 열다섯의 삶에서 라디오를 빼놓을 수 없었다. 세상이 공평하지 않음에 눈을 뜨기 시작하던 때였지만 라디오만큼은 늘 공평하게, 그것도 매일 정확한 시간에 어김없이 찾아와 주었다. '늦었어, 미안!'이라든지 '오늘은 너 말고 다른 애랑 놀래.' 같은 새침함도 없었다. 게다가 라디오는 혼자만의 시간을 만들어주었다. 가족과 함께 있기가 부대낄 때면 스르르 방으로 스며들었다. 그것은 홀로 공부를 하거나 책을 읽는 시간처럼 보였으므로 별다른 간섭도 받지 않았다.

방문을 닫고 책상에 앉아 작은 스탠드 하나만 똑딱 켠다. 그러면 중학생의 마음에도 어떤 무드가 드리우기 시작했다. 정각을 알리는 알림 다음 똑같은 시그널이 흐르고 익숙한 음성이 오프닝 원고를 읊는다. 스튜디오의 디제이는 분명 공적인 장소에서 공적인 말하기를 하고 있음에도 내 방에서 턱을 괸 채 듣고 있노라면 이건 그냥 친한 사이의 수다였다. 이 사연, 저 사연을 보낸 이들은 이 자리에 잠시 다녀가는 친구 같아서 웃기면 같이 웃고 슬퍼하면 같이 속상해했다. 그러다 멘트 다음으로 전주가 깔린다. 잔잔히 밀려드는 파도처럼 음악이 왔다가 멀어진다. 어느새 밤은 깊어가고 또렷하던 중학생의 눈도 슬슬 감기려 한다.

"전하는 말씀 듣고 오겠습니다."

디제이의 멘트 다음엔 몇 개의 광고가 이어지고 그에 맞춰 기지개도 편다. 방문을 열고 나가면 모두가 조용한 한밤이다. 꼴깍, 물 한 잔 마시고 들어외 이불 속에 쏙 들어온다. 차츰 음악이 멀어진다. 멀어져 간다.

영화 〈러브 액츄얼리〉에서 오래도록 기억에 남은 장면이 있다. 조니 미첼을 아직도 듣냐는 남편의 핀잔에 카렌은 진정한 사랑은 평생을 간다며 그녀는 내게 취향을 가르쳐준 사람이라고 말한다. 그래서였을까. 다가오는 크리스마스에 남편은 조니 미첼의 앨범을 선물한다. 설레는 얼굴로 선물을 뜯은 카렌은 절망한다. 전날 남편의 코트 주머니에서 금빛 펜던트의 목걸이를 발견했기 때문이다. 그럼 목걸이는 누구를 위한 선물이었을까. 카렌은 터져 나오는 눈물을 감추려 방에 숨어 마음을 가다듬으려 애쓴다. 장면은 서글프지만 조니 미첼을 소개하는 카렌의 말은 오래 기억에 남았다. 취향을 가르쳐준 사람이라니 참으로 아름다운 찬사다.

나는 이 대사를 보고 단박에 그때의 디제이, 디제이유를 떠올린다. 그는 어쩌면 이름도 희열일까. 십 대 시절 들은 음악 취향이 평생 듣는 음악을 좌우한다던데, 그렇게 따지면 나의 셋 리스트는 'FM음악도시'의 선곡표에 많은 빚을 졌다. 울렁이게 또는 울컥하게 만들던 음악들이 흘러가고 여리고 순한 감성이 달밤에 나부낀다. 알아들을 수 있는 가사는 부드럽게 마음을 적시고 알아듣지 못하는 언어들은 귓가에 울린다. 가만히 또르르 눈물 흘려도 좋은 밤, 이건 골방에서 혼자 듣는 라디오니까 부끄럼도 민망함도 없다.

오랜 시간 매일같이 음성을 듣다 보면 알게 된다. 디제이가 특별히 아끼는 음반들을 소개할 때면 음악을 만드는 사람의 떨림이 전해졌다. 먼 곳에서 주파수를 타고 오는 떨림 속에서 나는 작은 잡음들에 귀를 기울였다. 딸깍, 하고 CD 케이스를 여는 소리와 앨범 자켓을 폈다 접을 때의 소리들. 가끔 직접 건반을 칠 때의 미묘한 사실감까지. 저 먼 도시의 스튜디오 대신 어느 살롱에 초대받은 느낌이었다. 근사한 어른들과의 담소와 이를 둘러싼 음악의 세계를 동경하게 되었다.

그러나 어디 음악뿐이랴. 주성치에 열광하던 그는 〈이나중 탁구부〉에서 〈멋지다 마사루〉를 거쳐 〈삐리리 불어봐 재규어〉까지 멋진 만화들도 소개해주었다. 그런 한결같은 취향들도 차곡차곡 물려받지 않을 수 없다. 중학생의 감성은 수국이나 리트머스 같아서 마음에 둔 곳 따라 금방 색색으로 물들고 말았다. 디제이 유가 껄껄 웃다가 넘어간다는 만화들을 어렵게 구해 펼쳐본다. 수업 시간에 몰래 읽다 걸리면 어쩐지 야한 만화를 들킬 때보다 더 당황스러웠다. 내가 좋아하는 사람이 이런 만화를 좋아하다니 부끄러운데 웃기고 또 멋있었다. 수국처럼 푸르렀다 붉어졌다 다시 푸르렀다 하는 게 중학생의 마음이었다. 남들과는 다른 점에 조금 으쓱하던 나이니까 더욱 그럴 만했다.

그때 우리 반에서 FM음악도시를 듣던 친구는 나까지 딱 네 명이었다.

"야, 어제 그거 들었어? 나 진짜 웃겨서 기절하는 줄 알았어."

아침마다 이렇게 인사를 나누곤 했다. 이 시대의 라디오 키드인 우리는 각자의 컴필레이션 앨범을 만들기도 한다. 공테이프를 세팅해두고 다음 이어질 노래 제목에 귀를 기울인 다음, 디제이 멘트의 끝과 동시에 버튼을 누른다. 물론 녹음을 위해선 녹음 버튼과 재생 버튼을 함께 눌러야 한다. 둘째 손가락과 셋째 손가락에 힘을 주어 꾸욱. 손이 느려 멘트가 함께 녹음되는 바람에 전주의 앞부분이 씹히면 참으로 안타까웠고 광고 멘트나 정각 알림에 후주가 잘리면 원통해했다. 자정에 가까운 시간이니만큼 더더욱 복잡하고 정교한 작업이었다. 게다가 좋아하는 노래가 언제 나올지 알 수 없으니 숨죽이고 귀 기울여야 한다. 설령 화장실에 가고 싶어도 곡이 나오는 동안 후다닥 다녀와야 한다. 그러니 이것은 참으로 정성스러운 홈메이드 앨범이다. 세상에 하나뿐인 앨범인데다 손으로 꾹꾹 만들었으니 정녕 취향과 정성의 정수였다.

그런 테이프들을 여러 개 만들어 서로 주고받는다. '좋아요'나 '구독' 버튼이 없던 때, 자글자글한 노이즈가 노이즈인 줄도 몰랐던 때다. 20세기와 21세기 초반의 서정은 그렇게 자글자글한 맛이 있었다. 무엇보다 소녀들 마음을 쿵쿵 울리던 디제이 유는 사실 참으로 여린 사람이었다. 공활한 가을 하늘 아래 여린 코스모스처럼 나부끼던 사람인지라 우리는 그 가녀림까지 사랑할 수밖에 없었다.


라디오 프로그램의 마지막 방송 날. 여느 때처럼 공테이프를 끼워두고 기다린다. 좋아하는 노래만 녹음하는 것이 아니라 오늘은 방송 전체를 녹음해야 한다. 정각을 알리는 알림과 함께 두 손가락으로 버튼을 꾸욱 누른다. 오늘은 절대 실수해선 안 되기에 나는 니세이저럼 혹은 피디처럼 긴장하고 만다. 평소와 다름없는 시그널과 오늘따라 더 떨리는 목소리가 등장했다. 그날 유희

열은 많이 울었다. 정말이지 울 줄은 몰랐는데 펑펑 울었다. 말을 제대로 못 잇고 코를 막 들이마시면서 다 큰 어른이 꺽꺽대며 울었다. 그걸 듣고 어찌 가만히 있나. 나도 눈물을 쏟았다. 전국 사십만 팔천의 팬들도 마찬가지였을 테다. 신기한 일이다. 정녕 존재가 사라지는 일이 아님에도 왜 그리 슬펐을까. 디제이 유야 따숩고 아늑한 곳에서 피아노를 뚱땅거리다 이게 아니야! 일갈하며 악보를 찢어버리며 곡을 계속 쓰겠지. 그러다 갸르릉거리는 고양이 등을 쓸며 만화책을 보겠지. 창작을 위한 밤이면 에스프레소를 꿀꺽 꿀꺽 몇 잔이고 들이키겠지. 아무렴 어련히 잘 살 거라고 생각하면서도 열두 시부터 두 시까지의 시간이 뭉텅이로 사라지는 느낌은 묘했다. 그래서 같은 시간 라디오를 듣던 사람들에겐 마음을 쉽게 열게 되었다.

"어제 그거 들었어?"

묻고 같이 낄낄대던 기억으로 친해진다. 취향을 견주다 눈치껏 쭈뼛쭈뼛 다가가는 일은 낯설지 않다. 마음의 빗장이 턱 하고 풀리며 덥석 당겨 앉게 한다. 그렇다면 우리의 디제이 유는?

몇 년 만에 음반을 발표하고 콘서트도 연다. 나는

설레는 마음을 감추지 못한다. 비단 나뿐 아니라 그 시절 라디오를 듣던 이들의 얼굴엔 비슷한 설렘이 어린다. 모두들 보았을까. 호수 위 백조만 열심을 겸비한 우아함을 뽐내는 게 아니다. 현란한 연주를 위해선 앙상한 삭정이 같은 다리로 쉼 없이 피아노 페달을 밟아야 한다. 열중한 이마 위로 파바박 솟아오른 핏줄은 또 어떻고. 오, 맙소사. 우리의 다정한 디제이 유는 드디어 라디오를 넘어 TV로 나오고야 만다. 아무래도 그를 불러낸 것은 이 시대의 열렬한 요구겠지. 여러 장르의 화면 속에서 그는 매번 진심을 다한다. 뚱가뚱가 건반을 치며 음악을 만들고 후배 가수들의 멘토도 되어준다. 때론 힘껏 두개골을 울려가며 두성에 도전하고야 만다. 예능 프로그램에 나와선 경박한 박수를 치다 또 진지한 얼굴로 눈물을 글썽거리기도 한다. 음악의 길을 걷고 싶어하는 지망생들에게 건네는 말이며, 허심탄회하게 풀어놓는 이야기를 듣고 있노라면 지난날의 심야 방송들이 떠오른다. 그때도 지금도 늘 웃음 속에 깔린 진심이 보여 마음이 찡해진다.

〈꽃보다 청춘 페루편〉에서 얇디 얇은 종아리로 기

어코 마추픽추 정상에 오르는 것을 보고는 아아, 나는
진정 경탄하고 말았다. 당신, 역시 뭘 해도 될 사람이었
구나. 라디오가 당겨놓은 그와의 거리 덕에 나는 그의
타고난 천재성과 감수성, 스타의 자질과 감각 같은 걸
조금 잊고 살았구나. 역시나 오빠는 오빠였다. 오빠 없
는 내게 몇 안 되는 오빠로 남아 오늘도 별처럼 아름답
게 빛나고 있다. 불혹도 훌쩍 지나 이제 지천명 넘은 오
빠에게 드리고픈 말은 딱 하나다. '정말 고마웠어요. 앞
으로도 지금처럼 행복하게 하고 싶은 것 다 하면서 사
세요. 오래된 팬은 앞으로 더 오래오래 응원할게요. 우
리 같이 건강해요. 행복해요.' 수줍은 척 고백해본다.

## 그가 흰색 분필만 쓴다고 해도
## 모든 색을 챙겨두는 마음

0교시부터 시작해 7교시와 8교시, 석식을 먹고 나면 야간자율학습이었다. 수능만 끝나면 좋은 날이 온다는데 겪어보지 않아 알 수 없었다. 그 시간을 버티기 위해선 여러 재미들이 필요했다. 고개를 파묻고 숱한 쪽지들을 쓴다. 그러고 보면 노트는 필기 대신 쪽지 쓰려고 산 것 같았다. 선생님의 눈을 피해 깨알 같은 글씨로 뭐라 뭐라 진지하게 쓴다. 그리고 옆에 혹은 뒤에 혹은 앞의 친구에게 전해달라고 부탁한다. 쪽지는 그렇게 최단거리를 찾아 책상과 책상을 건너간다. 물론 수신인이 되기도 한다. 받은 쪽지를 펴기 전 주위를 휘 둘러보면 누가 보냈는지 알아차릴 수 있다. 찡긋 웃는 얼굴을 보며 조심스레 쪽지를 편다.

"야, 매점 가서 라면 먹을래?"

그게 수업 시간 선생님 눈을 피해 보내올 만한 내용인가 하면 당연히 그러했다. 답도 늘 정해져 있었다.

매점에서 컵라면도 아닌 끓인 라면을 팔던 시절이었고 가격은 한 그릇에 1000원이었다. 세상에, 말이 되는 가격인가? 싶지만 놀라지 마시라. 나와 친구는 500원씩 모아 라면 한 그릇을 나눠 먹곤 했다. 둘이서 50원씩 모아 쌍쌍바 하나를 나눠 먹던 꼬마들이 어엿하게 자라 라면을 사 먹는 거다. 쉬는 시간은 언제나 10분이었는데 그게 어떻게 가능했던 걸까?

종이 치면 서둘러 계단을 내려간다. 내려가면서 마지막 서너 계단은 쿵쿵 한번에 뛰어내린다. 그래야 제일 먼저 주문을 할 수 있었다.

"라면 하나요!"

물이 끓고 라면이 끓는 시간. 다른 애가 달려와서 똑같은 말을 외친다. 그러면 끓던 냄비에 새 라면이 합류한다. 달려오는 순서대로 합류하고 또 합류한다. 이번 타임의 마지막 주자가 외친다.

"저도 라면이요! 그리고 계란도 추가요!"

하하, 저 녀석 용돈 좀 탔나 본데? 이제 여러 개의 라면 그리고 계란도 동시에 끓고 있는 냄비다. 그러나 모양은 흐트러지지 않았다. 라면은 네 개의 각을 유지한 채 보글보글 끓고 있다. 제일 처음 들어간 우리 라면은 이제 다 익었다. 익은 순서대로 하나씩 그릇에 담아주는 기술이야말로 진정 백미다. 짭쪼롬하고 들큰한 국물이 꼬들꼬들한 면 위로 쏟아진다. 이제 그릇을 받아들고서 자리로 와 덤벼들 차례다. 너 한 입, 나 한 입, 지나가다 만나는 친구도 한 입. 지나가다 만나는 친구의 친구도 한 입. 오병이어의 기적이 따로 없다. 마지막 국물까지 다 비울 무렵 종이 울리고 이제 슬슬 교실로 돌아갈 때다. 배가 찬 만큼 여유가 생겼으므로 내려올 때와는 사뭇 다르게 쉬엄쉬엄 계단을 오른다. 늘상 묻는 물음이 튀어나온다. "다음 무슨 시간이냐?"

"음, 문학이지."

그럴 리 없다. 문학 시간 전이라면 매점에 갈 생각은 하지도 않았으니까. 주번도 아니면서 칠판을 깨끗하게 닦는다. 교탁 위 잡동사니들도 모두 치운 다음 분필을 가지런히 정렬해둔다. 흰색, 노란색, 분홍색 그리고 파란색까지. 선생님이 흰색 분필만 쓴다고 해도 늘 세

가지 색을 모두 챙겨두는 것. 그건 사랑이었을까.

선생님은 키가 아주 컸다. 그에 비례해 머리도 컸지만 그건 훌륭한 지성의 증거다. 벨트를 지나치게 올려매어 배바지를 만드는 타입으로 셔츠와 바지의 비율이 3:7쯤 되었다. 나는 정차된 트레일러 트럭을 보고 아련한 눈빛을 한다. 운전석과 화물칸의 비율이 어딘가 낯이 익었다. 함께 걷던 친구에게 묻는다.

"저 트럭, 문학샘 닮았지. 그치."

선생님은 남자 문과반의 담임이었다. 아침이면 지각한 애들을 복도에 엎드려뻗쳐 시켜두고 회초리질을 하곤 했다. 아, 회초리질보다 매질에 가까워 보일 때도 있었다. 여자애들은 복도로 고개를 빼들고 그 광경을 훔쳐보곤 했다. 누가 맞나 살피며 키득거릴 때 나는 풀 파워 스윙을 날리는 선생님을 봤다. 그러나 여자반 수업에 오시면 신사가 따로 없었다. 당연히 회초리를 들고 오는 일도 없었다. 여자애들에게만 잘해준다고 볼멘소리를 하는 남자애들도 있었지만 지가 지각을 안 하면 될 일이다. 나는 선생님 따르기를 멈추지 않았다.

수업이 시작되면 자세부터 바르게 고쳐 앉았다. 지

난 시간 어디까지 했냐고 물어보는 질문에 늘 또렷하게 대답한다. 모자란 잠은 담임 시간에 자면 되니 문학 시간엔 졸지 않고 수업을 듣는다. 매점에서 과자나 음료수를 사서 교무실에 가져다 둔다. 500원씩 모아 라면을 사 먹던 애가 어디서 돈이 났나 의문이지만 그러니 그건 참사랑이었는지 모른다. 문학 공부를 열심히 하니 시중의 거의 모든 문제집을 다 사서 풀고야 만다. 그 노력으로 수학을 공부했어야 하는데 너무 일찍 선택과 집중을 해버린다. 그때부터 좋은 것은 맹렬하게 좋아하고 싫은 것은 없는 셈 치고 말아버린다. 문제를 풀다가 모르는 것과 답지를 봐도 헷갈리는 것은 커다랗게 별표를 쳐둔다. 누가 봐도 '나 이거 몰라요, 진짜 진짜 몰라요.'라고 생각할 만하다. 한 페이지에도 별표를 주렁주렁 단 문제집을 말아 쥐고 교무실로 향한다. 선생님께 말을 붙인다.

"선생님, 저 이거 잘 모르겠어요."

진짜 잘 모르는 문제도 있었고 대강 알겠는데 모르는 척한 문제도 있었다. 지금 생각해보면 선생님에겐 얼마나 귀찮은 일이었을까. 수업 마치고 한숨 돌리려는데 자꾸만 와서 말을 건다. 그럼에도 내쫓지 않고 차근차근 설명을 해준다. 수업 시간이 아닐 때 선생님께 말을 걸려면 공부와 관련된 것이어야 한다고 순진하게 믿었다. 고지식한 제자와 시종일관 참된 스승이다. 한 우물만 판 보람이 있어 급기야 중간고사 문학 시험에서 100점을 받고야 만다. 전교에서 100점은 나 혼자다. 공부한 것에 대한 성취감보다 더 좋은 것은 선생님께 잘 보이고 싶은 마음이다. 그 마음에 반질반질 윤이 난다.

선생님은 무뚝뚝한 성격이라 농담도 별로 하지 않고 흰소리는 더더욱 않는다. 딱 한 번 반의 모두가 합세해 조른 덕에 첫사랑 이야기를 들려준 적이 있다. 그것도 다음 시간에 또 다음 시간에 해주겠다며 미루다가 겨우 들었다. 그래 놓고서 선생님의 첫사랑이 누구였는지 어떤 사람이었는지는 다 잊었다. 이야기의 사소한 디테일들만 기억난다. 선생님이 고등학생이던 어느 비 오는 저녁, 바바리코트 깃을 세우고 포장마차에 들어가 소주를 마셨다는 장면이다. 그런 대목에선 교실의 모두가 발을 구르며 환호성을 질렀다. 그건 이야기를 듣던 우리가 알코올 중독이어서가 아니고 훌리건이어서도 아니다. 고등학생은 원래 잘 그러니까. 아기가 손을 빨고 어린이가 모래를 뿌리듯 고등학생은 신이 나면 발을 구르며 환호성을 지른다. 나 역시 발을 구르며 책장을 넘기고 쏟아지는 함성 사이로 글을 읽는다. 소설을 읽는다.

　그것은 다른 세계로 나를 데려다 놓았다. 내 발이 어디를 딛고 있든 상관없었다. 특히 발목 위로 첨벙첨벙 물이 차오르고 발가락 사이 진창이 고일 때면 소설의 마른 표면이 더 절실해졌다. 어쨌거나 이건 다 허구의 이야기니까. 작가가 내가 어디에서 들은 이야기인데 말이야, 하고 능청스럽게 시치미 떼고 이야기를 시작하면 나도 턱 괴고 엎드려 떠날 준비를 했다. 책장을 넘길 때마다 활자들은 서걱서걱 내 앞으로 쏟아졌다. 언제 어디서나 나를 덮치던 이야기들 속 발견한 것이 있다.
　사람들은 젊고 아름다운 여자가 망가지는 이야기를 좋아한다. 고민하고 고뇌하다 무너지는 이야기는 동서고금을 막론하고 어디서나 쉽게 찾아볼 수 있다. 얼굴이 반반할수록 그 시세 망치기는 수월하며, 한없이 높은 콧대는 무너지기 위한 복선처럼 보인다. 그리고 이 모두는 합당한 결과처럼 여겨진다. 안나 카레니나, 보바리

부인, 테스, 〈여자의 일생〉의 잔느, 〈주홍 글씨〉의 헤스터, 〈루머의 루머의 루머〉의 해나까지. 별처럼 무수한 이름들을 얼마든지 헤아릴 수 있다. 이 이름들을 그러모아 안나 카레니나의 첫 문장을 붙여본다. "행복한 여자의 모습은 서로 닮았지만 불행한 여자는 저마다의 이유로 불행하다." 그래서 난 언제나 여자가 무엇을 이루고 해내는 서사에 매료된다. 에세이 〈와일드〉도, 드라마 〈그리고 베를린에서〉도, 영화 〈매드맥스〉도, 나이키 우먼의 짧은 광고 클립마저도 매번 나를 울게 한다. 앉은 자리에서 눈물을 펑펑 쏟게 만든다.

500원보다 더, 1000원보다 조금 더 지갑에 여유가 생기기 시작할 때부터 박완서 전집을 사 모으기 시작했다. 돈이 생기면 한 권씩 모아 차곡차곡 책장을 채웠다. 문학 시간에는 선생님 말씀 따라 열심히 밑줄을 쳤다. '유년 시절의 경험 및 청년기에 목격한 한국전쟁의 참상이 훗날 작품 세계의 근간을 이룸. 소설 〈나목〉으로 등단.' 그러나 내가 끌린 부분은 문학 시간 밖의 이야기들이었다. 평범한 사람들이 평범하게 살다 겪는 평범하고도 안 평범한 이야기들이 나를 흘렸다. 누구나 지난 삶을 구술해 글로 옮기면 책 한 권은 뚝딱 나올 것이다.

마치 길 가는 이를 붙잡고 이야기를 들려 달라 말한 것처럼 소설은 사실적이었다. 장과 장 사이로 리얼한 삶이 보였다. 돈의 단위만 다를 뿐 마주치는 통속함은 지금과 다르지 않아 혼자서도 쉽게 멋쩍어졌다. 그러나 저열함과 부끄러움들 사이 반짝이는 인물들이 서 있다. 시대가 허락하지 않고 부모가 몸을 던져 가로막아도 혼자 힘으로 서려는 사람들이 거기 있었다.

부당함에 부당하다고 말할 수 있는 사람, 잘못을 담담히 시인할 수 있는 사람, 옳다고 생각하는 일을 해내는 사람. 나도 그런 사람이 되겠다고 생각했다. 표표한 지표들은 책장 곳곳에 꽂혀 휘날렸다. 어렵지만 용기 내어 걷는 걸음을 사랑하게 되었다. 다 내던지고 싶을 때 한 번 더 참고 진짜 일어서야 할 때를 알고 실행하는 삶을 꿈꾸게 되었다. 나를 지키는 것은 오직 나다. 사라지는 것에 기대지 말고 순간에 지나지 않는 것을 영원히 믿지 말자고 다짐했다. 이것은 많고 많은 모험책 속 소년의 귀에 들리는 피리 소리와 같다. 삶을 나보다 앞서 산 선생이 들려주는 진짜 인생의 이야기는 이렇다. 이게 다라고 먼지 체념하지 말고 혹시 모를 새로운 세계를 향해 떠나보라고 격려를 전한다. 절망과 괴로움에 허덕

일 때마다 나는 책에서 지혜와 사랑, 용기를 배웠다. 책장을 덮어도 목소리는 내 곁을 떠나지 않아 행여 나쁜 생각이 들 때면 그 목소리가 나를 지탱해 주었다. 아주 오래 전의 문학 시간을 떠올린다. 선생님을 생각할 때마다, 선생님도 추억하게 된다. 문장의 앞뒤를 바꾸어도 같아서 참 감사한 일이다.

## 술보다 달고 물보다 진한 카르텔

차 트렁크 안에 모든 짐들이 다 담겼다. 이것은 나
의 첫 이사다. 당장 필요한 겨울 옷가지들의 부피가 집
떠나는 것을 실감하게 한다. 다른 계절의 옷들은 차차
택배로 받기로 하고 나머지 짐도 꾸린다. 노트와 책 몇
권 그리고 가지고 있는 CD는 모조리 담는다. 책상 위 놓
여 있던 카세트와 CD 겸용의 플레이어도 소중하게 챙긴
다. 실어 나르다 행여 망가질세라 두툼한 옷 속에 파묻
는다. 이 모두와 함께 서울로 향하는 길, 엄마와 아빠 나
사이엔 침묵이 고인다.

하루 만에 집을 구하려 하다니 어떻게 그게 가능했

던 것일까. 어려워 보이는 일을 해내는 우리다. 입학할 학교 근처의 부동산에 들어가 집을 찾는다고 말했다. 가족을 떠나 나 혼자 살 작은 집이 필요하다. 사실 지금 가진 예산으로 구할 수 있는 곳은 집이라기보다 방에 가깝다. 마침 비어 있다는 방 하나를 본다. 4층 건물의 4층인 작은 방엔 세로로 긴 욕실과 작은 싱크대가 딸려 있다. 하나 있는 창문은 욕실과 싱크대에 나눠 걸쳐 있다. 문장으로는 쉽게 상상하기 어려운 구조다. 창이 작아 빛이 잘 들지 않는다는 점은 확실하다. 대신 흰 형광등 빛이 우리의 얼굴 위에 동동 떠 있다. 계약서는 누가 썼고 도장은 어떻게 찍었을까. 얼마 되지 않는 짐을 부려놓고 바쁜 걸음으로 마트로 향한다. 혼자 사는 살림이라도 살림은 살림이니 수저도 대야도 물컵도 모두 필요하다. 도마도 그릇도 칼도 고르고 앙증맞은 작은 밥솥과 냄비도 카트에 담는다. 엄마는 빠르고 민첩하게 생활용품 섹션을 건너다닌다. 카트를 미는 아빠의 표정은 어떠했는지 잘 기억나지 않는다.

그 밤, 트렁크에서 꺼낸 이불을 깔고 셋이서 옹송그리고 눕는다. 아직은 썰렁한 2월의 밤이 흐른다. 아침이 되어 엄마는 몇 안 되는 살림살이를 이렇게 저렇게 놓아두고 나에게 끼니를 해결하는 방법들을 일러주려 애쓴다. 알았어, 알았다고. 엄마의 당부엔 늘 그렇게 대답하게 된다. 설렁설렁하고 무심한 말투로 응, 응. 행여 잔소리가 길어질 것 같으면 서둘러 툭 잘라 아, 알았다고. 내가 알아서 할게, 하고 대답하게 된다. 정작 아는 것은 별로 없으면서.

마침내 헤어질 시간이라 우리 셋은 집, 아니 방 밖으로 나가 차 앞에서 한 번씩 얼싸안는다. 엄마는 안은 팔을 풀기도 전에 울음을 터뜨리고 나도 따라서 울먹거린다. 이날 이후부터 헤어짐의 순간이면 이런 작별 의식이 반복된다. 엄마가 먼저 눈물을 터뜨리면 이어 나도 울먹거린다. 마치 짜기라도 한 것처럼 순서대로 펑 다음에 펑, 눈물의 폭죽이 이어진다. 이윽고 출발한 차가 모퉁이를 돌아 사라질 때까지 손을 흔들었다. 영화 〈레이디 버드〉를 볼 때 이날 생각이 많이 났다. 김애란의 소설 역시 내 마음을 많이 쓸어주었다.

봄이라고 하기엔 한참 이르지만 얇은 옷을 입고도 추운 줄 모른다. 여러 가지 흥분이 나를 스쳤다. 이제 막 대학생이 되었다는 흥분, 혼자 살게 되었다는 흥분, 익숙한 그러나 새로운 도시로 돌아왔다는 흥분이 한데 섞였다. 비슷한 마음의 새내기들은 낮에는 과방, 밤에는 메신저에 모여 왁자지껄 떠들어댔다. 적잖이 낯을 가리면서도 가리지 않는 척 우르르 몰려다녔다. 병아리에서 닭이 되기 전 어설프게 털갈이를 한 중닭들처럼 촌스럽고 우스운 모습으로 기세 좋게 뽈뽈거렸다. 누가 봐도 이제 막 대학생이 되었다는 걸 알 수 있었다. 가슴팍에 전공책 한 권을 안고 손에는 캠퍼스 앞에서 받은 전단지를 들고 강의실을 찾아 헤맸다. '모닝펌 20% 할인' '새내기 밥은 우리가 쏜다!' '1+1 전화영어 수강권'. 우리가 잠시 살펴보다 버리던 전단지와 비슷하게 발에 채이던 하루들.

만으로 열여덟이었는데 술을 마셔도 괜찮았던 걸까. 엉겁결에 받아든 소주잔에선 그림물감 냄새가 났다. 화공약품에서나 날 법한 알코올 냄새가 물씬 풍겼다. 누가 목감기라도 걸렸다고 하소연하면 웃으며 잔을 더 들이밀던 때였다.

"염증은 알코올로 지져줘야 해"

"그냥 소독도 아니고 지지기까지 해야 해?"

"그럼, 그럼"

"자자, 마셔라, 마셔."

반복되는 추임새 앞에서 꿀꺽 삼켜 없애버린다. 기차역 앞 마트에서 카트 여러 개를 끌면서 장을 본다. 가 보지 않은 나라와 앞으로도 쉽게 가기 어려울 것 같은 나라에서 온 돼지고기를 오직 싸다는 이유로 산다. 1박 2일 먹을 식량들을 안고서 기차를 탄다. 이런 곳도 펜션이라 불러야 하나 싶은 곳에 도착해 서둘러 고기부터 굽는다. 왁자지껄하게 불가에 둘러앉아 돼지고기를 소고기처럼 먹는다. 단면의 핏기가 채 가시기도 전에 밀어 넣었다는 이야기다. 저녁을 먹고 나면 진지하게 열 올리며 게임을 한다. 둥그렇게 앉아 소주에 과자를 집어먹으며 누구를 놀리고 또 누구를 따라 하고 다른 누구를 흉보며 논다. 그러다 토하러 뛰쳐나가는 애들이 있고 바람을 좀 쐬어야겠다며 슬그머니 사라지는 애들이 있다.

"여긴 서울 밖이라고 공기가 다른가 봐."

"그러게, 정말 별이 많네."

초췌한 얼굴과 구부정한 어깨를 하고 서울로 돌아오는 길이면 군데군데 몽실몽실한 분위기가 풍겼다. 벚꽃과 밤, 강 없는 강변에서의 소주와 맥주가 새내기들을 그리 만들었다.

또 다른 곳에선 우리 모르게 벌어지는 술자리들도 많았다. 남자 선배들이 남자 동기들만 불러놓고 마시는 자리라는데 거기에선 어떤 이야기들이 오고 가는 걸까. 나름의 군기라도 잡는 것일까. 모인 이들의 대다수가 아직 미필이지만 잡을 군기는 이미 충분해보였다. 참석할 수 없는 내가 듣기론 이러했다. 선배들이 후배들에게 마음에 두고 있는 사람의 이름을 말하도록 시킨다. 사랑의 작대기가 서로 겹치는 불상사를 막기 위해서라고 했다. 혹시라도 겹치게 되면 적당히 무마시켜 얼굴 붉힐 일이 없도록 만들어준다고 했다. 정리가 끝나고선 각각 마음에 점찍은 학우와 잘 되도록 밀어준다는 거다. 과의 남학생들 모두가 응원하는 공인된 짝사랑이 되는 거다. 모임의 역사는 오래되어서 정식 이름도 있었다. 이름하여 '교통정리'. 적절한 수신호로 사랑의 흐름을 원활하게 해준다는 의미였다.

새내기의 어린 마음에도 저건 좀 이상하다는 생각이 들었다. 설령 마음에 드는 사람이 있다고 해도 그걸 왜 선배들과 동기들이 공공연하게 알아야 하는 것이며, 대놓고 밀어준다는 것도 수상하게 느껴졌다. 짝사랑이든 연애든 그걸 왜 다 같이 해야 하는지 이해하기 어려

148

웠다. 안 봐도 훤한 것은 또 있었다. 연애를 장려하겠다고 모였으니 그 자리에서 얼마나 거창한 품평들을 했을까. 여학우들에게 순서대로 번호를 매겨가며 머리끝부터 발끝까지 훑었을 것이다. 묘사라기보다 매도에 가까운 대화였을 거라는 게 안 봐도 훤했다. 그런 문화가 불편하게 느껴졌지만 그걸 불편하다고 말할 용기는 없었다. 너넨 뭘 그런 걸 하냐? 이 정도로 넘어가지 않았을까.

여학생들이 더 많은 학과였다. 학번에 따라 달랐지만 우리 학번엔 3:1 정도의 비율이었다. 남학생들끼리 뭉쳐서 놀 땐 그것도 적절한 이유가 되어주었다. 너희 빼고 우리끼리 모여서 뭘 좀 해야 한다는 건 당당하기까지 해 보였다. 모이는 이유의 대부분은 술로 이런 술자리도 있고 저런 술자리도 있었다. 또 어떤 술자리엔 교수님들도 함께했다. 우리 과 출신의 교수님들로 다 남자 교수님들이었다. 학교 앞 술집에서 교수님 모시고 공부할 리는 없었다. 그냥 술이나 먹고 다들 하는 이야기들이나 했겠지 싶으면서도 그건 상당한 특권처럼 보였다. 몇 차를 훌쩍 넘기던 술자리는 교수님 집까지 이어졌다고 했다. 허물없이 집까지 초대받아 오래도록 술을 마셨다는데 그건 맨정신에 생각해도 아무나 갈 수 있는 자리가 아니었다. 더구나 남자애들은 우리만 있는 자리에선 교수님이란 직함도 떼고 불렀다. 성도 직함도 마음대로 떼고 누구누구 형이라 했다. 실제로 마주 앉아선 절대 부르지 못할 호칭이었다. 나는 절대 교수님을 오빠라고 부르고 싶지 않았지만 지들끼리 형, 형 하는 것도 듣기 싫었다. 은근한 자랑과 거들먹에 짜증이 나곤 했다. 너희들이 그러거나 말거나 나는 실력으로 승부한다! 이런 결론이 나면 좋았으련만 나는 이래도 흥, 저래도 흥, 형 없는 세상에서 노느라 바빴다. 들어갈 수 없는 빗장 너머를 시기하면서.

그건 고대 그리스의 회합 같았다. 우두머리 남성과 그의 남제자들이 식탁에 둘러앉아 향기로운 포도주를 마시고 있다. 기발한 재치와 총명한 유머가 번뜩이고 어쩌면 더 흥미로운 이야기들이 다음 메뉴로 등장할지 모른다. 나도 그 식탁에 앉아 재담을 즐기고 싶지만 문은 내 앞에서 닫힌다. 출입할 수 있는 권한 자체가 없는 거다. 그 세계와 거리가 먼 친구들과 더 친해지게 된 것은 자연스러운 일이었다. 남성성이 옅은 남자들과는 덜 진한 문법을 사용할 수 있어 훨씬 편했다. 허풍을 들어주느라 참지 않아도 되고 과격하거나 왜곡된 이야기로 논쟁하지 않아도 된다. 무엇보다 거들먹거리는 모습과 잘난 체 하는 모습을 보지 않아도 되어 속이 편했다. 그렇게 희미한 우정은 느슨하게 이어진다. 가끔 경조사에서 얼굴을 보고 그간의 근황들을 세세히 나눈다.

"야, 너도 이제 늙었네. 니가 이마로 눈을 떠서 그래. 주름엔 보톡스야, 보톡스."

이런 조언을 들으며 내 눈가와 이마를 돈 안 받고 들여다봐 주는 사람이 있다는 것에 미미한 감동도 느낀다. 그러면서 출판계 동향을 살피고 좋아하는 작가들의 신간 이야기를 하다가 여전히 고기를 구우러 간다. 이제는 스무 살 때와 달리 제법 돼지고기다운 돼지고기를 먹는다. 참을성이나 체면 같은 게 조금 생겼다는 이야기다. 그 옛날 고기 굽던 친구는 여전히 프로의 솜씨로 고기를 굽고 우리는 조르르 앉아 새끼 제비처럼 입만 벌린다. 가위 한 번, 집게 한 번 들지 않고 입으로 훈수만 둔다.

"김치도 구워줘. 버섯도 안 타게 잘 구워줘. 어어, 마늘 떨어진다. 떨어져."

하며 째짹거린다.


"내 이름은 반드시 실명으로 써줘. 서울시 동작구 상도동 거주하는…"

내 인생의 남자들에 대해 원고를 쓰고 있다고 말하자 훅 들어오는 친구의 말이다. 본인과의 이야기를 쓰겠다고는 말한 적도 없다. 그렇지만 너무 당연하게 치고 들어온다. 내 인생에 본인의 비중이 상당하다고 생각하는 모양이다. 대강 알고 있었지만 역시 대단한 나르시시즘의 소유자이다. 응, 응, 한번 생각해볼게. 이 정도에서 말을 얼버무렸다.

사실 친구는 내 인생의 남자에 당당히 손꼽힌다. 우리는 길고 질긴 인연으로 오늘까지 이르렀고, 지금껏 그 우정이 퇴색될 일은 전혀 없었다. '티끌 모아 불혹 여행'이란 여행계의 멤버로 함께 적금을 들어온 것도 수십 개월이다. 곗돈을 붓자는 말이 나왔을 때 대뜸 계주를 맡겠노라며 자청하더니, 우리의 곗돈을 위험성이 큰 투자에 넣어 잔뜩 불려주겠노라 호언장담했다.

"너넨 나만 믿어라. 그럼 동남아 갈 것을 몰디브 가는 거지."

왠지 이건 하이 리스크에 노 리턴 같다. 본인이 본인 잔고 녹이는 것은 자유지만 조금씩 모아온 곗돈은 소중하다. 보태고 보태 동남아라도 갈 것을 얘한테 맡겼다가 대성리에 갈 것만 같다. 불혹에 대성리는 조금 빡세지 않을까. 모두의 생각도 같았던지라 계주는 다른 친구가 맡게 되었다. 계주는 어찌나 성실하고 꼼꼼한지 만삭의 몸으로도 곗돈 재촉을 잊지 않는다. 참으로 믿음직스럽다. 그럼에도 친구는 쉬지 않고 매달 본인에게 곗돈을 넘기라는 유혹의 말을 건네고 있다. 아무래도 이건 진정 불혹이 되어서야 끝날 것 같다.

지금보다 돈이 훨씬 없던 때, 매번 각종 시사회 티켓에 부지런히 응모하던 친구가 내게 말을 걸었다. 시사회에 당첨이 되었다며 영화를 보러 가자고 했다. 갑자기 무슨 영화? 싶었지만 그저 과방에 만만히 눌러앉은 덕분에 얻은 행운이었다. 나 역시 돈 없고 시간은 많던 사람이니 좋다고 바로 응했다. 우리는 종로3가에 내려 씨네코아로 향했다. 나란히 앉아 〈진주 귀길이를 한 소녀〉를 보았다. 영화는 잔잔했지만 다행히 졸지는 않아 어깨에 슬그머니 기댈 일도 전혀 없었다. 그때의 친구가

10년하고도 더 긴 시간을 훌쩍 건너와 지금의 내게 말한다.

"언제 한번 시간 되면 키카 가자."

키카란 무엇인가. 그것은 키즈 카페의 준말이다. 친구의 아들은 이미 훌쩍 자란 소년이니 이미 여러 키카를 훌륭히 섭렵했을 만하다. 나는 답한다.

"야, 우리 애기는 아직 문센 데뷔도 못 했어."

문센은 문화센터의 준말이다. 어린 아기들의 사교계로 선생님과 함께 뛰어노는 장소다. 그곳에서 체력을 탕진하고 돌아와 고대로 뻗어 잔다는, 말로만 들어도 좋은 곳이다. 나는 또박또박 답장을 쓴다.

"얼른 커서 형아랑 놀 수 있으면 좋겠네. 그날까지 파이팅이야."

친구의 육아를 응원하며 진심 어린 인사를 보낸다. 이것은 고상한 철학 대신 달고 짠 육아를 나누는 현대의 카르텔, 여기에 깊게 맹세한 우리다. 군기 잡을 사람은 아무도 없고 허세 떨 상대도 없는 담백한 이곳에서 우는 아기 달래며 메시지로 고충을 나누었다. 이는 술보다 달고 물보다 진하다. 캬! 소리 절로 나올 만하다.

지루한 강의를 듣고 온 우리 손에

하나씩 남은 것은

은장도 모양의 얇은 책갈피와

조그만 사탕이었다.

사탕 껍질에는 '순결 캔디'라고

쓰여 있었다.

열다섯 마음에도

이게 무슨 씨발이냐는 생각이 들었다.

## 백전백승 덕분 씨의 사연

오랜만에 대학 친구들을 만나는 저녁. 무엇을 먹을까에 관해선 이미 며칠 밤낮을 토론해왔다. 무조건 학교 앞에 모였던 예전과 달리 이젠 사는 곳도 회사도 죄다 각각 떨어져 있다. 참석자의 물리적 거리를 계산해 알맞은 모임 장소를 정해주는 어플도 있는 모양이던데, 똑똑한 알고리즘도 알지 못하는 섬세한 요소들이 있다. 이를테면 요즘 누구 회사의 업무 강도가 가장 센지 근래 만삭 임산부의 컨디션은 어떠한지 그리고 왠지 이게 먹고 싶다며 몸이 찔러대는 징후들이 대화 속에 끼어든다. 그 모두를 조합해 정한 곳은 삼겹살집이다. 하필 약속 날짜는 3월 3일, 누군가 삼삼데이라며 대화방에서 외쳤고 그게 모두의 무의식에 작용한 결과다.

삼겹살이든 삼삼데이든 다 좋은데 일등으로 도착한 사람에겐 적잖은 부담감이 있다. 피어오르는 연기 속 덩그러니 앉아 있긴 조금 머쓱한 장소니까. 나는 발걸음을 늦추는 동시에 손가락을 바쁘게 움직인다. 이미 수다로 요란한 대화창에 "뛰어! 뛰어! 채팅하지 말고 뛰어!"라고 일갈한다. 방금 코앞에서 지하철을 놓쳤다는 친구도 있고 하필 택배 기사님과 같은 엘리베이터를 타는 바람에 층층마다 멈추며 내려간다는 친구도 있다. 마침 퇴근 시간이라 길은 막히고 해는 저물고 있다. 조금 더 미적대며 친구 없는 거리를 방황하는 나다. 결국 삼겹살집 조금 못 미쳐 자리한 도넛 가게에 들어간다. 머리 안에서 떠오른 커다란 손가락이 도넛 진열장을 가리키며 말한다. '당을 채우자.' 그 말에 순응하며 설탕으로 잔뜩 코팅된 도넛 한 박스를 주문하는데 마침 1+1 행사를 한다고 한다. 좋아, 늦게 오는 놈들에게 떡 하나 아니, 도넛 하나씩 물려주지. 정말이지 난 스윗한 친구로구나.

디저트로 이거 먹을래? 히고 도넛을 꺼내사 친구들의 눈에 기쁨이 초롱초롱 어린다. 방금 전까지 삼겹살에 항정살, 차돌박이까지 야무지게 구워 먹은 이들이다.

그렇다고 그냥 일어서면 아쉽다고 김치 쫑쫑 썰어 넣고 김가루 뿌린 볶음밥까지 잘도 해치웠다. 하지만 디저트 배는 따로지, 하며 윤기가 자르르 흐르는 도넛 하나씩을 집어든다. 탄수화물, 단백질, 지방의 삼위일체, 참으로 아름답고 조화로운 밤이다. 이거 보니까 생각난다며 친구 하나가 이야기를 꺼낸다.

벌써 10여 년 전의 일이다. 내가 남자친구와 헤어졌다고 친구들에게 털어놓은 다음 날, 학교 앞 도넛 가게에 어제 헤어졌다는 남자친구와 나란히 앉아 있었다는 얘기다. 다른 친구도 맞장구를 친다.

"맞아, 맞아. 헤어졌다고 해서 실컷 위로해줬더니 다시 사귀는 거 있지?"

"헤어졌다고 하면서 나 울었어? 막 울면서 하소연했어?"

나는 많이 당황하며 되묻는다. 도넛 가게는 둘째치고, 헤어졌다가 다시 만나고 그랬었나? 그러니까 헤어졌다고 친구 잡고 울고 불고 하다가 다시 만나는 뭐랄까. 약간은 구질구질하고 살짝 어이도 없고 재수도 없는 그런 일을 했었단 말이지. 가장 큰 문제는 그런 사연에 대해 기억이, 기억이 안 난다. 오죽하면 친구들도 기억해주는 일인데 말이다. 뭐 반드시 매사를 또렷하게 기억할 필요는 없겠지만 그래도 한때 좋아한 사람인데, 좋아했던 사람인데, 좋아했었던 사람인데. 한때의 사랑은 점점 대과거로 밀려난다. 이별의 슬픔을 어찌 삭였는지는 전생처럼 아득하다.

　잠시 헤아려 본다. 좋아하고 좋아했던 사람들에 대해서. 마시는 술보다 여럿이 어울리는 술자리를 좋아한 것처럼 서로 좋아하기 시작한 애들이 풍기는 분위기 그런 게 좋았다. 자꾸 눈에 밟히고 귀에 밟히다 마음에 밟히기 시작한 날들이 있었다. 메시지의 미묘한 맥락을 해석하느라 바쁘고 통화 속 웃음들을 헤아리느라 시간 가는 줄 모른다. 별스럽지 않은 이야기에 웃고 울다가 또 만나서 시시덕댄다. 기억도 나지 않을 일들로 싸우고 토라지고 다시 화해한다. 여러모로 많이 어렸고 그래서 할 수 있는 치기 어린 행동들이 있었다. 추억 아닌 후회가 방울방울 흐르는 걸까 싶지만 지나고 보니 후회들도 다르게 보인다. 가까이 보면 비극, 멀리서 보면 희극이란 말은 여기에서도 통하나 보다. 사랑한다, 사랑하지 않는다, 사랑한다, 사랑하지 않는다. 아카시아 잎을 똑

똑 떼어 날리듯 지난 사랑들을 생각하면 우습고 또 우
습다.

　모두 아빠 덕분이었을 것이다. 이상형의 여러 조건
을 꼽으라면 그중 제일은 유머 감각이었다. 그냥 나는
웃긴 사람이 좋았다. 상황을 확 비틀어버리는 유머는 여
러 가지를 포함한다. 낯선 분위기에서도 잠시나마 긴장
을 날려주고 이어 상쾌함까지 가져다준다. 유머는 몸
에 밴 습관이나 태도 같은 거여서 입으려 한다고 쉽게
입을 수 있지도 않고, 벗고 싶다고 마음대로 벗을 수 있
는 것도 아니었다. 그래서 농담 한마디에도 아이덴티티
가 섬세하게 드러났다. 적당한 때 튀어나오는 적절한 유
머에 약했고 예기치 못한 모습과 마주치면 사람이 달리
보였다. 머리로 알던 것보다 더 매력적으로 보여 속으로
놀라곤 했다. 나는 시종일관 웃긴 사람과 그들의 퐁퐁
솟아오르는 재치를 찾아다녔는데 사실 그건 신기루 같
아서 쉽게 보이지도 잡히지도 않았다.
　"소개팅 나가선 어떻게 해야 해?"
　인생 첫 소개팅이 잡히고서 주변의 친구들에게 물
었다. 다들 소개팅보다 주변의 인연들과 자연스럽게 만

나 알콩달콩들 하고 있었으니 번지수를 잘못 찾은 질문이긴 했다. 과연 누구와 만나고들 있나 살펴보면 고등학교 동창이나 아르바이트를 하다 만난 동료도 있었다. 물론 당연히 과 CC도 있다. 인원수도 적은 과니 다들 하지 말라고 말리는데 꿋꿋하게도 한다. 말릴수록 불이 붙는다는 것은 이런 것인가. CC를 안 해본 사람은 별말이 없다. 해본 사람이 나서서 말린다. 두 팔 걷어붙이고 얼굴 벌게지도록 핏대 높여가며 그거 절대, 저얼대 하지 말라고 한다. 1학년 때야 헤어지고 나면 자연스레 군대를 갈 수 있으니 괜찮다는 사람도 있다. 이제 와 생각해보면 뭐 그럴 필요까지 있나 싶다. 헤어지면 뭐 헤어지는 거고, 헤어지고 얼마 지나지 않아 마주치면 좀 껄끄럽긴 하겠다만 그것도 차차 옅어질 일이다. 이건 10년 하고도 한참이 지나 어른이 된 나라서 할 수 있는 이야기다.

그 시절 우리들은 헤어진 CC들을 집요하게 놀려댔다. 안 그래도 상처가 아물지 않았을 친구에게 아직 잊지 못한 것 같다는 둥, 얘기 꺼내니까 울려고 한다는 둥 유치하기 짝이 없는 소리들을 했다. 과방에 죽치고 앉아서 오며 가며 얼굴 볼 때마다 놀려댄다. 위로해준다고 술 마시러 가서 놀리고 다음 날 해장하러 가서도 놀린다. 한참이 지나 잊을 만하면 들춰내서 놀린다. 그랬으니 반대로 내가 그 상황이 되었을 경우 천벌을 받아도 쌀 일이다. 사귀던 시절의 사진이 대자보로 붙고 익명의 목격자들이 투서를 보내도 할 말이 없다. 학생회관 앞에 무릎 꿇고 앉아 끝없는 자아비판을 해도 모자랄 일이다. 고개 숙인 목에는 섬뜩한 필체로 쓴 팻말이 걸려 있다. '죄목 : 캠퍼스 커플.'

그러나 나는 무사히 그 공격들을 피해간다. 남달리 고매한 인품 덕이 아니고 놀릴 맛이 나지 않도록 지나치게 취약한 방어 덕이다. 누군가 화제를 꺼내면 진짜? 하고 놀라고 만다. 진지해지다 못해 미간에 깊은 주름이 진다.

"내가 정말 그랬어? 진짜 그 따위였어?"

되묻는 표정은 지극히 애잔해진다. 수다의 장은 돌연 사실 확인의 취조가 되고 이어 내 하소연을 들어주는 자리가 된다. 개그를 던지는데 다큐로 받는 셈이라 맥이 빠진다. 가까운 이는 이렇게 평한다. 나의 놀림 실력은 팀 전원이 공격 포지션이라고. 공격과 수비는 물론이고 골키퍼까지 그라운드 중앙까지 나와 뛰는 셈이다. 선수 모두 개개인의 발재간과 잔기술이 뛰어나고 야성과 투지도 상당하다. 그러나 한번 밀리기 시작하면 바로 위험해진다. 상대 공격수가 위험천만한 슛을 날리는데 골대 앞에 아무도 없으니 결국 그냥 골을 내주고 만다. 한마디로 두드려 패기도 좋아하고, 두드려 맞기도 잘하는 팀이다. 이런 비틀린 유머 감각을 가지고 소개팅에 나서면 어떤 일이 일어나는가.

어색한 인사와 함께 서로를 가늠하려 애쓰는 시간이 지나고 차차 장면이 전환된다. 나는 본래의 목적, 우리가 어쩌면 이 다음 단계로 건너갈 수도 있다는 사실을 망각한다. 그러더니 상대방을 웃기려 기세를 올리기 시작한다. 방청객 부럽지 않은 리액션으로 분위기를 부드럽게 만든 후, 알맞은 포인트마다 슛을 날린다. 잔잔한 미소부터 박장대소까지 다양한 웃음이 테이블 위로 쏟아진다. 분위기는 차차 무르익는다. 무르익긴 하는데 보통의 소개팅 자리와는 톤이 조금 다르다.

"저, 2차는 어디로 갈까요?"

"우리 맥주 마시러 가요. 제가 살게요."

흔쾌히 답한 다음 얻어먹은 밥값보다 많은 술값을 낸다. 어쨌거나 마신 술에 신이 나서 총총 손 흔들며 돌아온다. 그런 밤에는 어김없이 이런 메시지를 받곤 했다. "덕분에 오늘 즐거웠습니다." 덕분에, 덕분에, 덕분에. 자주 듣고 들어 어느새 내 이름이 덕분이가 된 것 같다. 즐거웠다니 뭐, 한 번 더 만나볼까 싶어 몇 번의 만남이 이어진다. 하하호호 까르르 깔깔, 장소만 바뀌고 마시는 술만 다를 뿐 딱 거기까지였다. 거창한 이야기나 사소한 농담이나 마음에 들어차지 않기는 매한가지다. 나는 지금껏 나보다 웃긴 남자를 만나지 못했다. 요령껏 재주를 부려봤자 돌아오는 길은 허전하다. 동네 축구대회에 나간 메시의 기분이 이럴까. 마음은 발롱도르인데 현실은 구청장 이름 박힌 기념 타월이 전부다. 그건 나를 으쓱하게 만들기도 아쉽게 만들기도 한다. 시시하다. 시시해. 절로 노곤해지는 봄날, 찌뿌둥한 몸을 펴며 생각했다. 아무래도 난 다른 종류의 만남을 원했다. 긴가민가 재보지 않아도 되며 한 치의 의심도 필요없는, 마치 벼락같은 사랑을.

## 이 친구 저 친구 했지만 사실 그 친구들

결혼식에 참석할 때마다 양가적인 감정이 든다. 여자 친구들의 결혼식에선 늘상 친구가 아까워 보였다. 일부러 흠을 잡고 꼬아 보려는 것은 아니지만, 부케를 들고 선 내 친구는 저렇게나 아름답고 어여쁜데 대체 왜. 이 다음 말은 생략이다. 친구가 아까워 보이는 것은 팔이 안으로 굽어 그런 것일까. 굽고 굽다가 눈도 흘기게 되는 것일까. 그런다기에 남자 친구들의 결혼식에 가면 다른 의미로 웃음이 난다. 머리도 착 다듬고 화장도 곱게 한 친구의 모습은 어찌나 어색하고 웃긴지. 가슴팍엔 화사한 꽃을 달고서 뻣뻣한 미소로 웃고 있다.

"이야! 새신랑 멋지네. 결혼 축하해!"

인사를 하고 나면 어색하던 표정이 무너지며 내가 알던 원래의 얼굴이 나온다. 그러다 또 모르는 어른이 다가와 어깨라도 두드리려 하면 다시금 어른스러운 얼굴이 된다.

"아, 안녕하세요. 와 주셔서 감사합니다."

하며 고개를 조아리는 친구다. 그리고 저 멀리 밝은 미소로 웃고 있는 신부를 보면서는 '참으로 다행이다, 다행이다. 이 가여운 중생을 구원해주셔서 참으로 감사합니다.' 하고 혼자 되뇌이게 된다. 그때의 그 인간이 이렇게 어엿하게 자라 장가를 갈 줄이야, 하게 된다.

어디선가 호감 하나 없이 우정이 성립되긴 어렵다는 이야기를 읽은 적 있다. 이성애로 무장한 전투적인 호감 그런 것 말고, 인간과 인간 사이 느낄 수 있는 호감이라도 조금은 있어야 한다는 거다. 생각해보면 무슨 말인지 알 것 같다. 최소한 이야기는 나눌 수 있어야 친구가 될 테니까. 그래야 우리 함께 술이라도 한잔할 수 있을 테니까. 우리 모여 놀던 그때 그 자리에서 피어났던 것은 모두 확실한 우정이었다. 의심할 나위 전혀 없었다.

그때는 왜 그리 돈이 없었을까. 대신 꿰고 있는 것은 친구들의 월급날이었다. 과외든 홀서빙이든 근로장학생이든 매달 월급날은 착실히 돌아왔다. 그러면 그 김에 함께 밥 먹고 노는 거다. 뭐 대단하게 연락을 돌리고 날을 정할 것은 아니라서, 운 좋은 때에 과방에 죽치고 있으면 함께 가는 거였다. 그 무렵 내 달력은 매일이 백지였다. 준비할 것도 기다릴 무엇도 없던 나는 혹시? 하면 역시 하는 상태로 과방에 붙박이처럼 붙어 있었다.

대체 왜 나는 대학에 온 걸까? 오직 집과 부모님으로부터 떨어져 있기 위해 여기까지 온 것처럼 전공 공부에 별 흥미를 느끼지 못했다. 그러면 학교에서도 겉돌기 쉬웠을 텐데 다행히 마음은 붙일 수 있었다. 작은 규모의 과라서 서로 챙겨주고 챙김 받는 것이 자연스러웠다. 내겐 수업에 가지 않으면 전화를 걸어주고, 수업 자료를 챙겨주는 좋은 친구들이 있었다. 무엇보다 마음씨 좋고 가난하고 술을 잘 먹는 친구들이었다.

초저녁의 민속주점에 모여 앉아 살얼음 낀 동동주를 시킨다. 플라스틱 단지엔 플라스틱 비기지가 둥둥 떠 있다. 그 위로 어린 얼굴들이 가라앉다 떠올랐다. 소면 사리와 함께 골뱅이무침을 먹고, 얇디얇은 파전을 찢어먹는다.

"2차는 어디로 갈래?"

누군가 툭 던지면 마음은 벌써부터 거리를 헤매고 있다. 먼저 간 마음을 따라 몸을 일으켜 걷다 보면 발 빠른 누군가 다음 갈 곳을 점지해주었다. 반가운 마음으로 들어간 술집에 빼곡히 모여 앉다보면 약간 부담스러울 만큼 엉덩이를 붙여야 한다. 때론 정말 반가운 얼굴이 저편 테이블에 앉아 있기도 하다. 거기 앉은 선배가 손을 흔들며 점잖게 인사를 하고, 나갈 땐 더 점잖게 몰래 계산해주고 가는 일은 정녕 일어나지 않았다.

"야야, 합석하자. 합석해." 하며 빈 잔을 들고 와 좁은 자리를 더 좁게 만들거나 "그럼 잘 먹다가 가라." 같이 쿨한 인사를 남기고 사라졌다. 그러니 일어나지 않을 행운에 목매지 말자 하며 서둘러 메뉴판을 펴고 머리를 모은다. 이 돈 주고 왜 이걸 사 먹지 싶은 달걀말이를 누군가 시킨다. 하나 모인 이들 중 누구도 절대 그 부피의 달걀말이를 만들지 못한다. 토실토실한 달걀말이에는 화려한 필체의 케첩이 뿌려져 있다. 다행히 서비스로 멀건 오뎅탕이 나와 우리는 소주병을 연이어 딴다.

차가운 소주병을 거꾸로 들고 팔꿈치로 병 바닥을

168

툭툭 찍으며 말한다.

"소주가 달면 진짜 위험한 날이래."

아니나 다를까, 상 위로 병뚜껑들이 흐드러진다. 하나 집어들어 병뚜껑 끝 둥근 철사를 얇게 꼰다. 그러면 게임이 시작되는 거다. 돌아가며 손가락으로 튕겨내다 똑하고 부러뜨리는 사람은 벌주를 마셔야 한다. 마음 졸여가며 슬금슬금 건드리는데 꼭 온갖 허세를 다 부리며 장렬한 딱밤을 날리는 이도 있다. 상 위로 날아드는 야유에 씨익 웃는 여유도 있다.

3차와 4차에 이르는 사이 구성원은 여럿 변한다. 누구는 빨간 광역버스를 타야 한다며 손을 흔들고, 알 수 없는 말을 웅얼거리며 뒤쳐지는 이도 있다. 나는 학교와 집이 가까운 덕에 오래오래 남을 수 있었다. 덕분에 좋은 꼴 못 볼 꼴 다 보기도 한다. 치킨에 소주 먹는 사람은 진짜 어른이야, 난데없이 이런 생각을 하면서.

멋진 사람들의 학창 시절엔 인생의 획을 긋는 사건이나 삶을 뒤바꿀 무엇들이 자리하던데, 나에겐 학교와 학교 앞을 오가는 게 전부였다. 그것도 매일 보는 얼굴들과 함께였다. 1.5층짜리의 다락에 위태로이 올라 하나뿐인 상 주변에 둘러 앉으면 술병이 계단을 타고 올라

왔다. "이거 먼저들 받아!"라는 외침은 술병의 뒤를 따라왔다. 술국 하나 시켜놓고 잔을 부딪치다 보면 얼마 지나지 않아 누가 드러누워 코를 골았다. 그러거나 말거나, 이야기는 계속된다. 어떤 선배들은 민주화를 위해 싸웠고 어떤 선배들은 문학을 논하느라 밤을 지새웠다는데, 우리는 "야, 누가 국물을 숟가락으로 떠먹냐, 젓가락으로 떠먹어야지." 같은 말을 진지하고 준엄하게 했다.

내키지 않으면 수업에 가지 않았고, 다 마칠 시간에나 어슬렁거리며 과방에 나타나던 나는 진정으로 시험 기간이 고역이었다. "나 공부 하나도 안 했어."라고 말하며 나태함을 뽐내던 친구들은 정작 시험이 시작되면 눈빛부터 달라졌다. B4 사이즈의 시험지 앞뒤를 꽉꽉 채우며 주절주절 써댔다. 저게 다 반성문은 아닐 테니 보태준 것도 없이 괜히 뒤통수 맞는 기분이 들었다. 쓸 것이 없는 나는 애꿎은 볼펜만 굴리다 얄팍하게 떠오르는 키워드로 작문을 해보지만 몇 줄이 한계였다. 단 한 번 요행을 걸어본 적도 있다. "교수님께"로 시작되는 길고 긴 편지를 썼다. 나는 왜 대학 공부에 별 흥미를 느끼지 못하며, 그렇다고 다른 무엇에 큰 관심을 가지고 있는 것도 아니며 그저 하루하루를 이렇게 보내고만 있다. 등등의 내용이었다. 아무런 기대가 없었다면 거짓말이다. 소설 〈외딴방〉의 최홍이 선생님은 공부의 의미를 찾지 못하는 제자에게 수업을 안 들어도 좋으니 너 쓰고 싶은 대로 써서 가져오라는 과제를 내주지 않던가. 어쩌면 교수님도 가여운 나에게 인생의 조언을 해줄지 모른다. 그건 채점을 조교가 하는 것도 모르는 무지한 이의 요행이었다.

언제나 도시전설 같은 농담에 마음이 끌렸다. 한번 듣고 나니 그게 농담 아닌 진실 같았다. 문사철 출신이라면 들어봤을 법한 이야기다. 한 묶음의 답안지를 앞에 두고 선풍기를 튼다. 세찬 바람에 답안지는 훌훌 날리다 차례로 떨어진다. 가장 빽빽이 쓴 답지는 그 무게를 이기지 못하고 선풍기 가까이, 헐렁한 여백의 답지는 가벼워 저 멀리. 떨어진 순서대로 성적을 매긴다는 말은 오래 남아서 교수님 연구실에 들를 때면 탁상 위 선풍기가 그냥 보이지 않았다. 아무렴, 뭐라도 쓸 게 있어야 기대도 할 일이다. 나름의 납득을 한 후 그 뒤론 잔머리 굴리지 않고 담담하게 일어나 답안지를 제출하고 나왔다. 학번과 이름, 그 정도만 틀리지 않게 쓰면 되었다.

과방에 앉아 금메달이니 은메달이니 동메달이니 먼저 빠져나온 순으로 서로를 치켜세우고 있노라면 한참이 지나 나오는 친구들이 있었다. 그야말로 지난 밤 공부한 모든 것을 하얗게 불태웠을 친구들이다. 열심히 쓰느라 곱은 손을 털며 2번에 뭐라고 썼어? 3번은 어디에서 나온 거였지? 오고 가는 문답 속 나는 조금 외로웠다. 이리저리 고개 돌리며 이 외로움 함께 덜어줄 친구들을 찾았다. 야, 술이나 먹으러 가자는 말은 외로움을 씻어줄 마법의 문장이었다. 이게 맞는지 저게 틀린지 정답과 오답을 곱씹을 것도 없었다. 금메달은 와삭 깨물어도 금메달이다. 이번에도 틀림없는 F였다.

그러던 친구들이 어느덧 의젓해진다. 이 친구, 저친구 섞어 칭했지만 여기서의 친구들은 아무래도 그 친구들이다. 이건 쉽게 양보 못 해! 하며 F를 위해 질주하던 친구들. 이 친구는 정말 진심인 것 같은데? 싶게 학사경고를 받던 친구들. 학점은 문신이란 말에 진심으로 미래를 걱정하던 우리들. 야, 어떡하냐. 이번엔 진짜 망한 것 같은데? 하던 친구들. 하나 그리 망하지만은 않았다. 이제는 교정에서 술을 마시지 못한다던데 그 전에 졸업해서 참 다행이야. 하며 경조사에 만나 술을 따른다. 조사는 그렇다 쳐도 경사라니 놀라울 따름인데 더 놀랍게도 우물쭈물하다 연애도 한다. 아니 정말이라고? 싶게 결혼도 한다. 결혼 앞뒤로 아기도 생긴다. 물론 처음엔 아기가 먼저 생긴 것이 아니라고 극구 우기기도 했지만, 우리도 그 정도 셈은 할 줄 안다. 아무튼 그렇게들 잘 살고 있다. 이제 경사로 만날 일보다 조사로 만날 일이 더 많지 않을까. 그 점은 조금 서글프지만 담담하게 받아들이기로 한다. 아니, 받아들이지 않으면 어쩌겠는가. 오래된 인연답게 위로를 해줄 수밖에. 다행히 우리 모두 그건 잘한다. 적어도 메달감이다.

03

세상의 절반이라는
그들은

# 단순하게 무너지는

길 건너편 건물 벽엔 빨간색의 큰 엑스 자가 그려져 있었다. 그 옆에 쓴 '공가'라는 글자는 스프레이가 흘러내려 더 섬뜩해 보였다. '쓰레기 무단 투기 엄중 경고'란 현수막 아래로 일회용 커피 컵들과 페트병 같은 게 굴러다녔다. 올 풀린 포대자루와 허물어진 타이어 사이엔 잡초들이 자라나기 시작했다. 저녁이면 더 멀더라도 큰길을 거쳐 집으로 돌아왔다. 언제쯤 공사를 하려나 싶었는데, 이제 드디어 시작한다고 했다.

인부들이 제일 먼저 한 것은 파이프를 연결해 비계를 만드는 일이었다. 그들은 날렵한 걸음으로 공중에 뜬 파이프 위를 오고 갔다. 걸음걸음마다 햇볕을 반사한 노란 안전모가 번뜩거렸다. 공사 현장이라기보다 서커스 묘기를 보는 느낌이었다. 완성된 비계 위로는 가림막을 씌웠다. 가림막 너머로 빈 건물들의 외벽이 언뜻언뜻 보였다. 바람이 불면 뜯어진 솔기들이 너풀거렸다. 다음 작업은 언제 시작되려나 오며 가며 보는 사이 건물의 창틀부터 철거하기 시작했다. 창틀은 고철이니 돈이 되어 그런 걸까. 철거 작업 중 유리가 튀면 위험하니 그런 걸까. 옥탑에 여러 사람들이 올라선 모습도 보았다. 여기저기를 가리키며 손가락질을 하고 있었다.

며칠이 지나자 다듬어지지 않은 좁은 길을 따라 포클레인이 들어왔다. 생각보다 작은 크기의 포클레인이었다. 손바닥을 옴폭하게 모은 모양의 삽 대신 달린 것은 좌우로 벌어지는 집게발로 꼭 꽃게의 그것을 닮았다. 포클레인은 건물 앞에 서더니 잠시 생각하는 눈치다. 이걸 어디서부터 어떻게 손대야 하나. 이윽고 계산이 섰는지 집게발을 들어 건물의 옆면을 친다. 쿵쿵. 굉음과 함께 진동이 울린다. 붉은 벽돌의 벽이 웨하스처럼 쩍 갈라지고 옥상 바닥이 통째로 기울어진다. 초록의 지붕은 간신히 매달려 있다가 푸스스 하는 소리와 함께 떨어진다. 옆에선 호스를 들고 물을 뿌려대고 있다. 그

깟 물줄기는 아무렇지 않다는 듯 먼지는 뭉게뭉게 피어오른다. 이 과정은 어딘가 익숙했다.

그 모습은 조각 케이크를 먹을 때와 비슷했다. 포크를 들어 한 끝부터 툭 잘라나간다. 포크가 케이크의 물성을 겁내지 않듯 집게발도 아무 두려움 없이 달려든다. 두껍게 올린 크림도, 장식으로 붙인 초콜릿도 어렵지 않게 갈라진다. 벽돌 속에 숨었던 건물의 단면을 그렇게 만난다. 1층, 2층, 3층, 4층의 단면을 보고 있자니 인형의 집을 보는 느낌이다. 그러나 오밀조밀 알록달록한 인형의 집과는 차원이 다르다. 허공에 덜렁덜렁 달린 문과 타일벽 사이로 온갖 것들이 튀어 오른다. 저곳은 화장실이었구나. 저기는 부엌이었나 봐. 구부러진 철근, 자갈, 굵은 관들과 콘크리트 덩어리들이 이리저리로 튄다. 순식간에 함부로 드러난 삶을 보고 있자니 기분이 이상하다. 쌓아올릴 때는 아주 많은 공력이 들었을 텐데, 부수는 것은 찰나다. 여기저기 덧대고 손보며 살던 흔적들이 무참히 쏟아져 나온다. 한때는 바람과 비를 막아줄 벽과 지붕이었을 텐데 이제는 형체도 알아볼 수 없는 폐기물 더미가 되었다. 한때는 견고했던 나의 믿음들에 대해 생각한다. 철근과 콘크리트 같이 단단하게 나를 떠받치던 믿음들은 케이크처럼 쉽게 부스러졌다. 끈적이는 자국과 메슥거리는 속만 남기고 사라졌다.

　모르는 사람이 처음 내 몸에 손을 댄 것은 초등학생 때였다. 혼자 가방을 메고 학교 담을 따라 집으로 향하는 길이었다. 왜 혼자였는지는 기억이 나지 않는다. 어둡지 않은 시각이었고 특별히 무섭거나 이상한 기분은 들지 않았다. 그냥 평범한 날의 아주 일상적인 오후였다. 마주 오는 남학생 몇이 보였다. 중학생 정도 되었을까. 서로 스칠 만큼 거리가 가까워졌을 때, 한 명이 손을 뻗어 내 몸에 손을 댔다. 바지춤의 위치였다. 나는 많이 놀랐다. 그들은 자기들끼리 낄낄거리며 멀어졌다. 그제서야 무서워졌다. 뒤를 돌아봐 누구인지, 몇 명인지, 어느 학교 교복인지 확인할 용기는 하나도 나지 않았다. 집에 빨리 가고만 싶었다. 믿을 만한 누군가에게 청할 용기도 나지 않았다. 제대로 겁을 먹은 것이다. 특정한 누군가가 아니라 내가 놓인 상황에 대해서.

　아침 일곱 시가 되지 않았을 무렵, 대학생 때 이 시각이면 깬다기보다 잠들 때에 가까웠다. 그날따라 잠이 오지 않아서 밤을 꼬박 새웠다. 이왕 샌 김에 좀 걷고 싶다는 생각을 했다. 해가 떴으니 나가도 괜찮겠지, 싶어 헐렁한 후드티와 트레이닝복 차림으로 집을 나섰다. 대로변을 따라 조금 걸으면 한강이었다. 이미 날은 훤하고 길에는 출근 차량들이 늘어나고 있었다. 걸음을 계속 옮기는데 인기척이 느껴졌다. 건너편 인도에서 성큼성큼 길을 건너 이쪽으로 오는 이가 있다. 붉게 상기된 얼굴은 술을 먹은 것처럼 보이기도 했다. 지금도 기억에 선명한 녹색 티셔츠. 그는 좌표라도 찍은 것처럼 곧장 내게로 다가왔다. 혹시 내게 길을 물어보려 그러는 것인가 했다. 길을 묻는 사람치고 바짝 다가오더니 내 가슴을 움켜쥔다. 그리고 나를 밀쳐 쓰러뜨린다. 예상 못 한 일이기에 아무런 방어를 할 수 없었다. 나는 순식간에 바닥에 내동댕이쳐진다. 녹색 티셔츠는 아무렇지 않게 어디론가 사라진다. 나는 내게 일어난 일을 제대로 받아들일 수 없다. 몸과 생각이 따로 노는 것 같다. 겨우 몸을 일으킨다.

이대로 걸어 집으로 돌아갈 수는 없다. 가볍게 걸을 요량이었던지라 지갑도 가지고 나오지 않은 상황이었다. 일단 안전한 곳으로 몸을 피해야 한다고 느낀다. 밝은 아침의 이 거리만큼 위험하게 느껴진 곳은 없다. 머리에선 계속 비상 사이렌이 울리고 있다. 가까이 지하철 출구가 보인다. 그 아래엔 누구라도 있겠지 싶어 비틀거리는 걸음으로 계단을 내려선다. 맞은편 출구의 계단과 합류해 다시 아래층으로 내려가는 곳. 역무원도 행인도 없는 그곳에 방금 그 사람이 서 있다. 녹색 티셔츠와 다시 마주친 것이다. 녹색 티셔츠는 아무 일도 없었다는 듯, 내게 말을 건다. 길을 묻는다. 묻는 척한다. 나는 소리를 지르려 한다. 소리든 욕이든 뭐든 질러 다가오는 사람을 내쫓고 싶다. 다른 이에게 도움을 요청하고 싶다. 그런데 내 입술은 달싹거리지 않는다. 어떤 소리도 나지 않는다. 극심한 공포에 마치 가위에 눌린 것처럼 아무런 행동도 할 수 없다. 그저 노려볼 뿐이다. 나는 네가 한 짓을 다 알고 있어. 나에게 다가오지 마. 나에게 말 걸지 마.

그때 알게 되었다. 어떤 면에서 나는 초식동물과 같다고. 로드킬의 순간, 헤드라이트 앞에 눈을 커다랗게 뜬 채 벌린 입으로 멈춰 서고 마는 초식동물.

재작년이 되어서야 난 "아, 이러지 좀 마세요." 하면서 함부로 선을 넘는 손을 밀쳐낼 수 있었다. 손은 약간 머쓱해할 뿐이었다. 미안해하지 않고 민망해만 했다. 그게 다였다. 내가 느낀 당황과 모멸은 없던 일처럼 여겨졌다. 그저 해프닝처럼 휘발되고 끈끈한 더러움만 남겼다. 정말이지 더러운 기분이었다.

우리가 무슨 잠재적 가해자냐, 어디까지나 일부의 일이다, 그렇게 싸잡아 매도하지 말라는 성토들을 접하곤 한다. 늦은 귀갓길, 뒤를 돌아보며 재촉하는 발걸음 소리에 기분 나쁘다는 푸념은 그 자체가 권력의 증명이다. 여성 안심 주차장은 운전 실력이 아닌, 여성 운전자를 대상으로 일어나는 범죄에서 비롯되었음을 모두가 알아야 한다. 오해받는 기분이 별로라며 투덜대는 이들에게 똑똑히 물어보고 싶다. 당신은 잠재적 가해자와 잠재적 시체 중 어느 것을 택하겠냐고. 겪어보지 않고 감히 무게를 비교할 수 있겠느냐고.

녹색 티셔츠의 손에 나를 위협할 흉기가 들려 있었다면, 이미 초범이 아니었던 그가 그날따라 과감했었더라면. 경우의 수를 따져보는 사이 세계에 대한 나의 믿음은 알량한 골조였음을 깨닫는다. 어디서도 허가받지 못할 만큼 허술한 설계로 이루어진 세계다. 그럴 때면 내가 지금까지 살아 있음이 운처럼 느껴진다. 으슥한 밤이거나 밝은 아침이거나 어떤 옷을 입거나와는 하등 관계가 없다. 지금껏 나를 돌본 것은 일말의 직감과 엄마의 기도, 그러니까 운이 다였다. 그 이후에도 그랬다. 지하철 역에서부터 집까지 누군가 따라왔을 때, 나는 골목과 골목 사이로 바삐 걸음을 옮겼다. 계단을 뛰어올라 문을 열고 다시 잠그기까지의 순간, 조용한 복도에 발소리가 울리지 않길 바라는 마음뿐이었다. 그럴 때면 망가진 센서등이 고맙기만 했다. 집에 들어오고 나서도 혹여 밖에서 지켜볼까 두려워 불도 켜지 못했다. 어둠 속에서 숨죽여 잠을 청하던 밤, 여기가 정글이 아니면 어디란 말인가.

이제 남은 것은 무참한 모습의 잔해들이다. 흙과 콘크리트 덩어리, 아무렇게나 굴러다니는 조각들까지, 한때의 일상들이 이렇게 초라하고 남루해진다. 이윽고 덤프트럭이 도착했다. 집게발을 삽으로 바꿔 끼운 포클레인이 열심히 바닥을 긁어 폐기물들을 그러모은다. 이윽고 덤프트럭은 덮개를 닫고서 출발한다. 자욱한 먼지를 날리며 기약도 없이 멀리, 멀리 사라진다.

# 나의 사랑하는 몸

화면 가득 살색이 차오른다. 색보다 더 다가오는 것은 가까이 잡힐 듯한 숨소리다. 화면을 뛰쳐나와 귓전에 대고 속삭이는 것만 같다. 나의 얼굴도 슬그머니 붉어진다. 이런 거 봐도 되는 어엿한 어른 맞는데도 그렇다. 앵글은 이때다 싶은지 더욱 거리를 좁힌다. 화면 속 주인공들은 차차 고조되고 있다. 그걸 보고 있는 나는? 요령껏 흐름을 따라가려다 슬그머니 김이 빠지고 맥도 빠지고 만다. 자자, 이렇게까지 하는데 어때? 우리 멋지지? 섹시하지? 보는 너도 막 흥분되고 그렇지? 그린 물음들이 날것 그대로 날아온다. 영화관의 푹신한 좌석에서 자세를 고쳐 앉으며 나는 생각한다.

아니, 사실 많은 장면들이 불편해. 특히 가학적이고 피학적인 장면들은 나를 거북하게 만들어. 배우의 눈물이나 신음, 비명들이 진짜인 것만 같아 불안해져. 저게 다 연기인 것을 알고 그 출중한 연기력이 스크린 앞의 나를 몰아붙이는 거겠지, 하고 생각하면서도 혹시 몰라 저게 반드시 연기여야 할 텐데, 하는 마음이 들어. 현장에서의 분위기가 어떤지 나는 모르니까. 그곳도 직장인 만큼 엄연히 직업 윤리가 지켜져야 할 텐데 과연 그렇게 돌아가고 있을까 하는 의문이 드니까. 강도를 훨씬 낮춘다고 해도 다짜고짜 맥락 없이 벌어지는 몸짓 역시 그래. 천년의 사랑, 아니 방금 만난 사랑이라 해도 적절한 예열이 필요한 법인데 그런 장면은 늘 생략되더라. 모르는 이는 착각하기 마련이잖아. 저래야 좋아하는구나, 그래야 기뻐하는구나 하고 말야. 좋아하고 기뻐하는 사람도 있겠지만 싫어하는 사람도 있지. 그런데 화면에서는 늘 다들 좋아하기만 하더라고. 바로 높은 데시벨의 비명을 질러대고 격한 몸짓에 눈을 질끈 감지. 거친 숨을 몰아쉬며 더, 더 외치기만 하잖아. 차라리 난 밑바닥에 눌린 채 허공에 공허한 눈빛을 던지는 연기들이 훨씬 사실적이더라. 아마 여자라면 모두 그런 경험이 있을걸. 침대 위에서 다른 의미로 연기가 필요한 날. 아무리 솔직하고 평등한 사이라고 해도 그런 날이 있더라. 적어도 나는 그랬어.

사실 잘 모른다. 남자들은 무엇을 어떻게 느끼고 생각하는지 나는 알 길이 없다. 날것의 몸, 만져보고 안아봤지만 그 안의 돌아가는 매커니즘은 잘 모를 수밖에. 여성 잡지의 어떤 섹션들에서 매달 떠들어도 모르고 모르는 일이다. 익명 게시판에서 질문과 답변이 가열차게 오고 가도 그건 장님 코끼리 만지기와도 같다. 누구는 펄럭이는 귀를 잡고 누구는 파리를 쫓느라 바쁜 꼬리를 잡는다. 다른 누구는 통나무 같은 다리를 또 누구는 위협적인 상아를 잡고 그게 전부인 줄 알고 말한다. 그건 모여서 이야기하는 여자들뿐만이 아닌 게 분명하다. 그들, 남자들도 그럴 것이다. 가상의 육체를 상상하고 홀로 자기를 위안할 때부터 여자에 대해 하나도 모르면서 두려워하며 숭배한다.

플라톤의 〈국가〉에 등장하는 동굴 속 비네아 이야기가 떠오른다. 사람들은 모두 사슬에 묶여 한 방향만 바라보게끔 고정되어 있다. 발끝부터 머리까지 특히나 얼굴은 좌우로 돌릴 수 없게 단단히 고정되어 있다. 우리 앞에 놓인 스크린 위로 진리의 그림자가 떠오르지만 진짜 진리는 잡힐 듯 잡히지 않는다. 우린 떠오른 그림자가 실재라고 믿고 있을 뿐.

　문제는 더 있다. 내가 보는 그림자는 여성들이 만들어낸 그림자도 아니다. 아주 어릴 적부터 남자의 눈으로 본 여자의 몸을 보며 자라나고 있다. 이제는 익숙해질 법도 한데 만날 때마다 새롭게 놀란다. 인터넷에서 만나는 배너 광고 이미지를 보며 한번 더 경악하는 순간, 저런 불편한 모양의 속옷과 괴상한 디자인의 운동복을 누가 입지? 의문이 절로 인다. 일상생활에서 저렇게 엉덩이를 빼고 걸을 순 없으며 운동을 할 땐 더더욱 그렇다. 모델이 취하는 자세들은 죄다 척추며 근육에 좋지 않아 보인다. 게다가 광고 속의 얼마 안 되는 천 쪼가리들을 걸쳐서 좋은 사람은 입은 것을 마음껏 바라보는 이성애자 남성들밖에 없을 것 같다. 차라리 다양한 욕구를 위한 성인용품이라고 하면 괜찮은데 마치 보통의 여성들이 그런 의복들을 좋아하는 것처럼 이야기하는 게 이상하다. 좋아하는 것을 넘어 반드시 필요하다고 외치는 듯 보여서다.

크게 한 발 물러나 복장 선택의 자유를 인정하고 싶으나 아동복에 이르러선 참기 어려워진다. 일단 또래 남자 아동복보다 현저히 낮은 퀄리티의 원단이 당당히 등장한다. 펄럭대는 레이스와 리본의 산을 넘어, 러플과 퍼프의 계곡에 다다르면 한숨이 절로 난다. 일단 미안해, 미안해. 어른으로서 일을 이 지경으로 내버려두고 방관한 것을 사과할게. 고개부터 숙이고 생각을 이어가야 한다.

애초에 이상적인 몸에 대한 관념도 우리가 만든 게 아니니 이럴 수밖에 없다. 무엇이 여성 몸의 이데아일까? 진리이자 원형이 되어줄 몸은 어떤 것일까? 빌렌도르프의 비너스까지 거슬러 올라가야 할까. 아니면 물리적 법칙을 무시한 채 출렁이는 게임 캐릭터의 가슴을 마주해야 할까. 이상적인 몸이 어떤 것인지 주워들은 것은 많은데 나는 내 속할 곳이 어디인지도 찾기 어렵다. 십 대의 몸, 이십 대의 몸, 삼십 대의 몸 그리고 앞으로 만나게 될 몸까지. 당장 내 몸도 시시각각 바뀌고 있다. 변화가 가장 뚜렷했던 임신 시기에는 개월 수마다 달라지는 몸에서 출산 후의 몸까지 혼란에 혼란을 거듭해야 했다.

몸, 내가 데리고 사는 몸, 내가 가장 잘 알았던 몸인데 어느 순간 아니게 되었다. 그게 참 낯설었다. 임신 기간 중 멈추었던 생리는 출산이 끝나자 일시불처럼 들이닥쳤다. 채권추심원처럼 당당한 기세였다. 기나긴 오로가 지난 지 얼마나 되었다고, 다시금 생리가 시작되었을 때 나는 내 몸에 대해 일종의 배신감마저 느꼈다. 야, 나 아직 모유수유 중이라고. 내 몸을 빌려 태어난 아기를 굶겨 죽이지 않기 위해 매일같이 몸을 축내고 있는데 생리도 해야 한다고? 모유도 피로 만든다는데? 진짜 이건 너무하지 않아? 조물주가 있다면 경배 대신 분통 어린 삿대질을 받아야 했다. 그래, 자궁이 출산 이전처럼 회복되었다는 뜻이겠거니 하고 겨우 마음을 달래었지만 첫 생리 기간 동안 나는 속옷 하나와 바지 하나를 버려야 했다. 긴 외출을 한 날이었고 평소의 생리량을 생각하고 3개의 탐폰을 챙긴 터였다. 나는 앉은 자리에서 오랫동안 일어나지 못하며 그나마 바지가 아주 짙은 남색이라 다행이라 생각했다. 이게 현실이다. 매달 지구의 반이 감당해야 하는 현실. 그러나 붉은 얼룩을 함부로 만들지 않도록 스스로 단속해야 하고, 허리가 끊어질 것 같다거나 아랫배가 뒤틀리는 괴로움이 있어도 그런 일이 없는 것처럼 시침을 뗀다. 몸이 절로 굽어가도 깨끗하고 자신 있는 태도로 굴어야 한다. 가랑이 사이로 피를 흘리고 있는 여성은 불결하고 불길한 존재였으니까. 모두가 그 핏덩이를 헤치며 첫 울음을 운 것은 잊고서.

스크린 위로 떠오르는 어떤 몸들을 바라볼 때 유독 생각이 많아졌다. 영화 〈가장 따뜻한 색, 블루〉에서 아델과 엠마가 서로의 몸을 만질 때와 〈아가씨〉의 숙희와 히데코가 몸을 맞대고 누울 때 나는 불편했다. 사랑을 나누는 그들보다 카메라의 의도가 더욱 끈끈해 보여서였다. 그렇게까지 하지 않아도 될 것 같다는 느낌이 자꾸 들었다. 카메라 워킹은 가요 순위 프로그램에서 보여주는 것과 비슷했다. 자꾸만 위아래로 훑어 내리는 집요함이 그러했다. '이 정도면 돼? 이러면 흥분되지? 응?' 하는 듯 과시하는 카메라는 훔쳐보는 눈으로 보였다. 화면을 보는 나 역시 그 눈을 통해 배우들의 연기를 보게 된다. 내 앞에 맺히는 일렁이고 울렁이는 상을 따라가다 보면 어지러움을 느꼈다. 유쾌하지 않은 기분이 들었다.

그러다 셀린 시아마 감독의 〈타오르는 여인의 초

상〉을 보고 알아챘다. 섹스신을 찍는 문법이 있다면 이 건 그 문법을 탈피했다고. 그러다 다시금 깨달았다. 애 초에 그 문법은 우리가 정한 문법이 아니었다. 나는 그 동안 시력에 맞지 않는 렌즈로 상을 들여다보고 있었던 거다. 두서없이 떠오르는 엉성한 언어를 이어나갔다. 렌 즈가 내 눈에 맞지 않다는 걸 아는 것, 그게 굉장히 중요 하게 다가왔다. 알게 된 이상 이전의 눈으로 보진 못할 것이고 설령 보더라도 끊임없는 불편을 호소하게 될 것 이다. 사물의 초점이 맞지 않고, 색이 진짜와 다르게 보 이니까 의도와 진심을 다르게 읽을 수밖에 없다.

그 계절, 영화에 등장했던 비발디의 '사계' 중 여름 3 악장을 많이 들었다. 숨 쉴 틈 없이 몰아치는 폭풍우 속 난타하는 소리들과 서로 지지 않겠다고 튕겨내는 활과 현. 짧은 멜로디 안에서 영화의 장면들이 살아나 감정을 되새기게 한다. 소중한 것을 끌어안고서 푸른 바다에 풍 덩 뛰어들어도 좋다고 말한다. 어두운 밤 활활 타오르는 불가에 서 있어도 좋다고 말한다. 한없이 강렬하고 지워 지지 않을 만큼 몹시 진한 것을 새기라고 말한다.

나는 아직 내 몸에 대해 솔직하지 못하고 그에 막아

서는 이념으로부터 완전히 자유롭지 못하다. 임신과 출산이라는 거대한 사건을 경험하고 나서도 내 몸에 대해 낯선 손님처럼 굴 때가 많다. 당사자임에도 남의 일처럼 여기고 무덤덤해하거나 경원시 여기기도 한다. 더 당당해져도 되고 더 자연스러워도 된다고 생각하면서도 몸은 늘 그에 못 미치곤 한다. 머리가 먼저 판단하는 탓에 겸연쩍고 쭈뼛거린다. 아무 손가락질 없이도 시선을 의식하고 스스로를 단속한다. 보는 이 없이도 절로 어깨와 목이 굽는다. 이건 내가 오랫동안 보고 듣고 배운 결과에 의한 것이다. 그러나 자꾸만 고꾸라지려는 이마에 문장을 써 붙이고 마주하는 모든 거울 앞에서 날마다 되뇌이고 싶다.

'나의 사랑하는 몸이여, 남은 날 동안 끊임없이 자유롭자.'

남은 생의 목표는 이렇게 삼고 싶다. 멈추지 않고 자유롭기 위해선 뻔뻔한 구석도 있어야 하고 귀도 좀 어두워야 하고 여기저기 뵈는 것도 좀 없어야 한다. 눈 감고, 귀 닫고, 입은 여는 삶. 내돈 악노 쓰는 삶. 이제는 좀 그래도 된다고 생각한다. 정말이지 이제는 좀 그래도 된다고 나를 토닥이고 쓰다듬는다.

한때는 견고했던

나의 믿음들에 대해 생각한다.

철근과 콘크리트 같이 단단하게

나를 떠받치던 믿음들은

케이크처럼 쉽게 부스러졌다.

끈적이는 자국과

메슥거리는 속만 남기고 사라졌다.

# 하루키적인 삶

  신작 발표 소식에 책장 앞에 가 섰다. 결혼을 앞두
고 서교동의 공방에서 맞춘 세 개의 책장은 도합 세 번
의 이사 후 지금의 집까지 오는 동안 건재하다. 그만큼
튼튼하고 넉넉한 책장엔 많은 것들이 담겨 있다. 결혼
전 나는 나대로 달은 달대로 자취생치곤 조금 많다 싶
은 책을 가지고 있었다. 빌려 보는 것도 좋아하지만 흠
모하는 작가의 책들은 꼭 사고 싶어한 까닭이다. 용돈을
모으고 월급을 아껴 책을 샀다. 책을 좋아하는 것을 아
니까 선물로도 많이 받았다. 이렇게 저렇게 자취방의 좁
은 책장은 금세 들어찼다.

  결혼을 앞두고 짐을 정리하면서 책들도 추려낼 필

요가 있었다. 숙청이라고 하면 슬프고 분서갱유라 하면 서글프다. 굵은 노끈을 사다가 고심 끝에 골라낸 책들을 묶었다. 이고 지고 날라 중고 서점에 팔고 나니 시원섭 섭했다. 그렇게 서재를, 아니 책장을 합쳐보니 관심사와 취향이 한눈에 보인다. 각자의 확고한 영역은 분리된 층과 칸으로 분명히 존중해준다. 그곳의 책은 서로 권하지도 않을 뿐더러 권한다 해도 쉽게 손이 가지 않는다. 양극단을 지나면 서서히 그러데이션 되는 부분이 있다. 추천을 받으면 흘깃 넘겨다보기도 하고 그러다 괜찮은 책은 더 읽어보기도 하는 곳이다. 어떤 칸에 이르면 서로가 서로에게 선물한 것을 제외하고도 겹치는 책들이 있다. 그곳이 우리의 접점으로 대부분은 문학이다. 나는 내가 사랑하는 남자에게 문학적 소양이 있다는 사실에 안도의 한숨을 쉬면서도 내 책의 판본이 더 앞선다는 데에 기묘한 희열을 느끼곤 했다. 내 책이 더 오래됐어, 내 책이 더 낡았어, 이 손때를 보라고. 이런 우스운 자부심이 분명 있었다. 오늘 찾는 책 역시 그랬다. 아마 수많은 집의 무수한 책장 속에도 아직 잘 꽂혀 있을 책 〈상실의 시대〉를 폈다.

처음 이 책을 읽은 것이 언제였을까. 기억이 희미한 것을 보면 아주 먼 일이라는 것을 알겠다. 어슴푸레한 꾸러미 속에서 〈상실의 시대〉를 떠올리면 노르웨이안 우드 그리고 미도리란 이름만 남았다. 바에서 칵테일을 마실 때도 나는 종종 미도리란 이름을 떠올렸다. 밝은 녹색의 술을 시켜놓고 달그락 달그락 머들러로 유리잔 바닥을 콩콩 찧으며 소설 속 인물에 대해 생각했다. 나머지는 희미하고 아련하게 멀어져 내게 남은 것은 인상뿐이다. 그 발자취를 차근차근 더듬어보려 책장을 넘긴다. 읽다보니 떠오르는 것이 있다. 그때의 나는 이 소설이 정말 야하다고 생각했다. 호오! 정말 야한데? 하고 잠시 숨을 고른 후 다시 이어 읽곤 했다. 다시 읽는 나는 제법 어른이 되었나 보다. 흠흠, 표지를 덮고 주변을 둘러보지 않고도 태연히 읽어내려 갈 수 있다. 음, 그런 일이 일어났단 말이지, 하고 의연하고 어른스러운 태도로.

제법 두꺼운 책이지만 큰 줄기는 간단하다. 와타나베라는 주인공이 자신에게 다가오고 또 밀어지는 인연들에 대해 이야기하는 전형적인 성장소설이라 할 수 있겠다. 와타나베는 도쿄의 대학에 입학하지만 두고온 시절은 그와 계속 연결되어 있다. 친했던 친구 가즈키는 자살하고 가즈키의 여자친구인 나오코도 와타나베처럼 큰 충격을 받는다. 둘은 지난 시간을 추억하고 어느새 위로와 연민은 사랑에 가까워진다. 하지만 쉽게 사랑을 고백하기는 어렵다. 나오코에겐 스스로 해결해야 할 여러 문제들이 있어 요양 시설에 입소해 치료를 받기로 한다. 떨어져 있는 동안 와타나베는 나오코에게 많은 편지를 쓰고 초대를 받아 방문하기도 한다. 그러다 뽀뽀도 하고 같이 자기도 한다. 나오코는 고백한다. 가즈키와는 오랜 시간 사귀어 왔지만 함께 잘 수 없었다고. 아무리 노력해도 자신의 몸이 준비되지 않아 어려웠다고. 그러나 어쩐 일인지 와타나베와는 가능하게 되었다고 말한다.

아, 나는 여기서 작게 탄식하고 만다. 오, 하루키여. 하루키여. 그러나 나오코만 등장하면 어딘가 아쉬운 일이다. 그녀와 대척점에 선 인물도 등장한다. 대학에서 알게 된 새로운 여자, 그녀가 바로 미도리다. 초록이란 뜻의 미도리. 그녀에겐 남자친구가 있고, 와타나베의 마음에 나오코가 있는 것도 안다. 둘은 담백한 친구 사이지만 어쩌다 키스도 하고 또 조금 더 진도를 나가기도 한다. 이젠 작은 탄식도 아니다. 아! 하루키여. 하루키여.

어느새 와타나베는 나오코와 미도리 사이를 진자처럼 오간다. 기숙사의 선배와 함께 헌팅을 나서는 밤, 그곳에서 만나는 여자들은 예외다. 성스러운 여성과 덜 성스러운 여성, 물론 가능성 밖의 여성들은 그냥 스치는 낙엽과도 같다. 비틀즈와 보사노바와 더불어 1969년의 혼란기를 거치는 동안 와타나베는 어엿하게 자라난다. 될성부를 떡잎처럼 무럭무럭 자라나 소설 끝을 향해 달려간다. 거기엔 젊은이다운 방황도 있고 바닷가에서의 노숙도 있고 하룻밤의 풋사랑도 있다. 와타나베의 성장을 바라보는 것은 분명 흐뭇한 일이지만 나는 때때로 읽기를 멈추고 고함치고 싶었다. 주인공의 각성과 성장을 위해 더 이상 인물이 죽어선 안 돼! 그건 너무 쉬운 일이잖아. 게다가 어떤 설정과 대사들은 아무래도 좀 그렇지 않나. 내 안의 비상벨이 이용이용 울고 판타지 심판관이 나타나 붉은 깃발을 번쩍번쩍 들었다. 아무래도 이것은 80년대의 낭만 포르노인가. 미간에 자꾸만 수름이 졌다.

아니다. 이것은 낭만으로 압축시킬 것도 포르노라

얕볼 것도 아니다. 〈상실의 시대〉 한 편에서 그쳤다면 흠흠, 야릇하고 아름다운 소설이군. 그들만 행복한 판타지네, 했겠지만 하루키의 꾸준하고 한결같은 행보를 볼 때 이건 진심어린 고백이다. 왜냐하면 그의 소설 속 인물들은 놀랍도록 비슷한 결로 자라났기 때문이다. 열아홉의 와타나베는 이십 대를 지나 삼십 대도 지나 중년에 이르기까지 이름만 달라졌을 뿐 본질은 항상 같았다. 주인공은 늘 느슨하고 나른하며 예술적 감수성도 가졌지만 마음 한편엔 현실에 발 디딘 것을 잊지 않는 남자다. 그리고 그에게만은 늘 진심인 여성들이 있다. 한 명, 두 명이 아니고 한 트럭쯤 준비되어 있다. 그를 위해 훌렁 옷을 벗고 진심을 다해 머리를 숙여 입술을 묻고 '내 인생에 너 같은 사람은 없었어'라고 말할 준비가 되어 있는 여성들이 이름만 바꿔 무대에 올랐다 사라졌다.

아, 이건 정말이지 다른 의미의 포르노가 아닌가. 영화 〈마이너리티 리포트〉에서 배경으로 스친 장면이 떠올랐다. 가상현실을 체험할 수 있는 오락실에서 4D의 인물들에 둘러싸여 황홀경에 빠진 남자가 있다. 옷 하나 벗지 않았는데 진정으로 행복한 미소를 띠고 있다.

"정말 대단하십니다. 당신이 최고예요." 같은 말과 진심 어린 박수가 다다. 그게 그를 그렇게 행복하게 만들었다. 앞으로도 그럴 것이다.

나 같은 독자는 흥, 코웃음을 치면서도 슬그머니 책을 넘겨다보고 누군가는 쳇, 질투로 이는 마음 달래며 신작을 찾아 읽을 것이다. 인생은 백 세 시대를 넘어 이제 곧 백 세는 아무렇지 않은 시대가 오기에 미래는 든든하다. 그때도 비틀즈는 영원할 테고 개츠비는 저택의 등을 환히 밝힐 테지. 오래도록 수영과 조깅으로 단련된 하루키의 체력도 건재하길 빈다. 나는 담담히 그의 그레이 로맨스를 기다릴 준비가 되어 있다. 요양원에서 만난 과거의 엇갈린 인연과 '역시 자기 아니면 나 안 되겠어, 이렇게 성성한 백발은 처음이야.' 같은 문장들을 기대해본다.

그런 생각을 하며 작가의 후기를 읽는다. 역시나 아주 오래 전인 89년에 쓴 후기다. 하루키는 일본 밖을 떠돌며 이 소설을 썼다고 말하고 있다. 원고지 600매 정도의 짧은 소설을 생각하고 시작했는데 쓰다보니 아주 길어지게 되었다고 하며, 그리스의 미코노스섬에서 시작해 시칠리아를 거쳐 로마에서 완성된 소설이라고 소개한다. 문득 기시감이 든다. 그럼 이 책이 그 책이란 말이지. 나는 다시 책장 앞으로 가 쪼그려 앉는다. 역시나 우리가 공통으로 가진 책의 칸을 살피다가 이 집에 이르기까지 살아남은 책 〈먼 북소리〉를 편다. 닳도록 읽었다는 말이 단순한 수사가 아니게끔 진정으로 닳고 닳은 책이다. 읽고 또 읽어도 좋던 책이기도 하다.

〈먼 북소리〉를 나는 정말 많이 읽었다. 아주 사소하고 작은 이야기도 떠올릴 수 있다. 겨울의 지중해는 가보지 않았지만 생생히 떠오른다. 그리스섬에서 머물 때, 아주 작은 슈퍼에 장을 보러 갔던 일과 거기 진열장 속 생수병 안에 푸르스름한 이끼가 끼어 있던 일. 샐러드를 만들고 생선 가게에서 산 생선을 구워 먹던 저녁 등 진지하게 기록한 다양한 맛들. 그곳에서 만난 사람들과 쫓아오는 개를 피하면서 조깅하는 이야기 등 읽는 내내 즐거웠다. 그때 처음 에세이의 매력을 느꼈다. 진짜 경험해본 사람의 쓰고 단 이야기에는 글 이상의 힘이 담겨 있었다.

다시금 〈먼 북소리〉를 집어든다. 뒷면을 열어보니 초판 1쇄가 2004년 1월 5일이라 한다. 내 책은 초판 4쇄로 2004년 2월 10일 발행이다. 새삼 놀라고 만다. 나 사실 많이 팬이었나 봐, 생각한다. 그래, 맞다. 그의 소설 속 인물들을 다 이해할 수 없고 이해하려는 대신 헛웃음과 함께 책을 덮기도 하지만 나는 하루키의 영향을 많이 받았다. 그때는 몰랐는데 지나와 생각해보면 그렇다. 하루키적 세계가 내 머리 위로 아케이드의 궁창처럼 펼쳐져 있다. 매끄러운 하늘 아래 몇몇의 인물들이 빙글빙글 돈다. 재즈와 비틀즈를 들으며, 맥주에 곁들인 굴 튀김과 함께.

그래서일까. 이탈리아 여행을 할 땐 꼭 차를 몰아보겠노라 다짐한다. 파리나 상해에 갈 때 그런 결심을 구태여 하지 않은 것을 보면 역시 하루키 때문이다. 자동차 여행을 하되 그 차는 피아트여야 한다. 이탈리아에 왔으면 이탈리아 차를 타야지. 나는 하루키가 묘사하던 이탈리아 차들의 얼굴에 관해 생각한다. 그때 그때 상황에 맞게 바뀐다던 표정들을 상상하며 렌트카를 알아본다.

토리노 공항에 도착해 예약해둔 렌트카 사무소를 찾아가자 예약한 피아트는 없다고 한다. 무엇보다 아무렇지 않은 태도가 압권이었다.

"뭐라고요? 우리는 이미 한국에서 예약을 마쳤는데요? 결제도 했다고요."

"시뇨라, 예약이 변경되어 죄송합니다. 그럼 혹시 이 차는 어떻습니까?"

하고 피아트 대신 보여주는 차는 알파 로메오다. 물론 알파 로메오도 이탈리아 차니까 좋지, 하며 우리는 입이 째져라 웃는다. 세상에, 알파 로메오라니! 받아든 키를 들고 차로 향한다. 시동은 부드럽게 걸리고 이내 으르렁거리며 달릴 준비를 한다. 우리 마음에도 슬슬 시동을 건다.

공항에서 도시로 향하는 도로로 나오는데 만화에서나 나올 법한 올드카가 앞서 달리고 있다. 보통 앙증맞고 귀여운 것이 아니다.

"저런 차는 창문도 수동으로 열겠지?"

"그럼. 에어컨도 없지."

우리는 앞서가는 차에서 눈을 떼지 못한다. 아주 열심히 밟는데 계속 제자리인 것 같은 차다. 이윽고 운전석 창으로 손 하나가 나오더니 앞으로 가라며 손짓을 한다. '먼저 가 난 이미 틀렸어'의 현실 버전이다. 그 귀여움에 다시 웃음이 난다.

그렇게 이탈리아를 누비다 피렌체에선 갈릴레이가 머물렀다는 유서 깊은 저택에 묵기도 한다. 갈릴레이 시절과 달라진 것은 에어컨과 샤워부스뿐이다. 늦은 시각 도착하는 바람에 식당도 문을 닫았으니 비상용으로 가져온 햇반과 참치캔을 꺼낼 차례다. 가방을 가져다 준 직원에게 햇반을 데워줄 수 있느냐고 물어보았다. 포장을 살짝 열어 전자레인지에 돌리면 된다고 말하며 "저스트 쓰리 미닛!"이라고도 덧붙인다. 햇반을 받아든 직원은 이게 무엇인고? 하는 눈빛이지만 우리의 요청에 친절히 응한다. 잠시 뒤 노크와 함께 찾아온 그의 손엔 플라스틱 용기 대신 쟁반이 들려 있다. 쟁반 위 흰 접시엔 김이 포슬포슬 피어오르는 밥 그리고 커다란 스푼까지 얌전히 올려져 있다. 그렇지, 이게 이탈리아지. 진짜 이탈리아가 무엇인지 모르면서 일단 그렇다고 생각한다. 햇반과 통조림 참치를 먹고 잠들었지만 일출은 굉장했다. 사이프러스 나무 사이로 뜨는 해와 새들의 비행이 이어졌다. 아마 갈릴레이도 이 모습을 보았을 테지.

해안도로의 휴게소에서 마주한 절벽을 바라보며 에

스프레소를 한 잔 마신다.

"여기 뭐, 거제도 해안도로랑 똑같네."

옆에서 넣는 달의 추임새가 왠지 거슬리지만 에스프레소를 꿀꺽 마시며 넘긴다. 1유로의 행복 그리고 100유로는 족히 될 각성이다. 기합이 잔뜩 든 어깨로 운전대를 넘겨 받는다. 렌트카 반납 기한이 있기에 부지런히 달려야 한다. 그러나 공교롭게도 내가 운전을 시작하자마자 길이 구불거리기 시작한다. 조금 전까지도 지나치게 평온하고 곧은 길이었거늘 도로는 냉정하게 표정을 바꿨다. 게다가 오른편은 바다니 힐끔거리는 사이 긴장이 더욱 된다. 열심히 속도를 내는데 뒤에서 맹렬히 따라붙으면 살짝 무서워졌다. 무서워지면 액셀러레이터를 밟는 버릇이 있는 줄 그때 알았다. 상황을 모면하기 위한 전력 질주를 하는데 다행히 피아트가 아닌 알파 로메오다. 밟으면 밟는 대로 나간다. 웅장하고 매끄럽게 달려간다.

"악, 너무 무서워."

소리 지르며 한참을 밟는 사이 이탈리아의 산과 바다가 빠르게 멀어진다. 달은 달대로 차창 위 손잡이를 꽉 붙들고 있다. 터널 안에서 흘깃 옆을 쳐다보니 얼굴이 허옇게 질린 것 같기도 하다.

귀국하고 한참 뒤, 허츠(hertz) 로고가 선명한 봉투가 집으로 도착한다. 이게 뭐야, 하며 꺼내보니 영문으로 되어 있다. 진지한 얼굴로 읽어보니 저 멀리 이탈리아에서 온 편지다. 고속도로 규정속도 위반을 알리는 고지서로 벌금은 렌트카를 결제했던 카드로 청구하겠노라는 친절한 안내다. 무서움의 대가가 약간 진했다. 그런 여행에서도 나는 하루키를 생각했다.

익숙한 곳에서 자신을 떼어내 글을 쓰는 삶, 두려움을 살짝 매달고 여행하는 삶. 나 역시 그렇게 살고 싶었다. 번역하는 삶까진 못 이루어도 떠돌며 만난 세상을 마음에 담아 글로 쓰고 싶었다. 집으로부터 가장 먼 곳에 나를 떨어뜨려 놓고 어떤 경로와 여정으로 돌아오는지 지켜보고 싶었다. 나는 나를 작은 서사시의 주인공으로 여겼던 걸까. 그 서사시 속 나는 노트북과 카메라를 들고 낯선 해안가를 걷고 있다. 옅은 해무가 발 아래 고이고 흐린 낱말의 무엇을 찾기 위해 홀로 걷고 있다. 열심히 걷다 도착한 곳에서 토마토와 치즈, 아몬드와 올리브를 곁들인 상을 마주하고 싶다. 그럼 그에 어울리는 술을 마시며 책을 넘겨야지. 80년대의 지중해가 내 옆에서 철썩인다. 그 파도 소리가 좋다. 마음에 든다.

# 함대는 사랑을 싣고

그해 여름 나는 홀로 시계 방향으로 이베리아 반도를 돌고 있었다. 시작은 순전히 게임 때문이었다. 십 대, 이십 대 그리고 삼십 대에 이르러서도 가끔 하곤 했던 게임 '대항해시대'. 배경은 신대륙 탐험에 열을 올리던 15세기 유럽으로 주인공은 작은 배 한 척을 몰고 리스본에서 출항해 여러 퀘스트를 거친다. 그 과정에서 세계에 흩어진 보물들을 모두 모으면 승자가 되어 게임의 엔딩을 보게 된다. 그렇게 오랜 시간 게임을 해왔지만 나는 승자의 엔딩을 본 적이 없다. 내가 본 엔딩은 마지막 남은 배의 침몰이나 재정 파산 같은 것들이다. 말 그대로의 파국이지만 거창한 대의는 필요치 않았다. 내가 몰두

한 것은 오직 무역, 무역이었다.

　원리는 간단하다. 도시의 특산품을 사서 배에 싣고 다른 도시로 향한다. 그렇게 도시와 도시를 건너다니며 화물칸을 채우고 비운다. 한 번 이동할 때 많은 물량을 나르면 큰 이익을 볼 수 있으니 배를 개조하기도 한다. 배는 크게 화물칸과 물자칸으로 구분되는데 그 비율을 조절하는 게 관건이었다. 식량과 물을 많이 실어 선원 복지에 힘을 쏟으면 수익률이 낮아진다. 인색한 선장이 화물칸에 욕심을 내면 선원들이 죽어나간다. 그럴 땐 가까운 도시를 찾아 속히 정박하는 것이 수였으나 원거리 항해에선 이게 쉽지 않았다.

　포르투갈의 서쪽 해안가에서 출항한 배가 대서양을 건널 때면 정박할 곳이 전혀 없었다. 식량이 줄고 선원이 죽어가도 망망대해만 무심히 펼쳐졌다. 자글거리는 그래픽으로 바다 위 해가 뜨고 졌다. 그러다 드디어 멕시코나 미국의 동쪽 연안에 도착하면 숨을 돌렸다. 유럽에서 가져온 귀한 물건들은 비싼 값에 팔렸다. 그러곤 아메리카 대륙의 특산품들을 쟁이기 시작한다. 화물칸에 토마토, 카카오, 담배를 그득그득 채웠다. 희망봉을 돌아 동양으로 향하는 노선 역시 엄청난 여정이었다. 무엇이든 사서 유럽으로 돌아가 팔면 몇십 배의 수익을 약속해주었다. 무사히 돌아갈 수 있다면 말이지만.

수전(水戰) 역시 선원 수가 어느 정도 되어야 버틸 수 있다. 그러나 최소 비용과 최대 효용을 추구하던 선장 휘하에선 어림도 없는 일이다. 대포알이 뱃전 위로 떨어지면 선단의 꼬리부터 침몰이 시작된다. 당연히 실어나르던 귀한 특산품들도 함께다. 나의 육두구여, 샤프란이여, 비취여, 잘 가라. 그렇게 두드려 맞다 보면 어느새 화면이 어두워진다. 강제로 맞게 되는 엔딩이지만 나는 꿋꿋하게 미리 저장해둔 파일을 다시 열었다. 도크에 묶어둔 밧줄을 풀고 닻을 올린 후, 돛을 펴고 노를 젓는다. 바람의 힘과 사람의 힘만으로 바다를 건너야 했던 시절, 전생에 그 배를 타기라도 했던 것처럼 나는 게임에 진심을 다했다. 그러니 홀로 떠나는 긴 여행의 행선지를 정할 때 게임 속 항구도시들이 등장한 것은 지극히 자연스러운 일이었다.

바르셀로나에서 시작해 마드리드, 그라나다와 말라가를 거쳐 세비야에 이르렀다. 그곳에서 국경을 넘는 버스를 타기로 했다. 목적지는 리스본으로 길고 긴 여정이 될 터였다. 버스에 오르기 전 가방을 다시 한번 점검했다. 육로로 국경을 넘어본 적 없는 자의 마음은 두근 또 두근거렸다. 국경에 다다르면 각진 모자를 쓴 세관원이 버스에 오르는 걸까? 당신, 당신 하며 손가락을 뻗어 무작위로 트렁크를 열라고 하는 것은 아닐까? 내 가방 속 탐낼 만한 보물은 없고 데굴데굴 굴러다니는 것은 양파 몇 알, 마늘 조금, 먹다 남은 파스타 봉지 같은 거였다. 함께 넣은 옷가지에선 어딘가 식료품 창고 냄새가 났다. 얇은 주머니 사정으로 호스텔의 부엌에서 야무지게 끼니를 해결하던 나였다. 이런 것도 검문 당하는 건 아니겠지. 소심한 걱정을 하고 있는데 국경이 어디인지도 모르게 지나쳤다. 세관원이나 화적패, 지나는 양떼 가족 누구도 버스를 세우지 않았다. 은근히 기대했던 각진 모자, 그런 것도 전혀 없었다.

차창 너머로 해는 뉘엿뉘엿 지고 있고 버스 안 풍경은 더없이 평화로웠다. 적당히 찬 좌석들 사이, 내 앞자리에는 커플이 앉아 있었다. 둘은 속닥속닥 이야기를 나누다 이내 잠에 빠져든 듯 보였다. 서로 머리를 기댄 모습이 다정하고 편안해 보였다. 세계 어디에서나 있을 법한 풍경이었다. 보편적인 사랑의 모습은 만나고 헤어지는 자리면 어디에서나 볼 수 있었다. 도시와 도시를 떠다니느라 머물러야 했던 터미널과 역, 공항에서 늘 마주쳤다. 달려와 얼싸안고 아쉽게 손 흔들고 코를 맞대고 입을 맞추고, 펜스 너머로도 열심히 손키스를 보내는 사람들. 통시적으로도 공시적으로도 영원할 모습들. 그때는 몰랐다. 헤어지고 만나는 것을 업으로 삼는 날이 올 줄은.

그 이듬해, 달과 함께 도착한 바르셀로나에서 우린 숙소를 바꾸기로 한다. 머물고 있는 열여섯 명 정원의 혼성 도미토리를 벗어나기로 했다. 이곳에서 누군가는 항상 이층 침대의 철제 계단을 오르고 있었고, 잘 열리지 않는 가방의 지퍼를 여느라 낑낑거리고 있었으며, 등 뒤에선 일회성 인사가 오고 갔다. 나는 그곳에 더 머물러도 괜찮다고 생각했지만 홀로 여행 중에 머물던 도미토리만큼 재미있지는 않았다. 시끌벅적한 광장을 떠나 둘만 같이 지내고 싶은 마음이 들어서였을지 모른다. 달이 에어비앤비를 찾는다고 말했을 때, 나는 그게 무엇인지를 먼저 물었다. 스마트폰을 쓰기 시작한 첫 해였으니 공유 숙박이 무엇인지 알 턱이 없었다.

달이 설명을 한다.

"그러니까 우리가 이 도시에 사는 어떤 사람의 집에 가서 머무는 거야. 집이나 방을 빌려서 현지인의 공간에서 지내는 거야. 사이트에서 대금을 지불하고 맡아두니까 사기를 칠 염려는 없는 거고."

그래도 나는 걱정이 되어 묻는다. 실은 내가 아니라 내 안의 집단 무의식이 묻는다. 세상 모든 여자들 뇌리에 박혀 있는 질문이다.

"사기가 문제가 아니라 그 사람이 이상한 사람이면 어떡해?"

그때 달의 대답을 아직 기억한다.

"응, 이게 여권 같은 신분증 인증도 하고 페이스북이랑 연동도 되어서 호스트나 게스트가 서로의 인적사항이랑 평판을 알 수 있는 거래. 그걸 보고 수락도 하는 거고."

"그래? 페이스북?"

나는 페이스북을 하지 않는 사람이므로 온라인의 내 평판은 측정 자체가 불가능하다. 오히려 '넌 왜 페이스북을 안 하지?' 하는 의심이나 안 사면 다행인가? 그렇다면 이제 호스트에게 되물어야 한다. '지나가던 과

객이 여쭙니다. 전 페이스북 아이디는 있지만 활동한 적은 없고, 사실 비밀번호도 잊은 지 오래랍니다. 하지만 수상쩍은 일에 연루된 적은 결단코 없어요. 오늘 밤, 이런 저라도 재워주실 수 있겠어요?'라고.

아무튼 모를 일이지만 일단은 달에게 물어가 보기로 한다. 호스텔의 남은 일정을 취소하고 새 숙소로 향한다. 목적지는 파라옐 역 근처의 아파트라고 했다. 다른 나라에서 모르는 사람의 집에 방문하기는 처음이다. 쿵쾅쿵쾅 두근거리지 않을 수 없다. 더 설레게 만드는 것은 주소대로 찾은 건물에 이곳이 숙소임을 알리는 어떤 표지도 없기 때문이다. 높은 모자를 쓴 도어맨까진 바라지도 않는다. 호텔과 호스텔을 알리는 간판, 이름 아래 작게 표시된 별의 개수, 유리 너머로 보이는 로비의 전경도 없다. 이곳은 그저 평범한 아파트로 대문 위엔 번지수만 양각으로 표시되어 있을 뿐이다. 현관문 옆면의 초인종에는 각 층에 사는 사람들의 이름이 쓰여 있다. 그중 우리가 찾는 이름도 있다. 훌레스, 내가 처음 만난 호스트다.

훌레스는 바르셀로나에 사는 프랑스 사람으로 직업

은 요리사라고 한다. 이곳에 완전 정착한 것인지 혹은 잠시 스치며 머무는 것인지는 잘 모르겠다. 방 세 개에 화장실은 둘인 집은 결코 평범하지 않다. 집에 들어서며 마주하는 벽엔 오십 개는 족히 넘는 액자가 걸려 있다. 액자 속엔 거친 크로키도 데생도 있다. 왠지 그가 그린 그림들 같다고 생각하며 이곳이 우리가 지내던 숙소들 과는 확연히 다름을 깨닫는다.

인사를 건넨 훌레스는 집 여기저기를 보여주며 소개한다.

"이곳은 부엌, 이곳은 거실, 여기는 너희 방이야"

하며 닫힌 문을 열어젖힌다. 옅은 노란색의 방에는 침대와 자그마한 행거, 책상과 의자가 놓여 있다. 책상 옆의 키 큰 창을 여니 테라스가 이어져 있다. 책상보다 더 작은 테이블 하나와 의자 그리고 조그만 화분도 있다. 무엇보다 햇살이 가득 쏟아진다. 이 방이 마음에 든 우리는 기쁜 표정을 감추지 못하고 훌레스도 그 미소를 읽는다. 빙긋 따라 웃으며 부엌으로 다시 향한다.

요리사의 부엌은 어떤 곳일까? 찍은 사진으로 엽서를 만들어도 좋을 만큼 따뜻한 분위기다. 동으로 만든 냄비와 팬들이 줄줄이 걸려 있는 벽 아래로 흰색의 오븐이 놓여 있다. 모던한 디자인에서 백 년은 거꾸로 가야 만날 수 있는 오븐은 겉만 그럴싸한 빈티지가 아니었다. 구석에 작은 성냥갑이 있길래 설마, 했는데 설마가 사실이었다. 먼저 가스레버를 돌려놓고 불붙은 성냥을 화구 가까이 가져다 댄다. 그러면 훅 하는 소리와 함께 불이 옮겨붙었다. 위험하고 아슬아슬한 재미지만 정신을 똑바로 차려야 한다. 이역만리 타국에서 남의 집을 태워 먹으면 안 될 일이지.

그래서 저녁을 만드는 순간은 늘 즐거웠다. 파스타 삶을 물을 올려놓고도 훅, 무겁디 무거운 팬을 올려놓고도 훅, 조심히 불을 붙이고선 오케이 모양을 한 손을 흔들어가며 성냥불을 껐다.

"필요하다면 여기 양념과 소스들을 써도 좋아. 이 과자들도 먹고 싶으면 먹어"

훌레스는 인심이 후했다. 소중한 접시들을 들고 식탁에 앉으면 이게 여행의 즐거움이구나, 했다. 마트표 싸구려 상그리아에도 과일만은 가득 썰어 넣었다.

"이게 여름이지. 그래, 이게 스페인인걸"

매일 축배를 들 일이 생겨났다. 검게 그을린 발 아래로 매끈한 바닥과 색색의 타일, 알록달록 어여쁜 것이 모더니스트의 도시란 말에 잘 어울렸다.

우리는 훌레스의 집에 며칠 더 머무른다. 잠시나마 지내게 된 우리의 방이 마음에 들었기 때문이다. 달은 방 안에 있는 책상의 위치를 여기저기 옮겨보더니 뚝딱 뚝딱 작은 서재를 만든다. 이어 모든 충전기들과 노트북도 얌전히 자리 잡고 나니 앉아서 끄적거리기 좋은 자리가 만들어졌다. 뜨거운 해를 피해 집에 돌아온 오후면 거기에 앉아 노트북을 폈다. 디지털카메라의 사진들을 옮겨놓으며 여행에 관한 짧은 기억들을 썼다. 당연한 말이지만 그 도시에 머물고 있을 때 가장 생생한 문장들이 튀어나왔다.

내가 그러는 사이 달은 훌레스의 요리를 돕기도 했다. 프리랜서 요리사인 훌레스는 개인적으로 주문받은 음식을 만들어 판다고 했다. 재료를 고르는 눈이 예리해서 무른 토마토는 가차 없이 쓰레기통으로 간다. 재빠른 칼이 채소를 다지고 불 위의 냄비가 끓으면 오래된 오븐도 열을 올린다. 그렇게 만든 요리를 들고 직접 배달을 갈 때면 조수가 된 달도 음식 트레이를 들고 따라나선다. 도착한 곳은 골목과 골목 사이에서 벌어지는 작은 파티. 주문한 음식이 도착하면 누구라도 기뻐하기 마련이니 덕분에 달도 적잖은 환대를 받고 돌아온다. 남의 집에 살아보는 재미가 그렇게 시작된다.

마드리드에서도 이스탄불에서도 우리는 낯선 대문을 똑똑 두드린다. 파리, 몰타, 발리, 리스본과 포르투에서도. 어느새 도시의 기억은 호스트의 집과 연결된다. 대명사만으로도 도시의 기억을 불러내고 추억할 수 있다.

"그때 걔네 집 있잖아. 거기서 진짜 웃겼는데."

"우리도 그렇게 살아보면 어떨까? 여행자들이 잠시 머물렀다 가는 집의 호스트가 되는 거지. 여행에서 좋았던 것들을 직접 해보는 거야."

갑자기 대화의 보폭은 커지고 상상은 경험 사이로 가지를 친다. 그 위로 뭉게뭉게 구름이 떠오른다. 이거 그냥 뜬구름 잡는 소리는 아니겠지? 수소문과 많은 기다림 끝에 북촌의 원서동에 집을 구했다. 계약서에 도장을 찍고 나서도 얼떨떨한 것은 마찬가지였다.

## 어미 새의 마음으로

호스트로 지낸 날들을 회상한다. 만으로 3년이 조금 넘는 시간, 차오르는 것은 보람과 기쁨이었다. 다행히도 인간에 대한 회의에서 시작해 세계 전체에 대한 실망으로 이어지는 일은 일어나지 않았다. 마주하는 얼굴들과 이야기를 나누다보면 그가 어디에서 온 누구든 하나로 모아지는 지점들이 있었다. 게다가 여행이란 공통점이 있으니 거리는 손쉽게 가까워졌다.

테이블을 두고 앉아 차를 마신다. 과자를 나누어 먹고 과일도 함께 먹는다. 용기가 난 날엔 요리도 한다. 전복죽을 끓이고 짜장밥도 만든다. 무엇을 먹다보면 마음이 부드러워지기 마련이니 테이블 위로는 웃음이 쏟아졌다. 살던 도시, 사는 도시, 앞으로 살고 싶은 도시에 관해 주거니 받거니 이야기했다. 그러다 보면 대화는 지구본 몇 바퀴를 돌았다. 도시에서 시작한 이야기인데 사람과 사랑에 관한 이야기가 빠지지 않았다. 두고 온 사랑과 아쉬운 사랑 그리고 지금 마음에 둔 사랑까지 진득한 이야기들이 잔과 접시 사이에 고였다.

게스트가 떠난 자리엔 사연들이 남았다. 방명록에 꾹꾹 눌러담은 마음은 마음대로 소중하고, 작고 큰 선물과 다른 나라의 동전들은 떠난 자리에 남았다. 어느 게스트의 체크아웃 후, 평소처럼 쓸고 닦는데 메모용으로 비치해놓은 작은 노트가 툭 떨어졌다. 원래대로 자리에 두려는데 펼쳐진 장에 뭔가가 보인다. 메모장의 마지막 장에 글씨 쓰기 연습을 한 것 같다. 내용은 간단했다.

"보고 싶은 준우"

이 짧은 여섯 글자를 여러 번 반복해 썼다. 어쩌면 카드를 쓰기 전 여기에 미리 연습을 했을지도 모른다. 한글을 모르는 사람이 쓴, 그래서 글자를 그린 티가 역력하다. 특히나 '준우'의 지읒을 특이하게 썼다. 첫 획은 한 일 자를 그었다. 두 번째 획은 한 일 자의 가운데 지점에서 왼쪽을 향해 곡선을 그렸다. 그리고 세 번째 획은 다시 가운데 지점에서 오른쪽으로 휘는 곡선이다. 정확한 대칭의 지읒으로 한국 사람은 잘 쓰지 않을 것 같은 모양이다. 한국어 교본의 자음을 보고 그렸을까? 그렇게 쓴 카드는 잘 전했을까? 지구 반 바퀴를 날아온 만큼 더더욱 보고 싶었을 준우에게.

어플로 숙박 예약을 하기 위해서는 호텔 예약에선 필요 없는 단계를 거쳐야 했다. 서로가 어떤 사람인지 알기 위한 간략한 자기소개였다. 게스트들은 아직 만나지 않은 나에게 기꺼이 자기소개를 써 보냈다. 여행의 일정은 얼마며, 여행의 목적은 무엇이라고. 이번 여행에서 무엇을 기대하고 있으며, 자신과 동행은 이런 사람이라고. 모르는 사람에게서 편지를 받는 기분이었다. 그래서 나도 아직 도착하지 않은 게스트에게 이른 답장을 남기곤 했다. 네가 이곳에 와서 좋은 추억을 많이 만들기 바란다며 추천하는 장소들을 표시한 지도와 함께 엽서를 썼다. 익숙지 않아 지나치게 정직해 보이는 영어로 더듬더듬 써 내려갔다. 게스트 입장에선 '보고 싶은 준우'와 별반 다르지 않았을 것이다. 반대로 화려하고 개성 넘치는 필기체의 방명록을 볼 때면 고고학자의 심

정으로 한 줄 한 줄 정성껏 해독했다. 그럴 만한 가치가
충분히 있었다.


　게스트들이 남기고 간 인사들에서 나는 나의 지난
여행들을 본다. 다시금 홀로 떠난 여행으로 돌아가, 무
사히 국경을 넘은 트렁크와 함께 길 위에 선 내가 떠오
른다. 트렁크를 덜덜 끌며 고갯길을 오르락내리락한다.
하필 그것도 언덕으로 유명한 리스본인데다 오랜 역사
를 지닌 보도블록은 반질거리고 있다. 그에 비길세라 매
끈하게 닳은 내 조리는 보도블록 위를 위태롭게 헛돌곤
했다. 아무쪼록 넘어지지 않고 무사히 숙소를 찾아야 한
다. 텅텅텅 언덕길 아래로 트렁크가 굴러가고, 그러다
파스타 소스 병이 깨지면 여러모로 곤란한 일이다. 숙소
를 찾으면 서둘러 짐을 부려놓은 다음 약속 시간에 맞
춰 나가야 하니까.
　내가 홀로 이베리아 반도를 반시계 방향으로 돌던
그때, 나의 고등학교 친구 역시 그 지도 위에 있었다. 나
와 반대로 시계 방향이 일정이었던 터라 일정이 짧게
겹치는 곳은 리스본이었다.
　"그럼 우리 리스본에서 만나!"

이런 약속을 해놓고 멋지다며 호들갑을 떨었던 우리다. 우리 손에 들려 있던 건 2G폰인데다 로밍 요금이 겁나 함부로 전화를 할 수는 없던 때였다. 친구를 바람 맞히지 않으려면 어서 숙소부터 찾아야 하니 한국에서부터 프린트해 간 숙소 지도를 꺼냈다. 아무리 들여다봐도 여기라는데 내 눈앞의 집들은 전혀 호스텔처럼 보이지 않는다.

하는 수 없이 차양에 붉은 등이 대롱대롱 걸린 음식점으로 들어선다. 저녁 장사를 준비하던 일식집 젊은 사장 부부는 갑자기 들이닥친 여행자를 보고 놀란다. 내 형편 없는 종이 지도를 보고, 나의 사연을 들은 다음 잠시 고민하더니 둘이 대화를 나눈다. 들리는 것은 일본어라 나는 시골쥐의 얼굴로 눈만 꿈뻑거리고 서 있다. 이윽고 부인은 가게 밖으로 나와 길을 안내해준다. 손짓만 여기로 저기로 하는 것이 아니라 직접 같이 가준다. 어느 집 대문 앞에 멈춰 서더니 여기 몇 층에 한국인이 살고 있다고 말한다. 그곳에 가서 도움을 청해보는 게 좋겠다고 한다. 나는 고개를 꾸벅꾸벅 숙인다. 스미마셍, 하고 나서 이 인사가 맞나? 잠깐 갸우뚱했지만 부인은 웃어주었다.

다시 심기일전의 마음으로 눈앞의 문을 두드린다. 초인종 옆 스피커에 대고 웅얼웅얼 사연을 설명한다.

"안녕하세요. 제가요, 여기 호스텔을 찾고 있는데 잘 못 찾고 있어서 혹시 도와주실 수 있나요?"

잠시 후 문이 열린다. 나는 조금 더 사연을 설명하려 하나 사실 말 안 해도 알았을 듯했다. 그냥 나는 꼬질꼬질한 몰골에 눈빛만은 간절한 거지다. 말을 잇고 있는데 열린 문 사이로 누군가 끼어든다. 끼어들며 내 이름을 부르는 이는 잠시 후 만나기로 한 그 친구다.

"뭐야, 뭐야! 너가 왜 여기에 있어!"

하며 우리는 얼싸안는다. 순간 살짝 뛰었을지도 모른다. 낯선 골목에서 친구를 만난 강아지들처럼 우리는 서로를 반가워한다. 알고 보니 그곳은 한인 민박으로 마침 친구가 머물고 있는 곳이었다. 순간 민박집 사장님을 병풍처럼 세워놓고 껴안던 우리는 정신을 차린다. 내 마음은 단박에 훅 튕겨나간다. 홀로 긴 여행을 하는 동안 제법 씩씩하고 용감했던 다리에 힘이 풀린다. 나는 사장님께 묻는다.

"혹시 남는 침대 있나요. 저도 여기서 지내도 될까요?"

사장님은 잠시 예약 일정을 체크하더니 여자 도미토리는 다 찼다고 말한다.

"그럼 남자 도미토리에 머물면 안 될까요? 저 괜찮아요."

진심을 다해 말하는데 사장님 역시 진심으로 답한다.

"그분들이 안 괜찮아요."

"아, 그건 생각 못 했네요."

나는 잠시 머쓱해했으나 프로다운 사장님은 컴퓨터로 구글맵을 열어 내가 가야 할 곳을 찾아준다.

"여기가 새로 생긴 곳이라 지도가 업데이트 안 되어서 못 찾았나 봐요. 이 지도를 다시 보고 가세요."

"감사합니다."

사장님이 프린트해 주는 새 지도를 팔랑팔랑 들고 길을 나섰다. 내 금방 체크인하고 너를 다시 만나겠노라고, 그땐 좀 씻고 사람다운 몰골로 만나자며 민박집을 나선다. 다행히 얼마 지나지 않아 숙소를 찾는다. 사장님 덕이다. 더불어 나를 사장님에게 인도한 일식집 주인 덕이기도 하다.

도움과 도움 덕에 나는 그날 저녁 친구와 함께 무사

히 밤 산책을 한다. 너울너울 파도 모양으로 울렁거리는 돌바닥 위로 둘의 그림자가 미끄러진다. 비둘기 몇이 날개를 접었다 편다. 페드로 4세 광장이라니, 야간자율학습을 하던 교실에서 얼마나 멀리 왔는지 믿어지지 않는다. 우린 이제 성실히 돈을 벌고 더 성실히 세금을 내는 나이가 되었다. 건너건너 아는 친구들의 안부를 주고받고, 요즘의 연애 사정에 대해 이야기한다. 그러느라 여름밤은 한껏 깊어져 간다. 그때 나눈 실없는 농담 중 지금껏 기억에 남는 게 있다. 배경은 흔한 여름 유럽의 길거리다. 비둘기 구구거리는 광장에서 누군가 다가온다. 다가오기 전부터 그가 왜 다가오는지 알 것만 같다. 아니나 다를까, 눈을 마주치며 알은체를 한다. 분명 모르는 얼굴인데, 그쪽은 싱글싱글 웃으며 다가오더니 말을 건다.

"혹시 한국분이세요?"

그럼 눈을 피하지 않고 지그시 얼굴을 응시해야 한다. 그리고 입은 꾹 다문 채 좌우로 고개를 저어줘야 한다. 한 번으론 안 된다. 적어도 세 번 이상 천천히 도리도리. 이 정도의 의사 표현이면 알아서 떠날 만하겠지. 이 짧은 꽁트를 만들고 우리는 깔깔 웃었다. 자칫 말려

들었다간 남은 일정과 머무는 곳에 대한 정보부터 나이, 직업, 사는 곳, 어쩌면 별자리에서 MBTI까지 모조리 털릴 위험이 있다. 우연을 빙자한 동행 찾기와 동포 찾기 사이의 되도 않는 플러팅 수작은 딱 질색이다. 암, 여름철 길바닥에서 체득한 생생한 진리다.

드디어 유라시아의 서쪽 끝에 도달했다. 해가 어디에서 뜨고 지든 우리는 〈비포 선라이즈〉와 〈비포 선셋〉을 믿지 않았다. 그걸 믿을 바에야 에그타르트의 사실적 위대함을 믿으므로 버스에 나란히 앉아 해안가로 향한다. 도착한 곳은 오랜 역사를 지닌 에그타르트 가게다. 파삭하며 부서지는 타르트에 녹진하게 자리 잡은 크림을 한 입 떠먹는다. 설탕을 술술 뿌린 커피도 홀짝인다. 거품 위 설탕이 풍덩 녹듯 여행의 피로도 녹아내린다.

"여기까지 올 만한 보람이 있었어"

두 번째 타르트를 물고 말한다. 바삭한 파이 껍질을 입가에 묻힌 채 끄덕거린다. 올 만한 보람이 있었어, 이 말은 언제고 되뇌어도 어울리게 들어맞았다. 지갑을 털리고 신발을 털려도, 지나고 보면 웃긴 일이 되었다. 여행이라면 평소의 나답지 않게 관대한 태도를 보였다. 그건 호스트가 되어서도 마찬가지다. 잘디 잘은 영어 실력이 차차 늘어 토막토막이 되고, 적당한 끄덕임과 적재적소의 추임새면 서로 못 나눌 말이 없었다. 홍콩 민주화 시위에서부터 직장인의 애환, 예술과 인생 그리고 이민과 학업, 스타벅스 매니저의 하루하루까지. 가만히 앉아 전 세계의 이야기를 듣는 기쁨은 이루 말할 수 없었다.

이 모든 보람은 내가 처음 만난 호스트, 훌레스에게 돌려야 한다. 마음을 담아 애틋한 영상 편지라도 보내고픈 심정이다. 흠흠, 잘 지내고 계시겠지요. 떠나는 날, 집 건너편 모퉁이에서 우리 방이 있던 발코니를 배경으로 사진을 남겼어요. 젊다기보다 어린 얼굴의 나와 달이 커다란 트렁크를 앞세우고 웃고 있었지요. 당신이 빌려준 그 방에서 우리 시시콜콜한 많은 일들을 했답니다. 도둑맞은 신용카드를 신고하기 위해 한밤중 서울에 전화도 걸었고요. 새벽녘, 지난날의 소음과 소란을 씻어내리는 빗소리도 들었어요. 아침에 발코니로 향하는 나무 문을 열면 정직한 파란색의 하늘이 가득했지요. 산책을 하고 조깅을 하고 바닷가에서 모래를 묻히고 돌아와

선 낮잠을 잤어요. 일어나면 애매한 점심과 저녁을 만들어 먹기도 했어요. 침대에 걸터앉아 와르르 지갑을 쏟아놓고 남은 재산 아니 남은 현금과 얼마 안 되는 신용들을 헤아려 보기도 했지요. 가진 돈을 모두 더한 다음 거기에 남은 날들을 나누어 보기도 했답니다. 앞으로 떠돌 날들이 많이 남았기 때문에 정신을 바짝 차려야 했어요. 하지만 그건 우리 둘이 있어 가질 수 있던 긴장이기도 했지요. 그때 잠시나마 우리는 한 배를 탔으니까요. 나의 파산은 곧 너의 파산이므로 보트에 난 구멍은 잘 메꿔야 하니까요.

사실 그 작은 방에서 한 진짜 중요한 일은 따로 있었답니다. 달이 요령껏 꾸며준 작은 서재에서 빠른 스텝으로 여행의 기억을 기록하기 시작했어요. 그게 무엇이든 아직 휘발되기 전이라 감정도 감상도 진하게 묻어났죠. 보폭보다 좁은 간격으로 노트북을 두드리며 하루를 열고 마감했어요. 글 쓰는 재미를 그때 알았답니다. 아무도 의뢰하지 않은 글을 그저 재미있어 썼어요. 그걸 제일 먼저 읽어주는 사람은 바로 옆에 누워 잠에 든 사람이었죠. 그러니 여행을 마치고 달과의 미래를 생각하지 않았다는 것은 사실 거짓말이랍니다. 달은 제게 많이 중요한 사람이 되었거든요. 당신 집에서 만난 도시의 면면과 내 옆에 잠든 사람의 표정이 오래 기억에 남아요. 정말이지 고맙습니다.

## 함께 기약하고픈 미래

"이번에 새로 책을 쓰기 시작했는데요. 인생의 남자들에 관해서 쓴대요. 그러니까 스물네 명의 구남친들이 등장하고요."

잠시 서가의 책을 집어들어 읽고 있는데 달의 목소리가 들린다. 스물네 명의 구남친이라니 이건 뭐야, 싶어 고개를 돌리니 달의 말에 끄덕끄덕하는 마 사장님이 보인다. 이럴 수가. 내가 쓰고 있는 건 철 지난 연애편력 같은 이야기가 아니거늘. 나는 잘못된 정보를 정정할 필요를 느끼며 그들 가까이 다가간다.

"무슨 구남친이 스물넷이야? 그런 것 아니고요. 제 인생의 중요한 남자들에 대한 이야기를 쓰고 있어요. 이제 구남친들은 기억도 흐릿해. 뭐 다들 잘 살고 있겠지."

다시 고개를 끄덕이는 마 사장님이다. 그렇다. 마 사장님이야말로 내 인생에 영향을 미친 남자들 중 하나다. 이불 속에 숨어 책을 뒤적이던 문학 소녀·소년들이면 다들 비슷한 꿈을 꾸지 않았을까. 언젠가 책을 쓰고 싶다고 막연하게 꾸던 꿈을 현실로 이끌어준 사람이 바로 해방촌의 독립서점 '스토리지북앤필름'의 마 사장님이다. 아주 예전, 아무것도 모르는 코흘리개에게 진심 어린 격려와 조언을 더해준 덕에 서툴고 조악하게나마 책을 만들기 시작했다. 수업을 토대로 원고를 편집하고 인쇄 및 출판의 기본 과정들을 배웠다. 종이의 판형과 재질이 이렇게 다양한 것도, 서체의 종류와 배열이 가독성에 얼마나 큰 영향을 미치는지도 실수를 거듭하는 사이 알게 되었다. 그렇게 얼기설기 만든 책을 유통하고 판매하고 새로운 책을 준비하기까지 그 곁엔 늘 마 사장님이 있었다. 크고 작은 독립출판 마켓과 행사에도 겁 없이 나가보게 되었다. 독자와 직접 마주하며 느끼는 순도 높은 재미는 다음 책으로 이끄는 동력이 되었다.

처음 만난 자리부터 지금까지 이 인연도 10년이 다 되어간다. 나이가 들수록 새로운 사람들과 무턱대고 마

{ 그들은 세상의 절반이라는 }

233

음을 터놓고 걱정 없이 가까워지기란 어려운 일 같은데, 마 사장님 앞에선 자꾸만 쉽게 무장해제 된다. 늘 한결같은 사장님은 여전히 그때의 일들을 해나가고 있다. 해방촌 비탈길의 작은 서점에서 어디서도 쉽게 만나기 힘든 독립출판물들을 선보이고 있다. 더불어 자신만의 책을 만들고 싶은 이들을 한데 끌어 모아 독려한다. 우리가 만났던 그 출발점을 굳건히 지키며 날마다 동심원을 넓혀간다. 많은 것들이 빠르게 생겨나고 사라지는 시대에 같은 자리를 지키고 있다는 것은 여간 대단한 일이 아니다. 지속성도 확장성도 모두 그렇다.

일단 마 사장님을 찾아가면 뭐든 재미난 일들이 생겨난다. 새로운 책을 추천해주고, 모르는 이를 연결시켜 준다. 책을 써볼 것을 제안하고, 책방에서 파트타임으로 일할 수 있는지 물어보기도 한다. 그 덕에 달은 매주 일요일마다 책방 점원이 되기도 한다. 조그만 커튼 뒤에 숨어 하루의 매출을 기록하고 심사숙고하여 책방의 배경 음악을 선정한다. 손님이 오고 가면 서가 정리를 하며 틈틈이 신간의 동향도 살핀다. 덕분에 일요일 저녁이면 작은 서점에서 일어나는 잔잔하고 재미난 일들을 엿들을 수 있었다.

나는 사장님을 '독립출판계의 대부', '독립출판계의 대들보' 하며 부르곤 하는데 이 밖에도 여기 붙일 수 있는 식어는 차고 넘친다. 원로, 거성, 회장님을 지나 사실 마 사장의 '마'가 '마세라티'의 '마' 아니냐며 치근덕댄다. 그러면 사장님은 아하하하하 하는 특유의 웃음을 터뜨리다 말미엔 웃음기를 싹 지우고

"사실 맞아."

라고 답하며 다시 웃음보를 터뜨려댄다. 그럼 어쩔 수 있겠는가? 따라 웃을 수밖에. 책방을 가득 메우는 웃음소리는 마치 잇달아 터지는 폭죽들 같다.


스물네 명이란 오해는 접어두고 사실 한 줌도 안 되는 구남친들과는 다시 얼굴 볼 일 없겠으나, 마 사장님과는 아주 오랜 시간 동안 계속 보고픈 마음이다. 이리 보고 저리 보고 심심하고 허전할 때마다 자꾸 들여다보며 앞으로 재미있는 일을 도모할 예정이다. 나와 달의 계획은 강을 건너고 산을 건너 머나먼 곳까지 다다르는데, 아직 사장님은 그걸 모른다. 모르지만 일단 우리의 계획 안에 포섭해둔다. 언젠가 싱글벙글 웃는 얼굴로 폭죽 대신 팡 터뜨리고 싶다.

"오, 그래? 재밌겠는데?"

우리의 이야기를 듣고 난 사장님의 대답을 미리 상상해본다. 사실 안 봐도 알 것만 같다. 10년 가까운 인연이 주는 믿음이란 이렇게 두텁고 끈끈해 마음이 절로 든든해진다. 좋은 사람 옆에는 좋은 사람이 있기 마련이니, 나는 언제라도 사장님의 든든한 친구로 남고 싶다.

04

하루 종일
네 생각을 해

# 끝내 뿌리치지 못했던 손

어쩌면 경미한 우울증을 겪고 있었던 게 아닐까. 그 시절을 떠올리면 마음 한편이 너덜너덜해진다. 핑퐁처럼 상처를 주고 받느라 너무 많은 에너지를 썼다. 제일 처음은 회사였다. 당시 회사와 관련된 모든 것이 싫고 또 싫었지만, 싫은데 싫다고 말할 수 없던 나는 주는 일은 넙죽넙죽 받아놓고 집에 와 끙끙 앓았다. 마무리하지 못한 일이 고여 있는 게 싫어 서둘러 쳐내고 나면, 짬이 생기는 게 아니라 쟤는 참 손이 빠르단 말만 남았다. 그러니 악순환의 연속이었다. 시간이 지나사 속으로만 앓던 것이 병이 되어 드러났다. 그런 증상을 번아웃증후군이라고 부른다는 것은 나중에 알았다. 급기야 이 병원,

저 병원을 전전하며 약을 타댔다. 턱관절이 빠지고 한쪽 눈이 흐릿하니 잘 보이지 않았으며 보이지 않는 눈 주변으로 대상포진이 일어났다. 마음과 몸이 병이 나 파업을 일으킨 셈이다. 한쪽 얼굴이 무너진 채로도 일할 수 있을까? 이러다 보험사 블랙리스트에 오르는 것 아냐? 이런 농담도 아주 나중에야 할 수 있던 시절. 이른 아침이면 회색빛 얼굴로 출근을 했다. 퇴근길엔 핸들을 잡은 채 졸음운전을 하고, 돌아오면 아무것도 할 수 없었다. 컵라면 포장을 뜯어 스프를 뿌리고 뜨거운 물을 붓는 일도 힘겨웠다.

　　그렇게 살면서 마음에 화가 없길 바라는 건 말이 안 된다. 살기 위해 나는 활활 타오르고 있었다. 제일 먼저 태운 것은 나다. 내 안의 여유, 재미, 웃음, 실없는 상상이나 만일에 대한 기대 같은 것들을 모아 시너를 부었다. 거기에 성냥불 하나 튕겨 넣고는 잿더미만 남을 때까지 손 놓고 있었다. 내가 가진 좋은 것을 다 태우고 나자 시선은 밖으로 향했다. 손에 닿는 것은 무엇이든 태울 준비가 되어 있었다. 더는 이렇게 살 수 없었다. 내가 죽거나 내가 죽이거나, 나를 압박하는 모두를 피해 달아나야 한다고 생각했다.

나는 지금 당장 여기를 떠나야 하는데 달은 당연하게도 현실적인 여러 이유를 들었다. 그 말은 참으로 맞는 말이었으나 내 상황에 도움이 되진 못했다. 나는 말없이 가능성과 함께 귀를 닫았다.

"너는 지금 못 가? 그래, 그럼 나 혼자 갈게."

"그러니까 너는 나 버리고 외국 가겠다는 거야? 아무런 대책 없이 정말로?"

"누가 너 버린대? 나는 지금 여기 더 이상 못 있겠다는 거야. 너는 지금 안 된다니까 나중에야 오든지."

도피나 도망 아무거나 좋았다. 살아남는 것이 우선이었기에 논리는 나중에 덕지덕지 붙였다. "저 다 그만두고 외국 가려고요. 일단 가서 어학부터 공부한 다음, 학위를 따든 뭐든 배우려고요." 타인에게 설명은 물론 스스로에게도 납득이 어려운 결정이었다. 그저 무조건적인 탈출이 절실했다. 내 안 깊은 곳에서 계속 사이렌이 울렸다.

아빠가 온다고 했다. 늦은 밤 기차를 타고 서울역에 도착한다고. 다음 날 친구 딸의 결혼식에 참석하는 일정이라고 했다. 그럴 때면 당일치기로 다녀가거나 우리 집으로 바로 올 텐데, 이상하게도 서울역 근처의 호텔을 잡는다고 했다. 서울 지리를 모르는 것도 아니면서 마중을 좀 나와달라고 한다. 나와 달은 기차 도착 시간에 맞춰 역으로 향했다. 가는 차 안에서도 별로 할 말이 없었다. 우리만큼 굳은 얼굴의 아빠와 엄마를 태우고 호텔 체크인을 도왔다. 근처 편의점에서 간식 거리를 조금 사와서는 침대며 의자에 각각 걸터앉아 맥주를 딸깍 땄다.

기다렸다는 듯이 엄마가 이야기를 시작한다. 모두를 여기 두고 떠나지 말라는 게 요지였다. 누가 그런 말을 해주기 바란 것처럼 나는 날선 반박을 쏟아낸다. 내가 얼마나 힘들고 괴로운지에 관해 계속 이야기한다. 내 힘듦의 기원까지 거슬러 올라가며 오래 묵은 이야기들을 들추어낸다. 화를 내고 있는데 눈물도 계속 솟아올라 차오르는 눈물도 맥주도 꼴깍꼴깍 삼킨다. 지금까지 기대에 부응하며 살아오느라 너무 힘들었다고. 다 포기하고 도망가고 싶은 마음밖에 안 든다고 말한다. 아빠는 우리 둘의 실랑이를 가만히 듣고 있다 입을 뗀다.

"정 가고 싶으면 어디든 가야지. 회사도 그만두고 싶으면 그냥 그만두고. 대신 가더라도 조금 나중에 달이랑 같이 갔으면 좋겠다. 너 혼자 무작정 떠나려 하지 않았으면 좋겠어."

부글부글 끓는 솥, 마구 흔든 탄산음료처럼 성이 날 대로 나 씩씩대던 나. 아빠가 그 기세와 울분을 살금살금 빼놓는다. 쉬익, 김이 새기 시작하더니 푸쉬쉬 바람 빠지는 소리가 난다. 이미 실탄을 다 써버린 나는 그저 울기만 한다. 테이블에 비치된 얇은 휴지를 핑핑 뽑아대며 눈물을 훔친다. 소맷자락으로 콧물도 마구 닦아가며 울다 깨닫는다. 지금껏 너무나 부모 속을 썩이지 않고 살아온 덕에 병이 난 것일지 모른다고. 동시에 해방감도 맛본다. 부모 가슴 철렁하게 만들어 놓고선 도리어 제멋대로 어깃장 놓으며 소리 지를 때의 쾌감을 처음 알게 되었다. 망나니스러운 카타르시스다.

결론 하나 내지 않고 겨우 눈물만 멈춘 밤, 우리는 호텔 밖으로 나가 서울로를 걷는다. 너른 화분에 담긴 나무들과 시시각각 바뀌는 LED 조명 사이를 걷는다. 아직 추운 밤이라 어깨를 움츠리디 슬그머니 팔짱을 끼기도 한다. 그렇게 명동 어드메까지 걷다 안녕 하고 헤어진다. 다음 날 아빠는 결혼식에 참석하지 않고 집에 내

려간다. 애초에 결혼식이 목적이 아니었음은 짐작하고
있었다. 기차 도착 시간을 일러주며 마중 나오라 할 때
부터 알고 있었다. 언제나 물어봐도 안 나와도 된다. 괜
찮다. 말했던 아빠니까. 내게 하려던 말도 사실 알고 있
었다. 그렇다면 내가 미처 몰랐던 것은 무엇인가. 그렇
게 허겁지겁 달려올지는 몰랐었다. 마치 내가 막 공항버
스에라도 오르려던 것처럼, 두 시간 후 출발하는 티켓
을 끊어놓고 뒤도 돌아보지 않고 도망치려던 것처럼. 정
말 그리 훨훨 날아올 줄은 몰랐다. 한참이 지나고서야
안 것도 있다. 아빠가 내 손을 잡아준 밤이 인생 다섯 손
가락 안에 드는 나이스 타이밍이었다는 것.

# 피, 땀, 눈물

모든 것은 다 호르몬 때문이었다. 지금까지 인생의 많은 일들이 그렇게 일어났다. 호르몬이 만들어내는 그래프에 따라 필요 이상으로 감정이 요동쳤다. 평소 같았으면 달달한 디저트나 가벼운 산책 같은 걸로도 다독일 수 있었을 텐데, 이번엔 일이 좀 커졌다. 아기가 생겼다.

열네 살 여름 가까운 봄, 생리를 시작했다. 생리가 무엇인지는 배워 알고 있었고 주변엔 이미 시작한 친구들도 있었다. 그건 어린이에서 청소'년으로 선너가는 확실한 징표였기 때문에 나는 언제쯤 시작하게 될까? 궁금해하기도 했다. 막상 시작하고 나니 확실히 알 수 있었다. 그건 몹시 귀찮고 여러모로 버거운 일이었다. 양이 많은 날엔 자다가 샐까 걱정하는 것은 물론이거니와 적극적인 야외 활동에 대한 제약도 컸다. 당장 학교에서 화장실을 갈 때 어떻게 생리대를 가져갈 것인가에 대한 고민까지 걱정의 갈래는 늘어만 갔다.

인구의 절반이 이렇게 정기적으로 피를 흘리고 있지만, 생리대를 눈에 띄게 해서는 안 된다니 대단한 아이러니다. 희고 순결한 이미지로 덧칠된 생리대이거늘 일단 그게 생리대인 이상 불결함의 낙인을 피할 수 없었다. 가방에서 꺼내 주머니에 찔러 넣는 짧은 순간에도 주변을 휘휘 둘러보게 만드는 것은 그 때문이었다. 엄마는 생리대를 담을 작은 파우치를 만들어 주었다. 그렇지만 그것도 역시 웃기긴 마찬가지였다. 남녀 합반인 교실에서 가방의 파우치를 꺼내 화장실로 향한다는 건 '쟤, 생리 중이구나.' 하고 모두에게 알리는 것과 다름 없었으니까.

결국 이론적으론 생리대를 숨기기 위해 파우치에 담고 그 파우치를 가리기 위해 더 큰 파우치가 필요하고 그러려면 결국 등산 배낭을 메고 화장실에 가야 하는 것 아닌가. 그렇다면 등산 배낭을 메고 화장실에 가는 중학생을 보면 다들 생각하겠지. '쟤 지금 생리하는 구나.' 이것 역시 브래지어 끈을 한 번 꼬아 만든 뫼비우스의 띠와 다를 바 없었다. 생고생을 하면서 이걸 전혀 겪지 않을 이들의 눈치도 보아야 한다. 등을 함부로 더듬고 달아나는 장난을 이겨내야 하고, "너 지금 생리하냐?" 같은 비아냥도 감내해야 한다. 이건 마치 페미니스트 논쟁과도 같다. 뭐 대단한 사상 검증을 한답시고 겨누는 질문은 "혹시 너 페미니스트야?"가 다다. 윽박지르듯 던지지만 그 안에 들어찬 두려움이 그대로 들여다보인다. 그러거나 말거나 내 대답은 언제나 같다. "응, 당연한 거 아냐? 아닌 게 더 이상하네."

한 달에 한 번씩 꼬박꼬박 쉼 없이 매달 생리를 했다. 큰 시험을 앞두고선 피임약을 먹어 미뤄보기도 했다. 아무래도 생리 기간을 최상의 컨디션이라 말할 수는 없으니까. 그러니 이것 역시 몸에 대한 '관리'라 할 수 있겠다. 호르몬을 다른 호르몬으로 교란시켜 가며 멀쩡한 척 애를 써왔다. 시험이나 여행 일정과 겹치면 피곤하고 귀찮던 일이 언젠가부터 '혹시?'란 생각이 들기까진 오랜 시간이 걸렸다. 생리나 임신이나 배워 알고 있긴 매한가지였지만, 임신은 더 큰 과업임이 분명하니 조금 더 진지한 생각들이 필요했다.

에이, 아직 몰라 몰라. 할 수 있던 때는 사실 여유가 있던 때였다. 젊은 날엔 젊음을 모르고 사랑할 땐 사랑이 보이지 않는다고 했던가. 임신 및 출산에 관한 생각들을 마냥 미뤄둘 수 있을 때는 다 그럴 만한 여유가 있었다. 그러던 어느 날 똑똑똑, 호르몬이 내게 묻는다. "정말 괜찮으시겠습니까?" 그건 컴퓨터 에러를 알리는 알림 같아서 팝업창이 뜨는 것 자체가 불길하게 여겨졌다. 뭐가 괜찮냐는 건데? 괜히 불만스럽게 입을 삐죽거린다. "임신 및 출산 계획을 세우지 않아도 괜찮으시겠습니까?" 질문은 조금 길어진다. 하, 참. 이따 생각해본다고. 나는 슬그머니 창을 밀어놓는다. 뜰 때마다 밀어놓고 밀어놓았는데 어느새 화면의 절반이 팝업창으로 가득하다.

내 인생 자체에 대해 확신도 없는데 어찌 덜컥 남의 인생에 개입, 아니 인생 자체를 뚝딱 만들어내느냔 말이지. 그런 회의와 고민은 계속 이어졌다. 하나둘 임신하는 친구들을 보면서, 또 임신을 기다리며 여러 준비를 하는 친구들을 보면서도. 아니면 확고하게 "우린 아이 가질 생각이 없어. 딩크로 살 거야" 말하는 친구들을 보면서도. 무엇이 되었든 자신 있게 결정을 내리는 모습이 대단해 보였다. 나는 나를 둘러싼 여러 벤다이어그램 사이에서 여기저기 기웃거리고만 있었다. 굳이 선 자리를 따지자면 안 가지는 쪽 원에 발을 들여놓고 있었지만, 다른 친구들이 자리한 원에 비해 채도와 명도 모두 옅었다. 낳거나 안 낳거나 결정은 내가 한다는 기치 아래 도리어 책임만 무거워졌다. 참으로 결정하기 어려운 일이었다. 그러거나 말거나 매달 생리는 잊지 않고 찾아왔다.

뚝뚝 떨어지는 피를 내려다 보면서 '이 세상이 살 만한 곳인가?' 스스로에게 물어본다. 이어 고개를 갸우뚱거리다가 '그럼 앞으로 나아질 것인가?' 물으면 고개를 가로저으면서도 왜 계속 미적거리게 되는 걸까. 삶이 뭐 대단한 것이라고, 이게 무슨 의미가 있다고 굳이 나까지 뭘 보태려 하나. 하지만 오래된 질문들은 자꾸만 떠오른다. 괜찮을까? 괜찮겠어? 그럼 우리 이걸 하늘의 뜻에 맡겨보는 것은 어때. 동전을 던져 앞뒤를 정하는 것처럼, 쌀알을 뿌려 운세를 점치는 것처럼, 네가 물

고 온 보자기 안에 과연 무엇이 들어 있을지 황새에게
물어보자고. 용기 없는 나는 열린 결말을 만들어두고서
야 마음이 조금 편해질 수 있었다. 그렇게 몇 달이 흘렀
다. 여름날, 조금 긴 여행을 다녀오고 다시 평소와 같은
일상을 살았다. 그해를 넘기지 않고 임신테스트기의 두
줄을 만났다. 아주, 아주 많이 놀랐다. 일이 이렇게 되려
는 건가? 늦은 밤 달빛 아래 둘이 얼싸안았다. 얼떨떨함
과 흥분이 가시지 않았다.

　그러나 얼마 지나지 않아 속옷을 적시는 피를 보게
된다. 이런 일은 흔하게 일어난다는 것도 알게 되었다.
나팔관을 지나온 수정란이 착상에 실패하고 마는 거라
고 했다. 이런 경우는 유산이라곤 하나 특별한 증상은
없었다. 임신 극초기에 일어나는 화학적 유산의 사유는
아주 다양하다. 그러므로 스스로를 자책할 필요 없다는
글도 읽었다. 당연히 자책할 일은 아니라고 생각했지만
이상한 아쉬움이 남았다. 임신이란 게 결코 쉬운 일이
아니구나. 내가 내 의지로 선택할지 안 할지를 결정하는
것이라 생각했는데, 그게 아닐 수도 있다는 깨달음이었
다. 시작한 이래 달을 거르지 않고 해왔단 이유로 내게
깃든 건 자신과 오만이었나 보다. 아무튼 여러모로 싱숭

생숭했다.

그 뒤로 한번 더 비슷한 일을 더 겪고선 더욱 그랬다. 오래도록 출혈이 이어졌지만 무지했던 나는 화학적 유산의 여파로 부정출혈이 일어난 줄만 알았다. 바쁘고 고단하단 이유로 미루다가 한 달쯤 출혈이 이어지자 도저히 안 되겠다 싶어 병원을 찾았다. 슬쩍 두려운 마음으로 피검사를 하고 난 후 청천벽력 같은 소식을 듣는다. 피검사 결과론 여전히 임신 중이라 했다. 하지만 초음파를 아무리 들여다봐도 이미 보여야 할 아기집은 보이지 않는다. 이런 경우 자궁외임신이 의심된다는 얘기였다. 즉, 임신이 제대로 유지되고 있지 않다는 거였다. 결국 이번에도 착상이 문제로 수정란이 착지할 지점을 지나 잘못된 곳에 자리를 잡았다고 했다. 그러니 영양 공급도 어려워 제대로 자라나지 못하는 상황이었다. 혹시 잘 자라난다고 해도 문제가 크다. 자궁이 아닌 곳에 자리잡은 수정란은 성장과 동시에 기관을 파괴할 수 있으니까.

즉, 임신은 임신이되 유지될 수 없는 임신인 셈이기에 결국 세포의 생장을 억제하는 주사를 맞기로 한다. 암세포 증식을 막을 때 쓰는 항암제 성분의 주사를 두

번에 걸쳐 나눠 맞았다. 제대로 마무리되었는지 알기 위해 갈 때마다 피를 뽑았다. 느낌으론 늘 한 바가지씩 뽑았다. 얼얼한 채혈 부위를 알코올 솜으로 눌러대는 사이 계절이 바뀌었다. 늦은 봄, 모든 것이 끝나고 나는 많이 지쳤다. 될 대로 되라는 마음이었다. 그러니까 손만 잡고 자도 아기가 생긴다는 말이나 물만 먹어도 살 찐다는 말이나 아무튼 될 놈은 뭘 해도 되고 안 될 놈은 뭘 해도 안 된다는 이야기겠지, 싶었다.

여름이 찾아왔다. 옥상에 수영장을 차려놓고 쉼 없이 들락날락거렸다. 비치타월 위에 누워 종일 볕을 쬐었다. 집안 곳곳에서 코코넛 오일 냄새를 풍기며 행여 냉장고에 맥주가 떨어지지 않도록 각별한 신경을 썼다. 집에만 눌러앉아 있어도 시간이 잘만 흘렀다. 한낮, 수영장에 들어가 있으면 멀리서 매미가 맴맴 울었다. 바람이 쏴아 불면 여름 숲의 향기가 건너왔다. 조용히 물 위에 파문이 일고 그 위로 잠자리 그림자가 어렸다. 구름이 갑자기 피어올라 눈앞을 메우는 오후, 말 그대로의 여름이 뚜벅뚜벅 걸어왔다. 한 손엔 수박과 다른 손엔 맥주를 들고 물 안의 내 옆에 와 자리를 폈다.

가을, 다시금 임신테스트기의 두 줄을 보았다. 이번
엔 진짜였다.

## 아무래도 좋을 수 있는 사람

초음파로 알 수 있는 많은 정보들이 있다. 아기의 크기와 무게, 각 기관들의 발달 정도, 움직임까지. 그중 가장 중요한 건 심장박동으로 아기가 무사히 잘 지내고 있음을 알리는 소리다. 심장박동을 들어야 공식적인 임신확인서를 받을 수 있으니 그 자체가 생명의 징후이기도 했다. 아기의 심장은 어른보다 다소 빠르게 뛴다. 흑백의 초음파 화면 속에서 심장이 팔딱팔딱 뛰면 하얀 빛이 반짝였다. 저 작은 심장에서 열심히 피를 보내고 있구나. 열심히 숨을 쉬고 있구나. 참으로 신기했다.

부른 배 위로 초음파 기계가 미끄러진다. 여긴 머리, 여긴 배, 여긴 다리 그리고 눈, 코, 입의 자리도 콕콕 찍어주시는 선생님의 설명을 들으며 나는 다 아는 것처럼 고개를 끄덕였다. 사실 눈앞엔 검고 허연 그림자들뿐이라 뭐가 뭔지 하나도 모르겠는데, "아, 그렇군요." 베테랑 임신부처럼 화면을 응시하곤 했다.

그러나 그렇게 마냥 허허 웃기만 할 수 없는 날이 도래했다. 오늘은 아기의 성별을 보는 날로 약속을 잡은 것은 선생님이지만 사실 이건 순전히 아기의 마음에 달려 있다. 성별 확인은 아주 물리적인 관찰로 진행되기에 아기의 자세가 중요하다. 초음파로 아기의 다리 사이를 비춰서 보이는 실루엣으로 짐작하는 것이다. 뭔가 도드라져 있으면 아들, 밋밋하면 딸이다. 원래 임신 중 성별을 알려주는 것은 엄연히 불법으로 왜 불법인지는 모두 다 알고 있다. 지금껏 성별에 따라 의도적인 임신 중단이 빈번하게 일어났으니까 그렇다. 그걸 머리로 알고 있던 것과 직접 확인하는 것은 아주 달랐다.

16주, 성별을 확인할 수 있다는 것은 아기의 기관이 어느 정도 발달해 부분 부분의 윤곽을 확인할 수 있다는 말이기도 하다. 즉, 더 이상 뭉툭한 곰돌이 젤리 같은 형태가 아니라는 거다. 더불어 임신과 관련된 변화를 받아들이고 미래를 상상하기에 충분한 시간이 지난 후다.

그런 만큼 성별을 확인하고 그 이유로 임신 중단을 결심하기까지 어떤 압력들이 있었을지 생각만 해도 마음이 아렸다. 더 이상 낙태가 죄가 아니게 된 세상에서도 분노는 쉽게 가라앉지 않는다. 언제나 남자애들이 몇 명씩 남아돌아 남자끼리 짝을 하고, 그게 불만이라 떠들어대는 것을 지켜보던 80년대생의 분노는 이렇게 쉽게 불붙는다. 영원한 마른 장작 같은 상태로 툭 건들기만 해도 타오를 준비가 되어 있다.

비장하고 엄숙한 표정으로 대기실에 앉았다. 유난히 떨리는 마음으로 순서를 기다려 진료실에 들어갔다. 익숙한 의자에 누워 배를 내밀고 기다린다. 선생님께선 초음파 화면을 보더니 어렵지 않게 말씀하신다.

"축하합니다, 아들이네요. 여기 보이시죠?"

선생님이 커서를 가져다 댄 곳엔 역시나 허연 그림자가 일렁거리고 있다.

"아, 그런가요. 아들, 아들인가요."

당연히 확률은 반반인데 놀라운 건 사실이다. 그 와중에도 '파란색 옷 준비하시면 되겠어요.' 이렇게 일러주지 않아 다행이란 생각도 했다. 왠지 그런 표현은 참을 수 없었다. 그나저나 내가 아들 엄마가 되다니. 아들이란 무엇인가, 아들 엄마란 무엇인가.

이 문제에 관해 완전히 자유로운 사람을 만나려면 몇 세대를 거슬러 올라가야 할 것인지. 미리 알 수 없을 때부터, 확실히 알 수 있는 지금도 사람들은 각기 다른 이유로 아이의 성별을 궁금해한다. 나 역시 별 생각 없이 임신한 지인들에게 성별을 물어 왔었다.

"딸이면 좋겠어? 아들이면 좋겠어?"

비슷한 질문을 내가 받았을 땐 선뜻 대답할 수 없었다. 어느 하나를 이야기했을 때 그게 아니라면 배 속 아기에게 미안해서였다. 이건 완전 황희 정승의 검정 소와 누렁 소 이야기 아닌가. 말 못 하는 짐승이라도 다 들을 수 있으니 말을 가리고 조심해야 한다는 교훈은 여기에도 유효하다. 그나저나 16주 아기에게 귀가 생겨 있던가? 청력도 있는지? 여러 생각이 나를 휘젓고 지나는 동안 검진이 끝났다.

"아기는 튼튼하게 잘 자라고 있군요. 4주 후에 다시 봅시다."

진료실을 나왔다. 얼떨떨한 마음이 계속된다.

남자의 삶에 대해 나는 정말이지 모른다. 아빠와 남동생이 있고 남편과 함께 산 지도 오래지만 동반자로서의 삶만 알 뿐, 남자의 삶에 대해선 알지 못한다. 남자로 산다는 것은 대체 어떤 것일지. 주민번호의 생년월일 다음이 1 혹은 3자로 시작하는 삶. 2나 4는 생각 안 해봐도 되는 삶. 거의 모든 사이트 가입 시 성별을 먼저 선택할 수 있는, 혹은 이미 선택이 되어 있는 삶. 여중생, 여고생, 여대생이 아니라 그냥 중학생, 고등학생, 대학생일 수 있는 사람. '남녀', '소년소녀', '신랑신부', '부부', '부모'에 이르기까지 언제나 자연스레 혹은 자랑스레 단어의 첫머리에 오는 사람. 사실상 인간의 기본형이라서 거추장스러운 기표 없이도 인간 그 자체로 존재할 수 있는 사람.

생각은 더욱 꼬리를 문다.

'그 시간에 거길 왜 가?'라든지 '그러길래 왜 그렇게 입었대.' 같은 소리를 들을 확률이 적은 사람. 나는 그런 사람인 적이 없다. 영화 〈파수꾼〉보다 〈한공주〉가 더 와닿는 사람이므로. 나도 내가 평범한 청소년이나 청년이라 생각하던 시절, 소설 〈광장〉을 읽고 지적인 흥분에 가슴이 뜨거웠던 순간도 있었다. 그러나 어느 날

깨닫는다. 여기서 말하는 청소년과 청년 그리고 시민의 개념에 한 겹의 레이어가 더 존재하는구나. 내가 '윤애'나 '은혜'가 될지언정 '이명준'이 될 수는 없구나. 몰랐을 땐 몰랐는데 알고 나니 모든 것에서 그 레이어가 보였다. 사람들이 '유리'라고 말하는 그 레이어는 내 머리 위에서도 반짝 빛나고, 발 아래서도 번쩍거리고 있다.

그러나 이 아이는 다르다. 영원한 1등 시민이므로 내가 상상할 수 없는 곳까지 쉽게 손을 뻗겠지. 그게 날 때부터 주어졌으니 원래 당연한 것처럼 알겠지. 무수히 밀려드는 생각들과 함께 집으로 향한다. 아들을 낳은 것이 곧 자신의 명예이자 메달이던 시절이 충분히 이해갔다. 그제야 온전한 사람으로서의 자격을 얻을 수 있었을 테니까. 이것이 시간이 지나 지금은 '딸바보' 같은 말도 나오지만 그것 역시 왜곡의 다른 이름에 불과하다. '딸 둘이면 금메달, 각각 하나씩이면 은메달, 아들 둘이면 목매달.' 이런 으스스한 농담도 결국 살갑고 다정한 효녀들의 활약을 기대하는 마음에서 비롯된 것이니.

언젠가 우리가 얼굴을 마주하게 된다면 나는 네게 무엇을 알려주고 일러줄 수 있을까. 가나다라마바사나 1, 2, 3, 4, 5 이런 것 말고. 두 자릿수 더하기 두 자릿수 이런 것도 말고. 사람이 가져야 할 양심과 지켜야 할 덕목에 관해 나는 어떻게 말해야 할까. 마음이 방황하는 사이 문득 잊었던 옛 구절이 떠오른다.

사랑은 오래 참고 사랑은 온유하며
투기하는 자가 되지 아니하며
사랑은 자랑하지 아니하며 교만하지 아니하며
무례히 행치 아니하며 자기의 유익을 구치 아니하며
성내지 아니하며 악한 것을 생각지 아니하며
불의를 기뻐하지 아니하며 진리와 함께 기뻐하고
모든 것을 참으며 모든 것을 믿으며
모든 것을 바라며 모든 것을 견디느니라

〈신약성경〉의 고린도전서 13장, 사랑의 속성에 관해 말하는 장면이다. 네가 진정한 사랑을 행하기 위해선 반사적으로 드는 감정을 거르고 가다듬어야 한다고 말한다. 사랑은 기쁘다고 쉽게 자랑하거나 교만하지 않고 화가 난다고 성내며 악하게 굴지 않는다. 시기하고 투기하지 않으며 다른 이에게 무례하게 행하지 않는다. 무엇보다 오래 참는다. 모든 것을 참는다. 견딘다. 그렇다. '너는 소중한 사람이므로 너의 감정과 욕구를 귀하게 여겨야 한다. 그러니 참지 않아도 된다. 원하는 것은 바로 얻어야 하고 거슬리는 것은 즉시 지워야 한다.'는 엇나간 가르침, 특히 남자 아이들에게 더 관대하게 주어졌던 이 가르침이 이제껏 세상을 고통으로 몰아간 게 아닐까. 남자애니까 그래도 돼, 급하면 아무 데서나 쉬해도 돼, 뭐 조금 실수할 수도 있지, 맞고 오는 것보다 낫지, 다 그러면서 크는 거야, 좋아하니까 짓궂게 구는 거야, 그런 장난 좀 칠 수도 있지, 남자애니까 그래. 여태껏 세상을 떠돌던 말들이 한층 가깝게 다가온다. 굳은 얼굴로 고개를 드는데 사회면의 흔한 헤드라인들이 머리를 스친다. '울분에, 홧김에, 다혈질이라, 충동을 못 이겨, 급작스러운 심경 변화로' 저지른 셀 수 없이 많은 일들. 많고 많은 나쁜 일들. 나는 고개를 젓는다. 빠르게 내젓고 만다.

나는 감히 '사랑'이란 단어에 '너'를 넣어본다. 이런 사람으로 네가 자란다면 참 좋겠다. 참는 사람, 참을 수 있는 사람. 기다리는 사람, 기다릴 수 있는 사람. 그러기 위해 먼저 나 스스로를 충분히 가다듬어야 하겠지만.

엇갈리는 초록불과 빨간불 사이, 부지런히 속도를 내어 달린다. 시원하게 올라가는 계기판 숫자를 바라보며 배 위에 슬그머니 손을 올려본다. 아기는 내 속도 모르고 둥둥, 발을 구르며 화답한다. 아기는 아무래도 좋다고 생각하는 모양이다.

남자로 산다는 것은

대체 어떤 것일지,

주민번호의 생년월일 다음이

1 혹은 3자로 시작하는 삶,

그러나 나는 생각 안 해봐도 되는 삶,

거의 모든 사이트 가입 시

성별을 먼저 선택할 수 있는,

혹은 이미 선택이 되어 있는 삶,

## 우리가 처음 만난 날

   점. 사실은 아주 작고 작은 구겠지만 그래서 그냥 점처럼 보이는 어떤 점이다. 차차 점에 꼬리가 달리더니 손과 발로 구분할 수 있는 희미한 것들이 생겨났다. 그러더니 부피를 쌓아가는 모양이다. 나의 배도 볼록 나오기 시작한다. 유난한 입덧도 없고 컨디션도 나쁘지 않았으며 별다른 이벤트도 없었다. 이래도 되나 싶을 만큼 배가 불러오더니 드디어 막달에 다다른다. 물컵을 배 위에 올려놓고 두 손을 떼어도 컵은 떨어지지 않는다. 배 안에선 더 복잡한 일들이 일어나고 있다. 이리저리 밀어대는 느낌과 함께 둥근 배가 들쑥날쑥 움직이는 것은 태동이다. 작고 규칙적인 진동이 아랫배 근처에서 반복되다 멈춘다면 이건 딸꾹질이다.

배 안에 품은 지 9개월, 날로 조금씩 일상이 힘겨워졌다. 발톱을 혼자 깎지 못하고, 양말 신기도 어려워졌다. 침대에서 일어날 때면 한 팔꿈치씩 바닥을 밀어내며 상체를 일으켜야 했다. 원래 내가 어떻게 일어났더라? 그건 기억조차 흐릿해졌다. 마음껏 엎드려 뒹굴거리던 때를 그리워하며 거울을 보면 후덕해진 인상에 마음씨 좋아뵈는 얼굴이 서 있다. 대체 앞으로 어떤 일이 닥쳐올지는 감도 오지 않았다. 누구나 처음엔 다 그랬을 거야. 닥치면 다 하게 될 거야. 수많은 여성들이 아주 오래전부터 이 일을 해왔어. 그 말만 주문처럼 외었다. 물론 수많은 여성들이 아이를 낳다 죽어간 것은 떠올리지 않기로 했다. 마취제와 항생제가 없던 전근대의 전설이 아니라 지금도 출산 시 응급 상황이 왕왕 발생한다는 통계도 애써 밀어놓기로 한다. 내가 무사히 이 신을 신고 다시 걸어나올 수 있을까, 산실에 들어서며 댓돌의 신발코를 돌려놓는 마음에 대해선 너무 깊이 상상하지 않기로 했다.

태어날 시점과 방법을 결정하는 데는 아기의 의사

가 가장 중요했다. 나는 당사자이면서도 협조자였다. 우리는 안과 밖에서 서로를 응원했지만 예상은 기대와 달랐다. 예정일이 코앞으로 다가와도 아기는 나올 생각을 않는다. 여전히 즐거이 태동하고 힘차게 딸꾹질을 하며 노닐고 있다. 초음파로 봤을 때 무게와 크기는 이미 클대로 커서 이대로 계속 기다리다간 난산이 될 수도 있다고 한다. 선생님의 설명 앞에서 그저 고개를 끄덕이기만 한다. 부른 것은 내 배가 맞는데 중요한 결정을 앞두고선 자꾸 쪼그라드는 나다. 선생님은 유도분만을 시도해보자고 한다. 약물로 자궁수축을 일으켜 아기가 나오게끔 유도하는 거다.

　날짜를 정해두고 집에 돌아와 입원 가방을 꾸린다. 입원과 퇴원 그리고 조리원을 거쳐 집에 돌아온다면 약 2주에서 3주 동안의 여정이 될 터이다. 기간은 비슷해도 공항 갈 때 챙기던 짐과는 미묘하게 다른 것이 먼저 가방을 꾸리는 마음가짐부터 그렇다. 얕은 들뜸과 설렘까진 비슷하나 결정적으로 두터운 공포가 도사리고 있다. 과연 우리는, 더 정확히 나는 무사히 집으로 돌아올 수 있을까? 일단은 웃어본다. 웃기라도 해야지, 여기까지 왔는데 어쩔 수 있겠는가.

원피스 모양의 병원복을 입고 링거를 연결한다. 뻐근한 느낌의 팔 위로 똑똑 주사액이 떨어진다. 배에 붙인 패드를 통해 자궁의 수축 정도가 그래프로 그려진다. 처음엔 농담도 하고 웃기도 했지만 차츰 통증이 밀려온다. 배를 쥐어짜는 듯한 고통에 이리저리 몸을 비틀어대는데 아기는 느긋한 모양이다. 의사, 간호사 선생님이 번갈아 회진을 와서 배 여기저기를 눌러보고 내진도 한다. 결론은 아기가 쉽게 내려오지 않는다는 거다. 자궁문도 쉽게 열리지 않는데 계속 투여된 약물로 피로감만 높아질 거라고 한다.

피로감이요? 이건 그렇게 느슨하고 나른한 단어로 표현할 고통이 아닌걸요? 내 안의 무엇인가 뾰족하게 솟아오른다. 주기적으로 치솟는 고통이 그래프로 환산되는 것을 지켜보며 하루를 보낸다. 만삭 때 양 팔꿈치로 침대를 밀어대며 몸을 일으키던 것과 비슷하다. 엑소시스트의 명장면처럼 나는 허리를 뒤튼다. 아무리 옆에서 달이 손을 잡아주고 있어도 결코 그 고통을 나눌 수는 없다. 알지 알지, 이건 나 홀로 온진히 겪어내야 하는 일이라는 걸. 아무렴 이를 북북 갈 만한 일이다. 고통의 시간이 흘러 밤이 되고 이제 분만실에서 입원실로 돌아가야 할 시간이다. 밤 사이 신호가 오면 다시 시작해보자는 말이 어찌나 무섭게 들리던지.

링거를 빼고도 약 성분이 몸에 남아 있을 거란 말은 진짜였다. 그날 밤 나는 제대로 잠을 이루지 못했다. 배 안에서 커다란 프로펠러가 도는 느낌이어서 몇 시간 간격으로 계속 잠에서 깼다. 그럼 이제 진짜 진통이 오는 걸까? 하지만 아직 아니란다. 아기는 정말 느긋한 성격인가 보다. 결국 하루를 꼬박 진통한 끝에 수술로 꺼내기로 한다. 뭐가 되었든 알아서 해주세요. 진통과 두려움 앞에 나는 내 몸을 그대로 내어놓았다. 잠시 마취에 눈 감은 사이 아기는 무사히 태어났다. 병원에선 배에서 막 꺼낸 아기를 사진으로 담아주었다. 미끌미끌하고 축축해 보이는 아기는 눈 감은 채로 으앙 우는 얼굴을 하고 있다. 자른 끝을 클립으로 고정한 탯줄도 생생하게 달려 있다. 사진은 흑백이다. 왜 그런지 알 것 같았다. 보이는 대로의 색을 정직히 담으면 이건 고어 무비의 한 장면일 것이다. 아기를 비롯해 온 사방이 펑펑 붉게 물들었을 테니까. 말 그대로 머리에 피도 안 마른 놈과 프레임 밖엔 배를 가른 채 죽은 듯 누워 있는 나다.

접지가 좋지 않은 전구처럼 그 후의 기억은 드문드

문 떠올랐다 다시 가라앉는다. 수술실에서 나와 병실로 옮겨지기까지 누운 채로 계속 질문을 던졌다. 아기는 괜찮은지? 아기는 지금 어디 있는지? 갑자기 꺼내서 놀라진 않았을까? 춥지는 않았을까? 많은 것이 궁금했다. 정작 덜덜 떨리도록 추운 건 나였고 마취약 때문에 기침도 멈추지 않았다. 몸을 일으키지 못하는데 가래가 계속 나와 힘들었다. 움직이지 못하므로 소변줄도 달았다. 배에는 아무 감각이 없는 상태였는데 나중에 해주는 이야기를 듣고 알았다. 지혈을 하기 위해 배 위에 무거운 모래주머니를 올려두었다고 한다. 그것도 모르고 있었으니 가슴 아래론 내 몸이 아닌 상태였던 거다.

만신창이가 된 몸으로 잠들었다 깨었다를 반복했다. 그제서야 달이 찍어놓은 동영상을 제대로 볼 수 있었다. 내가 후처치를 받는 사이 달은 아기를 만났다고 한다. 두툼한 싸개로 꽁꽁 싸매놓은 아기는 어리둥절한 얼굴로 두 눈을 껌뻑껌뻑거렸다고. 동영상 속 아기를 보고 나는 깜짝 놀란다. 정말 정말 깜짝 놀라고야 만다. 아버지 날 낳으시고 어머니 날 기르시니, 언제나 이상하게 느껴졌던 노래의 가사가 벼락처럼 내려꽂힌다. 아버지 날 낳으시고, 아버지 날 낳으시고. 아니다. 내가 낳은 것은 우리 아빠와 똑 닮은 얼굴의 아기다. 한없이 작아진 아빠가 강보 속에서 나를 바라보고 있다.

# 돌로 내려치지 않고도

어떤 기원. 한 아기가 태어난다. 마구간 건초더미 사이에서 응애 하고 우렁찬 첫 울음을 운다. 탯줄이 끊어지자 비로소 온전한 한 인간이 된다. 하늘의 별이 그 아이 태어난 곳을 비추고 세 명의 박사가 도착해 경배를 올린다. 가장 낮고 약한 자로 태어났다는 아기 예수다. 혹시 아기 예수가 아들 아닌 딸이었다면 어떠했을까. 제 발로 교회 문턱을 넘어온 나는 감히 불손하고 불경한 생각을 한다. 아버지가 누구인지 알 수도 없고 알 필요도 없는, 오직 마리아의 딸인 아기 예수를 상상한다.

사실 신에게 성별은 아무 의미가 없지 않을까. 전지

전능한 신에게 그런 개념은 존재하지 않아도 괜찮을 것 같은데, 남긴 말씀을 보면 성별에 많은 의미를 두고 있는 것처럼 보인다. 성별에 따라 할 수 있는 일과 해야 할 일을 철저히 구분해 놓으시고 이를 꼭꼭 지켜야 한다고 당부한다. 그래도 이천 년 전 세상과 요즘 세상은 좀 다르지 않나? 생각해 본 적도 있으나 그렇지 않은 증거들이 더 많았다. 전통과 율법이란 이름 아래 '보시기에 아름다운 질서'들은 여태 지켜지고 있었다. 그딴 것들 다 먹칠을 하고 뛰쳐나오면 되었으나 끝내 발목 잡던 게 하나 있었다. 사악한 뱀의 꾐에 빠져 달콤한 과일을 먹은 죄 그리고 함께 먹자고 부추긴 죄로 인해 겪어야 할 고통이었다. 나는 그 말에 동의 안 했으나 너도 여자로 태어난 이상 이 고통을 겪어야 한다고 아주 오래된 책이 속삭였다.

좁고 좁은 수술대에 오르기 위해선 더 좁은 계단을 올라야 했다. 그것도 더는 나올 수 없다고 생각할 만큼 부푼 배를 안고서였다. 똑똑 떨어지는 주사액은 계속해서 자궁수축을 이끌었고 배 안은 뒤틀린 지 오래였다. 그렇게 만 하루의 시간이 지나는 동안, 바늘을 꽂은 손등은 푸르게 멍이 들고 피가 샘솟기도 했다. 입원실로 옮겨 링거를 뗀 순간에도 몸에 남은 약물은 성실히 작용했다. 배를 쥐어트는 고통이 주기적으로 이어졌다. 예전에 들었던 엄마와 할머니의 해산기를 떠올렸다. 하늘이 노랗다 못해 하얘진 다음 그 하늘이 두 쪽이 나야 아기가 나온다고 했다. 주관적인 고통은 배에 붙인 패드를 통해 그래프로 그려졌다. 의사는 내진으로 자궁문이 열린 정도를 측정하더니 말했다.

"아직 덜 열렸어요. 아기가 내려오려면 아직 멀었고요."

그러니 더, 더 버텨야 한다고 한다. 할머니의 말대로라면 아직 노란 하늘 정도 되었을까. 하얘졌다가 다시 두 쪽이 나는 시간까지 더 기다려야 할지 모른다. 나는 두 손 두 발 다 들고 말았다.

"저 견디기 너무 힘들어요. 꼭 자연분만 해야 한다고 생각하지도 않고요."

"그럼 수술 들어갑시다. 수술실 준비가 되면 이동합니다. 이제 링거를 뺄 테니 잠시 기다리세요."

아직 걸을 수 있다는 게 믿기지 않았지만 두 발 간신히 끌고 걸어 걸어 수술실로 향했다. 푸른 천 위에 도열한 메스들을 보지 않기 위해 눈을 돌리며, 나는 제물

로서의 몸을 상상했다. 상상하지 않을 수 없었다. 쏟아
지는 환한 빛 아래 힘 없이 누웠다. 마취를 하느라 억지
로 몸을 비틀고 척추 사이에 바늘을 찔러도 아픈 줄 몰
랐다.

진화를 통해 인간의 뇌가 성장했고 그만큼 태아의
머리 크기도 커졌다. 그와 반대로 직립보행을 위해 골반
은 좁아졌기에 아기를 낳기 위해선 뼈가 벌어지는 고통
을 겪게 되었다고 한다. 그런 과학적인 말씀은 다 필요
없고 나는 내가 벌을 받고 있는 것처럼 느꼈다. 인풋과
아웃풋, 확실한 원인과 당연한 결과의 인과론이었다.
언제가의 네가 헐떡이며 다리를 벌렸기 때문에 지금 다
시 헐떡이며 다리를 벌려야 하는 거야. 피를 뚝뚝 흘리
면서 말야. 참으로 암담하고 서글픈 마음으로 숨을 몰아
쉬는 내게 코와 입을 가리는 마스크가 씌워졌다.

"지금부터 숫자 열을 셉니다. 하나, 둘, 셋…"

전신마취와 함께 짧은 죽음을 겪는다. 그대로 암전.


눈을 떴을 땐 회복실이었다. 수액과 진통제부터 소
변줄까지 나는 여러 개의 튜브를 주렁주렁 달고 있다.
혼자서는 몸을 일으킬 수도 움직일 수도 없다. 다리는

무섭게 부어올라 내 다리가 아닌 것 같다. 아니, 내 몸이 내 몸이 아닌 것 같다. 하루를 꼬박 누운 채 보내고서야 부축을 받아 걸음을 뗄 수 있었다. 달팽이 같은 속도로 걸어 신생아실로 향한다. 유리창 너머로 아기가 눈을 꼭 감고 자고 있다. 아기의 모습은 낯설고 신기해 정녕 저 아기가 내 몸에서 나온 게 맞는지 되짚어보게 했다. 날이 지나 차차 여물어가는 구석구석을 볼 때마다 나는 지난 시간 내 뱃속에서 일어난 일들에 대해 생각했다.

세포분열을 거쳐 둥글게 부푼 수정란이 각각의 기관으로 분화했다는데, 날을 거쳐 달을 지나는 동안 손가락 끝의 지문까지 하나둘 꼼꼼하게 생겨났다는데. 빛에 비춰도 잘 보이지 않는 여린 솜털들은 또 어떻고. 아기를 만들어낸 감각은 창조 그 자체였다. 온전한 내 것, 내 작품을 만든 느낌이 들었다. 그걸 증명하듯 가늘고 앙상한 아기의 발목에 내 이름 석 자가 대롱대롱 달렸다. 아직 이름이 없기에 엄마 이름으로 구분해야 하는 아기다. 혹여 헷갈리지 않도록 태어난 시일과 혈액형도 함께 쓰여 있다. 하지만 그런 태그는 얼마든지 없어도 좋았다. 나는 많고 많은 신생아들 틈에서 한눈에 내 아기를 알아볼 수 있다.

내가 만든 내 아기가 마치 잠을 자기 위해 태어난 것처럼 새근새근 잔다. 한 손에 폭 들어오는 머리를 조심스레 받쳐 들면 조그만 입을 앙 벌리며 젖을 찾아 문다. '젖 먹던 힘'은 분명 젖을 물려본 엄마가 만들어낸 말일 것이다. 어디서 배워왔는지 미간을 찌푸리고 힘을 줘가며 오물오물 먹는다. 그러다가도 졸린지 꼴깍 잠이 들고 만다. 간호사 선생님께 배운 대로 아기의 발바닥을 간질여본다. 조그만 귀도 쓰다듬고 얇고 여린 귓볼을 아주 살짝 당겨도 본다. 그래도 아기는 깨어날 생각을 하지 않는다. 좀 더 먹어야 할 텐데. 내가 만든 생명체의 허기를 진심으로 걱정하게 되는 순간이다. 잠들 때 그런 것처럼 깰 때도 그렇다. 별다른 기척 없이 슬그머니 눈을 뜨는 아기다. 아무것도 모르기에 세상 무엇보다 맑은 눈동자가 반짝인다. 믿을 수 없다. 누가 이 아기에게 죄가 있다고 할 수 있을까. 태어나자마자 짊어진 원죄라니, 가당치 않은 소리다. 그때 알아차린다. 창조주가 있다면, 정말 세상 모든 것을 만들어 숨과 영혼을 불어넣고 마냥 꼬물거리는 우리를 늘 지켜보는 이가 있다면, 그는 반드시 여성일 것이라고. 자는 숨을 살피고 작은 손과 발을 매만지고, 걷어차는 이불을 끌어올려 주고, 이마에 입을 맞추는 것. 매일을 한결같이 돌보고 살피는 일. 그건 창조주의 사랑이자 권능이라고 내 안의 작은 신이 속삭인다.

그러나 신이 깃든다는 그곳에서 여성은 제단 밖으로 밀려나곤 한다. 권위와 영광은 여성의 몫이 아니므로 빛나고 존귀한 자리를 감히 넘보아서는 안 된다. 자신이 앉을 자리가 어디인지 잘 알아차리고 혹시라도 선을 넘지 않았는지 살펴야 한다. 이것은 공동체의 여성이라면 마땅히 새겨야 할 덕목이므로 설령 마음에 의문이 차올라도 의심치 아니해야 한다. 지어진 목적과 주어진 숙명을 벗어나지 않으며, 이천 년 전의 말씀대로 순종하며 행하기를 서로 권해야 한다. 더불어 다른 자매님들이 이를 잘 지키고 있는지 살피며 이끌어야 하는 의무도 있다. 무엇보다 '무엇 무엇을 해야 한다.'와 '무엇 무엇을 하지 않아야 한다.'의 무수한 갈림길에서 흔들림과 번민 없이 오직 지혜와 현명으로 따라야 한다.

예배당의 기다란 나무 의자에 앉아 지엄하고 엄숙한 분위기 가운데 설교 말씀을 듣고 있노라면, 내 안의 뭔가가 툭툭 솟아올랐다. 의문은 불거진 힘줄처럼 자꾸만 곤두섰다. 이건 아닌데? 하며 공중의 누군가를 향해 항명을 한다. '이건 아니지 않나요? 말도 안 되잖아요? 실족의 원인을 왜 여자한테 돌려요. 잘못을 저지른 자기 눈깔을 찌를 일이지. 손도 자르면 되잖아요. 죄 지은 손인데 거추장스럽게 왜 달고 다녀요.' 쉽게 내뱉을 수 없는 말이 계속 튀어나오려 한다. 그러다 주변을 돌아보면 모두들 고개를 끄덕거리고 있다. 아멘, 아멘 끝나지 않는 돌림노래처럼 화답하고 있다. 자리에서 벌떡 튕겨나가지 않기 위해 혼신의 억누름이 필요했다.

가까스로 예배를 마치면 친교를 위한 시간이 이어졌다. 어색한 웃음을 나누며 바른 자세로 의자를 당겨 앉는다. 우리 앞엔 이른 새벽부터 모두를 위해 준비한 식사가 놓여 있다. 쌀밥과 콩나물국, 어묵조림, 미역줄기무침과 깍두기는 단순한 끼니가 아니라 정성스레 돌보는 손길이다. 상한 것을 다듬고 흠집난 것을 골라내고 차가운 물에 헹구고 짜내는 수고로운 손길이다. 붐비는 식당엔 웃음 섞인 목소리들이 흘러다니고 나도 그 틈에 밥을 한 술 떠 넣는다. 거창할 건 없어도 따스한 맛의 점심이다.

잠시 후 한 무리의 아저씨들이 식당에 들어선다. 양

복 깃은 빳빳하지만 둥근 배는 숨길 수 없다. 뻣뻣한 어깨 위론 무슨 무슨 직함들이 말풍선처럼 떠다닌다. 그들을 위해 비워놓은 식탁, 그 영광된 자리엔 우리의 식판과 다른 찬들이 놓인다. 중국집 코스 요리도 아니건만 자꾸 새로운 접시들이 더해진다. 송구한 표정으로 접시를 올리고 물러나는 이들이 있고 사교적인 웃음 만면에 띄우며 젓가락을 드는 이들이 있다. 그 가슴팍에선 뱃지가 찬란하게 빛나고 하하하 과장된 웃음과 너스레도 이어진다. 섬기는 이와 대접받는 이가 명확히 나누어진 그림 앞에서 나는 수저를 내려놓았다. 저 구도가 바뀔 날이 있을까? 전복될 날이 과연 올 수 있을까? 울그락불그락 하는 내게 은혜로운 날 왜 그러느냐 묻는다면 화부터 냈을지 모른다. 왜 화를 내냐며 팔이라도 잡는다면 그 팔 뿌리치며 외칠 기세였다. 내가 정녕 밥 때문에 이러는 걸로 보여? 평화와 사랑은 왜 모든 곳에 미치지 않는데? 권위와 권능은 왜 공평하지 않아? 돌보고 돌봄받는 이가 철저히 구분되는 것도 역사와 전통이야? 끓어오르던 분노는 예배당 문턱을 넘은 후에야 차차 식었다. 피식 피식 김을 뿜어올리다 식는다. 일그러진 모양으로 굳어버린 분노다.

신이 저문 내 마음속에서 생각은 저 좋을 대로 흘러 간다. 산에는 산을 위한 신, 바다에는 바다를 위한 신, 강가에는 강을 위한 신이 살지 않을까. 그렇다면 사막에 는 사막을 위한 신이 머물고 눈밭에는 눈밭을 위한 신 이 깃들겠지. 지치고 고단한 마음을 그곳에 잠시 내려 놓고 쉬어도 좋겠다. 그곳이 어디가 되었든 위로를 위한 공간이 되어주길. 휘영청 밝은 달이든 하나둘 쌓아올린 돌탑이든, 십자가나 불상, 만다라나 길고 긴 노랫자락 같이 간절한 마음이 바라는 곳이면 신은 다녀가겠지. 그 렇다면 나는 숲을 지나는 바람에 위안을 구하고 싶다. 도무지 답을 알 수 없는 질문을 그곳에 구하고 곤한 마 음을 그 아래 부려두기 원한다. 그러면서 힘든 일도 지 나가고 기쁜 일도 지나가는 것을 바람과 함께 지켜보고 싶다.

나와 다른 누구를 돌로 쳐 죽이지 않아도 되고 채찍 질하지 않아도 되고 시기하고 질투하지 않아도 되면 좋 겠다. 다른 것들을 배척하지 않고 못난 것들을 업신여기 지 않고 정해진 법도처럼 섬기고 섬김 받지 않는 세상 을 바란다. 그저 모두가 잠시 여기 머물렀다가 다시 흘 러가기 마련이라는 것을 배우고 또 전하고 싶다. 잠결에 내젓는 아기의 손을 잡으며 그런 생각을 한다. 품에 파고드는 작은 등을 토닥이며 그런 마음을 먹는다. 우리 세상 곳곳에서 곳곳을 위해 자리한 신들을 만나자, 만나러 가자. 귓전에 대고 속삭이면 아기의 숨결은 온화하게 화답한다. 참으로 안심이 된다.

아기 예수가 아들 아닌

딸이었다면 어떠했을까.

제 발로 교회 문턱을 넘어나온 나는

감히 불손하고 불경한 생각을 한다.

아버지가 누구인지 알 수도 없고

알 필요도 없는,

오직 마리아의 딸인

아기 예수를 상상한다.

## 나를 돌보기 위해 나타난

이 도시의 할머니들은 어디에 있을까. 탑골공원을 지날 때마다 할 일 없이 오가는 할머니 없는 이 거리엔 무엇이 있는가 생각했다. 저기 바닥에 떨어진 뭔가를 콕콕 쪼는 비둘기들과 이리저리 깃을 다듬는 비둘기들과 왠지 모르게 성이 난 채 돌아다니는 비둘기들과 그리고 할아버지들이 있다.

종이 자리한 길, 종로를 걷기로 한다. 보신각 건너편의 종로타워에서부터 시작해 동쪽으로 향한다. YMCA 빌딩을 지나고 낙원상가를 곁에 낀 채 횡단보도를 건넌다. 그곳엔 아무도 아귀찜이라고 쓰지 않는 아구찜 식당들과 기타와 드럼이 늘어선 악기상들이 있다. 그리고 좁은 골목 사이사이 숨은 아주 작은 가게들이 있다. 받침의 이응을 하트로 표시한 노래방은 퇴폐 영업을 하는 곳이라고 일러준 사람은 누구였더라. 알고 싶지도 않은데 알게 되는 것들이 있다. 모를 때면 몰랐지만 알고 나니 훤한 대낮에도 그런 기운이 희미하게 느껴지는 것 같다. 이 거리 곳곳에 스민 살짝 수상쩍은 기운들.

'다단계 영업 금지' 표지판이 붙은 맥도날드와 작고 좁은 문의 이발소를 지난다. 탑골공원 안 홀로 선 파고다를 흘깃 건너 보다 고개를 돌리면 그 이름을 딴 어학원이 크게 서 있다. 여기야말로 진리를 전하는 진짜 파고다라는 듯이. 종로3가에서 종로5가를 지나 6가까지, 점차 나아갈수록 가게도 사람도 조금씩 나이를 먹어간다. 여기저기 흘깃거리며 돌아다닐 재미가 충분하다. 돌반지부터 커플링, 순금 가락지와 금목걸이, 금으로 만든 두터운 열쇠, 개구리, 송아지가 끝도 없이 이어진 다음엔 약국과 종묘상, 포목점들이 나타날 차례다. 팔뚝만 한 순대와 돼지기름에 튀겨내는 빈대떡, 노른자 반질거리는 육회가 넘쳐나는 시장도 기다리고 있다. 종묘상의 입구엔 식물원 버금가는 다양한 종류의 씨앗과 묘목들이 자리를 지키고 있다. 한 걸음 안으로는 벽 가득 메운 농약들과 진지한 태도의 전지용 가위들이 문 없는 가게의 입구 위에 매달려 있다. 그곳에 매달려 대로의 빛과 가게 안 어둠을 충실히 가르고 있다. 숨을 고르고 있는 것처럼도 보인다.

이 거리의 가게들은 뭐가 되었든 오랜 전통과 그에 어울리는 아우라를 자랑한다. 크고 붐비는 곳부터 조악한 좌판까지 마찬가지다. 벽을 메운 약상자들 앞엔 옅은 푸른빛이 도는 가운 차림의 약사들이 열댓 명 서 있다. 끊임없이 유리문을 밀고 들어서는 사람들과 커다란 깡통의 비타민을 주렁주렁 들고 나오는 지친 얼굴들이 교차한다. 유리에 달린 쇠종이 쉼 없이 딸랑거린다. 그 광경은 기록 사진으로 박제될 만하다.

동쪽으로는 짐칸 뒤로 길게 튀어나온 원단을 이고 달리는 오토바이들이 쉼 없이 지나다닌다. 처음 면허를 따고 운전을 시작하며 매일 이 길을 다녔다. 출근길엔 동쪽으로 퇴근길엔 서쪽으로 오고 가는 길, 아침이면 졸린 눈꺼풀 사이로 사정없이 빛이 들이닥쳤다. 그때는 버스 정류장이 도로의 가장자리에 있던 때라 종로를 지나다니던 무수한 버스들이 바쁘게 차선을 옮겨다녔다. 머리는 우로 꼬리는 좌로, 앞뒤가 늘 엇갈린 채 종횡무진하는 길, 발차할 때마다 목청도 우렁찬 버스는 꼬리도 지느러미도 거대한 고래 같았다. 온갖 번호를 단 푸른색의 고래들이 매끄럽게 치고 빠지는 동안 나는 룸미러와 사이드 미러 사이에서 눈을 굴리느라 바빴다. 고래와 상어, 참치와 가오리들 사이에 자꾸만 등이 터지려 하는 새우쯤 되었을까. 간신히 정신을 차린 새우의 눈에 들어오는 것은 해를 받아 빛나는 흥인지문이었다. 마침 신호 받은 김에 잠깐 숨을 돌리고 있자면 숨 가쁜 눈에도 아름다움이 비쳤다. 몹시도 혼란한 아름다움이었다. 살아남기 위해 오늘도 헤엄쳐야 하는 이곳, 첨벙첨벙 발차기는 계속되었다.

그것은 전쟁터와 다를 게 없다는 직업 전선에서만 통용되는 이야기가 아니었다. 아기와 함께하는 날들은 그보다 상상 이상이었다. 외상후스트레스증후군을 앓는 것처럼 지금도 어떤 시간들은 기억이 잘 나지 않는다. 흐릿하고 희미한 점들만 드문드문 이어진다.


봄과 여름의 경계에 태어난 아기가 병원과 조리원을 거쳐 집에 돌아오니 6월이 코앞이었다. 그로부터 줄

곧 아기와 연결되어 있었다. 정신은 물론이거니와 육체적으로도 꼬옥 달라붙은 상태였다. 지난 9개월 동안 우릴 이어놓은 줄은 끊어진 지 오래인데, 계속해서 함께 묶여 있는 느낌이었다. 아기에게 난 말 그대로의 모선, 마더십(Mothership)이었다. 마더와 십조차도 꼭 달라붙어 있는 것처럼 보였으니 정말이지 단단히 동기화가 된 상태였다.

달이 출근하고 퇴근하기까지의 긴 시간 동안 무엇을 하며 보냈는지 묘연하다. 핸드폰 앨범에 들어가 지난 날을 거슬러 올라가면 아기의 웃고 우는 사진들이 촘촘하다. 그러나 카메라 밖의 내가 어떤 시간을 보냈는지는 알쏭달쏭하다. 아기의 끼니 사이 내 끼니는 흐릿하게 멀어졌고 아기의 잠과 잠 사이 함께 잠들기는 어려웠다. 숨소리가 고르게 이어지면 도둑 걸음으로 방을 빠져나와 요가 매트를 폈다. 요가 동영상을 켜두고 동작을 따라 하려 낑낑거렸다. 무릎 꿇고 앉은 자세에서 상체를 앞으로 밀며 두 팔로 바닥을 받치는 테이블 자세를 할 때마다 손목이 시큰거리는 느낌이 늘었다. 출산과 함께 늘어난 뼈마디가 너 지금 뭐 하는 거냐고 항의하고 있었다. 우울해지려는 마음을 감추며 동영상 속 음성을 따라간다.

"자, 이제 테이블 자세에서 척추를 위로 둥글게 말아올립니다. 정수리는 바닥, 시선은 배꼽을 바라보시고요. 고양이 자세입니다."

나도 열심히 수련을 하고 싶지만 도통 시선이 배꼽에 가 닿지 않는다. 늘어진 티셔츠의 목 부분 사이, 눈앞에 덥석 달려드는 것은 다음 수유를 위해 부풀어오른 가슴이다. 그리고 아직 채 꺼지지 않은 배다. 그렇다고 달라진 몸 구석구석을 살피며 마냥 우울해할 수도 없다. 힝, 히잉, 흐엥. 낑낑거리는 소리가 방 문턱을 넘어서고 있기 때문이다. 영상을 멈추고 달려가야 한다. 저 요구를 들어주어야 한다.

그래서 시간을 쪼개 쓰고 나눠 쓰는 일이 익숙해짐과 동시에 엄청 절실해졌다. 내게 남은 자투리 시간마다 어떻게든 뭔가 해보려 애를 썼다. '죄송합니다. 아기를 돌보느라 아직 다 못 했습니다. 최대한 빨리 해서 보내겠습니다.'라는 메일은 절대 쓰고 싶지 않았다. 원고 마감 기한을 지키기 위해 칭얼대는 아기를 들쳐 업었다. 흥얼흥얼 노래를 부르며 방 안을 서성였다. 눈으로는 써놓은 글을 읽고 한 손으로는 수정할 부분을 찾아 고치고 다듬었다. 출산과 동시에 잊혀지거나 사라지지 않고, 세상 어딘가와 연결되어 있는 느낌은 아주 소중했다.

늦은 밤이나 새벽이라도 아기가 끼잉 하고 꿈틀거리면 나도 벌떡 잠에서 깼다. 제정신이라기보다 정신의 어느 부분에 훅이 걸려 있어 가사 상태의 몸을 잡아채는 느낌에 가까웠다. 영혼 없이 비척비척 걸어가 아기를 살폈다. 그런 시간은 매일 겪어도 늘 새롭게 고통스러웠으므로 아기가 잠들면 모든 소음을 줄이려 애를 썼다. 고양이처럼 아니 잠든 고양이 앞을 지나는 쥐들처럼 까치발을 하고 걸었다. 아기를 깨우는 것은 그 누구라도 용서할 수 없는 일이었다.

피로의 바다를 헤엄치던 어느 밤, 이제는 더 버틸 수 없었다. 음식물 쓰레기를 버려야 하는 한계점에 도달했다. 달은 한 손에 쓰레기 봉투를 들고 조심조심 중문을 열었다. 흘깃 뒤돌아 아기가 자고 있는 방을 바라보는 것도 잊지 않았다. 그리고 현관문 밖을 나가 조심스럽게 문을 닫았다. 위잉 드르륵 철컥 도어락이 안전히 잠기는 소리가 들렸다. 단순힌 우언이었을까, 명백한 실책이었을까, 아기가 깨어 울기 시작했다. 지금의 나라면 이 울음이 잠결에 뒤척이다 내는 소리인지 먼저 살폈을 것이다. 어른의 잠꼬대처럼 아기 역시 뒤척거리며 소리를 낼 수 있으니까. 밖에서 귀를 기울이다가 울음이 진정될 것 같지 않으면 한숨 한 번 쉬고 들어가 아기를 얼렀을 것이다.

그러나 그때의 나는 그러지 못했다. 반사적인 긴장이 누적된 피로와 힘을 겨뤘다. 아기의 울음소리는 드높아지는데 나는 방에 들어가지 않고 서 있던 그곳, 부엌의 싱크대 앞에 그대로 서 있었다. 그냥 멍 하니 서 있기만 한 것도 아니었다. 맨손으로 싱크대 상판을 탕탕 내려치면서 으아아악 소리를 질렀다. 아기가 크게 우나 내가 더 크게 소리 지르나 마치 내기라도 하듯이. 신생아를 키우는 연극 세트장에 선 것처럼 어두운 조명 아래서서 분노에 찬 소리를 질렀다. 덕분에 문을 열고 들어오던 달만 놀라고 말았다.

"이거 너가 내는 소리야?"

눈이 마주치자마자 내게 물었다. 그럼 누가 내는 소리겠냐. 그만큼 들짐승이나 산짐승의 포효, 사실상의 단말마처럼 느껴졌나 보다. 다시금 한바탕 요란한 잠재우기를 마치고 돌아온 달이 널부러져 있는 내게 말한다.

"있잖아. 우리, 선생님 부르자. 당장 부르자."

그래서 선생님은 우리 집에 오게 된다. 아기가 아닌 나를 돌보기 위해, 나를 구하기 위해서다. 선생님은 생존에 필요한 일들을 중요한 순서부터 돕는다. 마치 긴급 파견된 응급구조사와도 같다. 아기의 먹고 싸는 일, 자고 깨는 일과 놀아주는 일까지 세상살이에 필요한 것들을 하나하나 가르쳐준다. 처음엔 모르는 타인이 아기를 품에 안는다는 게 겁도 났지만 충분한 시간이 쌓이고 나자 도리어 주말이 겁나기 시작했다. 그만큼 의지하게 되었다.

엄마도 아닌 할머니도 아닌, 그러나 그 어드메 중간쯤에 있는 아주머니들. 우리는 그분들을 에둘러 친밀한 호칭으로 부르지 않았다. 도우미, 돌보미, 이모님 대신 언제나 꼬박꼬박 선생님이라 불렀다. 낯선 상대에게 거리를 둔 채 사무적으로 부르는 선생님 말고, 진짜 존경을 담아 부르는 '선생님'이었다. 아기가 놀다 잠든 사이, 함께 이유식을 먹이는 사이. 선생님과 나 사이엔 시냇물 같은 이야기들이 졸졸 흐른다. 만나자마자 호구조사를 하려 들거나 반대로 자신의 인생사를 와르르 털어놓는 사람은 경계하기 마련인데 다행히 선생님은 그런 분이 아니었다. 겸손하고 차분한 그러나 낙천적인 사람이었다. 나이대가 비슷했다면 좋은 친구가 되었을 분이다.

그걸 안 것은 나보다 아기가 먼저였다. 정해진 시간이 되면 선생님은 문을 똑똑 두드린다. 나와 놀고 있던 아기는 똑똑 소리에 먼저 나를 쳐다보고, 다시 현관문을 바라본다. 문을 열고 인사를 나누는 사이, 아기는 안전 펜스를 잡고 꺅꺅 소리를 지르고 있다. 엉덩이를 들썩들썩 흔들고 있다. 아직 '선생님'이란 단어를 말하지 못하는 아기는 온몸으로 반가운 인사를 하는 셈이다. 선생님이 옷을 갈아입고 손을 씻는 사이에도, 어서 자기를 좀 보라고 좀 안아달라고 계속 들썩거리고 있다. 온 힘을 다해 좋아한다고, 사랑한다고 말하고 있다. 드디어 만난 둘이서 서로 반가워 얼싸안는 것을 나는 등 뒤에서 흐뭇하게 바라보고 있다.

선생님이 내게 준 것은 자유 그 자체여서 나는 마구 들뜬 상태로 거리를 쏘다녔다. 종로 바닥의 비둘기처럼 신이 난 채로 구구구구 걸었다. 그곳이 어디든 아기 없는 맨몸으로 혼자 걷고 있다는 점이 참 좋았다. 오랜만에 필름 카메라를 꺼내 이리저리 셔터를 누른다. 어느 날엔 다 찍은 필름을 맡기러 또 어느 날엔 고장 난 카메라를 맡기러 다른 날엔 새 카메라를 기웃거리느라 서울 곳곳을 떠돈다. 혼자서 냉면을 호록호록 먹고 서점을 찾아 신간을 훑어본다. 그렇게 나는 조금씩 회복되어 갔다. 어둡고 깊은 우물 밑에서 서서히 살아 돌아왔다.

아기가 처음 맞이하는 스승의 날, 꼭 감사를 표하고 싶었다. 낫 놓고 기역 자는커녕 덥석 달려들지 않으면 다행일 아기 대신 펜을 들었다. 아무 무늬 없는 편지지에 줄을 채워나간다. 사뭇 진지해진 나는 그만 두 장 넘도록 편지를 쓰고야 만다. 다 채운 편지지를 봉투에 넣어 봉하면서 무한한 생산성에 대해 생각한다. 선생님이 들려주는 이야기들 속 지금까지 늘 뭔가를 돌보고 살아온 날들에 대해서 상상한다. 선생님이 이제껏 먹이고 씻기고 입히고 재워서 키운 아기들에 대해서도. 돈을 받고 하는 일이라지만 억만금을 준다고 덥석 할 수 있는 일이 아니기도 하다. 사명과 사랑이 골고루 깃들어야 하는 일임을 가까이 보아서 안다.

열 번이고 백 번이고 반복해 단어를 말해주고, 하면

안 되는 행동과 가면 안 되는 곳들에 대해 반복해 알려
주는 목소리. 아주 작은 나의 아기는 선생님 하시는 말
씀에 차차 귀를 기울인다. 무슨 이야기를 하고 있는지
눈치껏 듣고 있다가 목소리 높여 대답한다. 그리고 의기
양양해진 얼굴로 으쓱해한다. 기뻐하며 뛰고 우쭐거리
며 발을 구른다. 내가 어디에서 뭐라도 쓸 수 있다면, 그
건 모두 선생님의 공이다. 감히 돌려드릴 영광이 있다면
모두 그분 몫이다. 어제 쓴 원고 뒤에 뭐라도 한 줄 덧붙
여 책을 만들 수 있다면 그건 정말 선생님의 한결같은
돌봄 덕분이다. 존경과 감사가 차고도 모자란 일이다.

05

나를 성실하게
만드는 사람

## 세상 모든 부드러운 것의 합보다
## 더 부드러운

달라진 건 너무 많았다. 한참 배가 불러올 땐 튼살이 생기지 않아 다행이라 생각했는데, 낳고 나니 배꼽 근처 희미한 흰 자국들이 남았다. 그래, 배가 그렇게 불렀었는데 아무 흔적이 없다는 건 이상한 일이다. 어디 그뿐이랴. 함께 부풀었던 가슴에도 흰 선들이 남았다. 나뭇잎의 잎맥이나 혈관처럼 뻗은 선들이 유륜을 중심으로 각각 자리 잡았다. 맨몸으로 거울 앞에 서면 잉카의 태양신이 마주하고 있었다. 그것도 하나 아닌 두 개의 태양이 가슴 위로 넘실거렸디. 무소불위의 권위가 흔적으로 남은 거라 생각하는 수밖에. 가히 포유류다운 권위였다.

꽉 찬 3개월 동안 아기를 끼고 안아 젖을 먹였다. 다행히 양도 적당했고 아기도 별다른 어려움 없이 먹어주었다. 조리원에선 물리는 모습이나 먹이는 시간 등을 보고 아주 상태가 좋은 젖이라며 칭찬도 받았다. 젖이라는 호칭에는 많이 당황했고 훌렁 까고 받는 칭찬에는 머쓱해했다. 먹느라 용을 쓰는 것은 아기뿐 아니라서 먹이는 가슴팍에도 땀이 흥건했다. 젖과 땀이 흐르는 골짜기가 여기 있었다.

직접 겪으며 느낀 것은 이게 굉장히 물리적인 감각이라는 거다. 자던 아기가 깨어 낑낑거리며 운다. 작은 위가 텅 비어 배가 고프다고 울어대는 소리다. 정해진 시간이면 애앵 하고 울리는 사이렌인 셈인데 사실 나는 시계를 보지 않아도 알 수 있다. 아기의 밥 시간이 가까워 오면 가슴이 묵직하고 단단해진다. 피부가 팽팽하게 당겨질 정도라 푸르스름한 혈관이 비쳐 보이기도 한다. 그러다가도 새끼 제비처럼 입을 벌리는 아기에게 젖을 물리면 싸르르 풀리는 느낌이 든다. 시원하고 홀가분한 느낌이다.

여기까진 이해가 가는데 진짜 당황스러운 것은 지금부터다. 아기가 물지 않은 다른 쪽 가슴에서도 방아쇠를 당기는 듯한 감각이 온다. 탕, 그러곤 젖이 흐르기 시작한다. 당연히 속옷이 젖고 겉옷도 젖는다. 매번 수유할 때마다 옷을 갈아입을 수 없으니 수유 패드라는 게 있다. 브래지어의 안쪽에 붙이면 흘러나오는 젖을 흡수해준다. 이런 게 있다는 것을 아기를 낳고 나서 처음 알았다. 수유를 마치고 그 사이 깜빡 잠들어버린 아기를 내려놓고 속옷을 정리한다. 흐르고 튄 젖을 닦아내고 축축해진 수유 패드도 바꿔 끼운다.

분유가 없던 시절의 아기들은 어떻게 살아남았을까? 배곯는 아기를 살리기 위해 철철 흘러 남는 젖을 나눠주고 그런 젖을 찾아 젖동냥을 다니고 그랬겠지. 분명한 것은 그냥 신체 기관으로서 존재하던 내 가슴이 각기 다른 역할들을 지나왔다는 거다. 섹슈얼한 대상에서 오직 이타적인 기관으로 거듭나는 순간까지 그걸 버틴다고 해야 할까 해냈다고 해야 할까. 아무튼 그 시간이 지나고 나면 가슴엔 훈장과 같은 태양신이 남게 되는 거다. 낮이나 밤이나 두 눈 부릅뜨고 이글이글하도록.

더불어 배꼽 아래론 가로로 붉은 흉이 남았다. 깜빡 눈 감은 사이 메스가 지나간 흔적이다. 감히 쳐다볼 엄두도 못 내는 시간이 흐른 다음, 매일 밤 잠들기 전 연고를 발라주었다. 연고 위로는 두툼한 흉터방지용 테이프도 붙여두었다. 병원에서 말한 기한이 끝난 다음부터는 연고도 테이프도 붙이지 않았는데 뭔가 이상했다. 살이 차오르는 느낌, 더 정확히 말하자면 흥이 차오르는 느낌이 들었다. 깜쪽같이 없어지는 것은 애초에 바라지 않았건만 부풀어 오르는 것만은 정말 원치 않았다. 무엇보다 남의 살을 만지는 듯한 괴이한 감각이 아주 마음에 들지 않았다.

얼떨떨한 기분으로 검색을 해보니 절개 흉터에 켈로이드 증상이 나타날 수 있다고 했다. 경험자들은 붉게 부푼 흉터를 '지렁이'라고 불렀다. '지렁이'는 그 이름답게 날이 꾸물꾸물하니 흐린 날이면 더 가렵고 부푼 듯한 느낌을 준다고 했다. 상처나 흉터, 피 이런 사진이나 영상을 잘 보지 못해 먼 산 바라보듯 멍한 눈을 하고 스크롤을 내린다. 그럼에도 몇몇의 이미지가 눈에 걸린다. 정말 비 온 다음 날 마주치는 지렁이처럼 생생하고 통통한 흉터들이다. 사실적인 사진 밑엔 경험자의 간곡한 한 마디가 덧붙어 있었다. 그냥 두면 더 심해질 수 있으므로 병원을 찾아 주사를 맞으라고 했다. 스테로이드 주사로 상태 악화를 멈추게 할 수 있다고. 그래, 답은 정해졌다. 병원에 가면 된다. 그런데 대체 언제? 언제 병원에 갈 수 있는 거지?

출산 후 산부인과를 퇴원하며 작은 수첩을 하나 받았다. 거기엔 아기의 신상 정보가 쓰여 있다. 이름 칸엔 아직 정하지 않은 이름 대신 태명이 들어 있다. 태어난 날짜와 시각, 키와 몸무게, 건강 상태도 쓰여 있다. 그리고 앞으로 맞게 될 무수히 많은 예방접종의 목록도 있다. 예방주사를 맞아야 하는 날, 떨리는 마음으로 병원으로 향한다. 카 시트 안 아기는 아무것도 모를 테지만 동행하는 우리는 몹시 떨고 있다. 아기의 접종을 마치면 나도 산부인과 진료를 볼 참이다. 출산 후 제대로 잘 회복되었는지 상태를 확인하는 진료다. 더불어 배에 남은 흉터에 관해서도 여쭐 참이다. 마음을 단단히 먹고 왔다. 병원에 도착해 달과 아기를 남겨두고 나는 계단 한 층을 더 오른다. 소아청소년과의 위층에는 아기를 낳은 산부인과가 있다. 아기를 낳으러 갈 때만큼은 아니지만 적잖이 긴장한 상태다.

다행히 몸 상태는 비교적 잘 회복되었다고 한다. 그나마 다행이다. 나는 속사포처럼 말을 잇는다. 제왕절개 흉터가 계속 부푸는 것 같아 걱정이 된다고. 선생님께선 흉터를 한번 보자고 하시더니 고개를 살짝 숙인다.

"음, 여기에 스테로이드 주사를 맞아서 모양 변형을 늦추거나 멈추게 할 수는 있어요. 하지만 이미 생긴 모양을 사라지게 하는 것은 어려워요."

좋아요, 좋아요. 그게 뭐든 좋으니 저를 돌보아 주세요. 내 마음은 이미 주삿바늘 아래 누웠는데, 선생님께선 다시금 고개를 갸웃거린다. 그 시술은 성형외과나 피부과에 가서 받는 게 좋을 것 같다고 말한다. 나의 마음은 몹시 다급해진다.

"저 종일 아기 돌보느라 병원 찾아서 갈 시간이 없어요. 오늘 온 김에 꼭 해야 해요. 여기서 할 수 없을까요?"

선생님은 고개를 들어 나를 바라보더니, 알겠다며 우선 나가서 대기하고 있으라고 한다. 네, 네, 선생님. 감사합니다. 나는 연거푸 인사하며 진료실을 빠져나온다.

이제 내가 가야 할 곳은 다시 한 층 위다. 어디로 가야 하나 살짝 헤매고 있는데 간호사 선생님이 나타나 수술실로 안내한다. 선생님이 올라올 때까지 여기서 기다리면 된다고 한다. 아기를 낳으러 들어갔던 그곳 침대에 다시 눕는다. 그때처럼 정신이 혼미하진 않지만 밝은 수술등 아래 누우니 꽤 긴장이 된다. 어느새 내 배 위로 초록의 수술용 천이 덮인다. 문득 밀려오는 기시감에 눈동자가 방황한다. 그러는 사이 간호사 선생님들은 주사액을 체크하고 바늘도 준비해둔다.

"어느 선생님이 하셨어요? 상처가 안 길고 깨끗하네."

이런 말들도 주고받는다.

이윽고 의사 선생님이 올라와 준비해둔 주사기를 받아든다. 그리고 설명한다.

"이게 흉터에 약물을 조금씩 주입하는 거예요. 많이 따끔할 수 있어요."

네, 나는 눈을 들어 저 멀리 허공을 응시한다. 따끔합니다란 말과 함께 정말 따끔한 아픔이 느껴진다. 단순히 따끔하다기보단 불쾌하고 불편한 느낌이 한가득이다. 그도 그럴 것이 다 아물지 않은 흉터 위에 놓는 주사이만큼 부풀어 오르는 자리를 씰러대고 있다. 선생님의 손은 섬세하고 꼼꼼하게 내 흉터 위를 지난다. 꼭 미싱바늘 같다. 그 기분 나쁨을 겨우 참아내고 있는데 선생님께서 말씀하신다.

"자, 다시 한번 더 놓을게요."

온 방향과 반대로 박음질이 한번 더 시작된다. 뭐라도 잡을 것이 있으면 좋으련만, 나는 둘 곳 없는 손을 마주 잡고 끙끙댄다. 그 기분 겪어보지 않으면 몰라. 임신과 출산 과정에서 느끼는 고통은 모두 그러했다. 굉장히 보편적인데 지극히 개인적인 고통이 되고야 만다. 원래 그렇대, 다들 그렇대로 수렴하는 고통들이다.

손목, 허리, 목과 어깨의 아픔은 그에 비하면 은은할 정도다. 잔잔하고 나른해서 낮잠이 올 정도다. 뻥이다. 그럴 리 없다. 내 안의 많은 것을 녹여내 한 사람을 만들어냈다. 뭔가 빠져나가도 한참 빠져나갔을 것이다. 조그마한 아기의 더 조그마한 손이나 발, 코나 볼처럼 도드라진 부분을 보고 있으면 쉽게 설명하기 힘든 기분이 들었다. 어떻게 저게 생겨난 거지. 뭘로 만들어낸 거지. 배냇짓인지 찡긋 웃을 때면 아래턱 구석에 옅은 보조개가 생겨났다 사라진다. 여태껏 땅을 밟아보지 않은 발엔 굳은살도 하나 없다. 아직 한 번도 기어보지 못한 무릎팍도 마찬가지다. 통통한 엉덩이와 다를 것 없이 동

그렇고 말랑말랑하다.

조심스레 손을 대보면 댈 때마다 놀라웠다. 세상 모든 부드러운 것의 합보다 더 부드러운 살결이라니. 아기의 보드라움에 비하면 찹쌀떡도 거칠다. 그 촉감을 무엇에 비유할 수 있을까. 크나큰 통에 가득 채운 우유를 한참 저으면 이런 느낌이 될까. 처음 만든 순두부의 촉감이 이러할까. 부드럽고 촉촉하며 따뜻하고 향긋한 냄새를 풍긴다. 갓 태어났을 때 금빛이던 눈썹은 조금 짙어져 옅은 갈색이 되었고 손톱과 발톱도 희게 자라난다. 이제 자기도 사람이라는 것인지 우습고도 귀엽다. 아기는 아직 제 팔이 무엇인지 주먹이 무엇인지 하나도 모른다. 모르는 채로 마구 휘두르다 얼굴에 생채기를 내기도 한다. 그래서 작은 손의 더 작은 손가락, 그 위에 자리한 작은 손톱을 잘라줘야 한다. 조심스레 손톱을 자르면 또각, 하는 소리조차 나지 않는다. 손톱마저도 종잇장처럼 얇고 부드러워 그렇다.

그런 아기를 안고 있노라면 부드러움의 정반대인 것들, '날가롭고 뾰족하고 예리한 모든 게 두려워졌다. 아기는 이렇게 작고 말랑한데 혹시라도 나쁜 일이 생기면 어떡하지. 정작 아기는 제 누운 자리에서 몇 센티도 혼자 움직이지 못하는데, 눈 닿는 곳의 위험 요소들을 찾느라 바빠진다. 우연히 접한 뉴스 헤드라인에 불길한 상상들이 모락모락 피어오르려 한다. 불안과 공포가 피곤에 겨운 나를 쿡쿡 찔러댄다. 그런 일이 생기면 어떡할래? 만약에 그렇게 되면 어쩌지? 답을 찾아내고 굳건히 결심하기도 전, 마음속 차단기가 덜컹 내려간다. 일말의 상상도 싫어. 그런 일은 일어나지 않을 거야. 무서운 일은 생기지 않아야 해. 계속 되뇌이게 된다.

코코 잘 자라고 들쳐 업고서도 '업어 가도 모를 정도로 잔다.'라든지 '업은 아이 3년 찾는다'라든지의 말이 떠오른다. 아기의 행방을 찾아야 한다는 생각만 들어도 마음이 철렁해 속담까지 미워진다. 그러니 '죽은 듯이 잔다'는 비유엔 등골이 서늘할 수밖에 없다.

업힌 채로 잠든 아기를 토닥거리다 보면 이제는 그리스 신화까지 생각이 미친다. 테티스가 갓난아기인 아킬레스를 저승의 강에 담가 무적의 몸으로 만들었다는 이야기를 생각한다. 아기를 잡느라 강물에 적시지 못한 발목만이 아킬레스의 약점으로 남은 것도 떠올렸다. 나라면 잠시 아기를 물에 띄웠을 거야. 먼저 뒷면을 다 적신 다음 엎어서 몸 전체를 담글래. 발목은 물론 손가락 사이와 귀 뒤와 목 뒤의 옴폭한 곳도, 머릿결 안 속속들이까지 강물에 적실래. 그래서 아기를 지킬 수 있다면 얼마든지 그리 할래. 아마도 호르몬이 부추겼을 마음들이다.

　백일 이전의 아기를 돌보던 때, 마음속에선 자꾸만 사이렌이 울리고 차단기가 내려갔다. 오직 본능만이 진하게 남아 아무때나 눈을 부릅뜨게 했다. 몸도 다 추스르지 못한 채 다가오는 모든 기척에 으르렁거리는 어미 짐승 같았다. 그럴 땐 포옹만이 위로가 되었다. 낑낑거리며 파고드는 아기를 안고 집 안을 가만가만 걸었다. 잘 잘 수만 있다면야 얼마든 걸을 수 있다. 아주 오래된 자장가를 나도 모르게 따라 부른다. 기억 나지 않는 시절, 나도 엄마 품에 안겨 여름날 낮잠을 자곤 했겠지, 생각하며 품 안의 아기를 내려다본다. 정수리 부분의 머리칼이 내쉬는 숨에 맞춰 솟아오르고 가라앉는다. 이마엔 땀이 송송 돋아나고 잠든 아기는 점점 따끈따끈해진다. 쏙 맞닿은 우리의 가슴팍이 함께 데워지고 있다. 아기가 태어나 처음 맞는 여름, 우리가 함께 맞는 첫 계절이다.

나라면 잠시 아기를 물에 띄웠을 거야.

먼저 뒷면을 다 적신 다음

엎어서 몸 전체를 담글래.

발목은 물론 손가락 사이와

귀 뒤와 목 뒤의 옴폭한 곳도,

머릿결 안 속속들이까지 강물에 적실래,

그래서 아기를 지킬 수 있다면

얼마든지 그리 할래,

## 떠나고 돌아오기

여름은 역시 특별한 계절이었다. 저 멀리 떠오르는 커다란 구름과 넘실넘실 밀려오는 파도. 젖은 손으로 모래사장에 그림을 그렸다. 나는 한 번 두 번 세 번, 자꾸만 물속에 뛰어들었다. 알록달록한 수영복과 파라솔, 얼룩덜룩하게 타기 시작한 얼굴까지 모든 것이 여름다웠다. 모두 깔깔거리느라 정신이 없는데 장면이 전환된다. 갑자기 동생이 아픈 것 같다며 응급실에 가야겠다고 엄마와 아빠가 자리를 뜬다. 동생은 갓난아기 티를 막 벗어났지만 그래도 아직 아기다. 나를 제외한 셋이서 서둘러 병원으로 향하는 사이 나는 함께 여행을 간 다른 가족들에게 맡겨졌다.

꼬마들은 바다에 들어가 나올 줄을 몰랐다. 막 튀겨낸 두툼한 돈까스를 하나씩 입에 넣어줄 때만 잠시 나왔다 다시 들어갔다. 입을 우물거리며 바닷물 안에서 점프를 했다. 해가 뉘엿뉘엿 지기 시작하는데 엄마와 아빠, 아기는 아직 돌아오지 않았다. 마음에 살짝 두려움이 일었다. 여기 이곳에서 나 혼자가 되면 어쩌나? 고작 여섯 살이었으니 충분히 그럴 만했다. 다행히 아기는 무사히 돌아와 다시 아기답게 울어대며 논다. 그래서 그 뒤로도 여행은 이어진다.

온갖 산과 계곡, 들과 바다, 심지어 국립공원이라도 취사와 숙박이 가능하던 시절이었다. 커다란 아이스박스에 말 그대로 며칠치의 식량이 들어간다. 자루째 실은 쌀과 얼음팩 사이사이 과일과 고기, 김치와 채소가 자리잡는다. 우리의 작은 차 포니는 달리는 냉장고가 된다. 여러 번 접고 접은 전국 지도 한 장에 의지해 국도를 달린다. 그 여름을 강타한 댄스음악과 함께니 이보다 즐거울 수 없다. 이건 지하철 역 앞 리어카에서 산 컴필레이션 테이프니까 믿고 들어도 좋다. 형광 색지 위 손글씨로 써 내려간 인기 순위는 만인의 가슴을 저격했다. 아니, 이미 만인의 가슴을 저격했기에 소중한 테이프로

탄생할 수 있었다. 이번 여름 가장 신나는 노래를 한마음으로 따라 부른다. 질겅질겅 마른 오징어를 문 채로.

아빠는 집에선 손 하나 까딱 안 하던 일들을 나와선 잘했다. 계곡에 도착하면 제일 먼저 맞춤한 자리부터 찾았다. 물가에서 적당한 거리에 평평한 곳을 찾아 텐트를 쳤다. 야외에서 마련하는 잠자리는 결국 균형점 찾기의 문제인데 아빠는 기가 막히게 균형을 잡았다. 굴러다니는 돌 무더기에서 딱 맞는 돌을 찾아와 꼭 필요한 곳에 괴었다. 그럴싸한 캠핑 장비 없이도 편안히 잘 수 있던 까닭은 그 덕이었을까.

어디 그뿐이랴. 강가에 웅덩이를 하나 만든다. 돌을 괴어 만든 작은 우물인 셈이다. 거기에 참외며 맥주며 콜라를 띄워 놓으면 강물이 찰랑찰랑 드나들며 한여름의 열을 식힌다. 버너며 도마도 쓰기 편하도록 뚝딱뚝딱 간이 부엌을 만든다. 둥근 코펠의 손잡이를 착착 펴서 밥을 안친 다음 알맞은 돌을 올려 놓고 뜸을 들인다. 다른 코펠에선 찌개가 끓고 삼겹살도 지글지글 익어간다. 웅덩이에서 꺼낸 맥주도 콜라도 알맞게 '히야시' 되어 있다. 아이도 어른도 잔을 들어 짠! 외친다.

모름지기 여름휴가란 이렇게 보내는 법이라는 듯, 밤이면 기다렸다는 듯 별이 뜨고 돌을 모아 만든 화덕엔 모닥불이 일렁거린다. 불을 바라보고 있노라면 꼬마의 마음에도 우수가 드리운다. 먼 옛적 무리지어 동굴에 살던 때도 그랬겠지. 이곳은 따뜻하고 안전한 곳, 마음을 내려놓고 쉬어도 좋은 곳이란 안식이 찾아온다. 불가에 둘러앉은 이들은 손을 쬐고 발을 쬔다. 의미 없이 나무 막대기를 휘젓다 불 안에 튕겨 넣는다. 불씨가 날아오른다. 타닥, 타다닥. 여름밤이 지나는 소리다.

입술이 보라색이 되도록 물속에서 놀다가 너럭바위에 올라 수박을 물었다. 벌건 국물을 뚝뚝 흘리다 끈적거리는 손을 닦고 다시 물에 들어갔다. 이건 분명 휴가인데 전지훈련을 간 것처럼 임하는 사이, 자맥질을 하다 누군가의 샌들이 덜렁 벗겨진다. 샌들은 바위와 바위 사이 희게 솟아오르는 소용돌이 따라 멀어져 간다. 잘하면 잡을 수 있을 것 같은데, 조금만 빠르면 낚아챌 수 있을 것 같은데 좀처럼 잡히지 않는다. 야속하게도 샌들은 저 멀리로 떠내려 간다.

물속에서 잡히지 않던 것은 샌들뿐 아니다. 엄마

는 한여름의 계곡에서 목숨을 잃을 뻔한 적 있다. 수영을 하지 못하는 엄마지만 그렇다고 무턱대고 스릴을 즐기는 타입도 아니었으니, 그건 순전히 갑자기 깊어지는 지세와 세차게 흘러가는 물살 때문이라 하겠다. 허우적거려도 발이 닿지 않자 와락 공포가 밀려들었다. 그 때문에 엄마의 몸은 더욱 굳었다. 열심히 물 밖으로 손을 뻗어 누가 봐주기만 기다리던 짧은 순간, 이 물장구가 장난으로 보이지 않기만 바랄 뿐이었다. 다행히 물가에 앉아 있던 아빠가 바로 물속으로 뛰어들었다. 언제나 빳빳하게 고개를 들고 사지만 열심히 움직이던 개헤엄 실력으로 엄마를 구해 나온다. 그건 오래된 청춘 영화의 한 장면 같았을까. 사실 진부한 게 가장 진실에 가깝기도 하다.

　이런저런 위기를 겪었으나 가까스로 무사할 수 있었다. 짝짝이 신발을 신고 절뚝절뚝 짐을 챙긴다. 사각사각 소리를 내며 코펠 그릇들이 부딪치고, 얇디 얇은 플라스틱 소주잔이 파삭 부서진다. 튜브에 올라타 마지막 바람을 빼고, 널어놓은 수영복의 물기를 한번 더 턴다. 아직 휴가의 에피소드는 다 끝나지 않았다. 나는 어찌된 일인지 벌에 쏘이는 바람에 모두에게 웃음을 준다. 윗입술이 팅팅 부어올라 입을 제대로 다물 수 없다. 헤어지기 전 마지막 찍은 단체 사진에서 나는 어딘가 뾰로퉁, 아니 대놓고 뾰루퉁한 얼굴을 하고 있다. 아무리 속눈썹 앞까지 여름 해가 들이쳤다 해도 쉽게 지을 수 없는 표정이다. 사실은 아닌데, 정말 정말 재미있었는데. 꼭 다시 가고 싶은데. 그해의 여름은 총천연색의 기억으로 남았다.

아빠와 여행을 다시 간 것은 중학교 겨울방학 때였다. 우리가 먼저 가자고 했을 리는 없으니 아빠가 먼저 제안을 했던가. 나와 동생과 아빠 셋이서 여행을 가기로 했다. 2박 3일짜리 짐을 꾸려 떠난 여행의 특별한 목적은 없어서 바다를 따라 북으로 북으로 달린다. 아빠는 자연휴양림의 숙소를 예약했다고 한다. 그게 뭐야? 물으니 동화책에 나올 것 같은 통나무집에서 잔다고 했다. 셋은 조용한 드라이브를 한다. 여름휴가처럼 테이프를 틀고 노래를 부르진 않았다. 오른편 차창 너머론 줄곧 파도가 치고 있다.

달리고 달려 영덕에 도착했다. 총천연색의 불빛을 단 가게들 간판엔 '대게'란 글자가 쓰여 있다. 셋이서 어정어정 걷다가 어느 가게로 들어가 자리에 앉는다. 막 쪄내온 대게 다리를 잡고 살을 샅샅이 발라내던 저녁, 내 기억은 거기까진데 나중에 듣기론 이랬다. 우리가 조용히 저녁을 먹고 있는 걸 보고는 주인 아주머니께서 작은 게 한 마리를 더 주었다고 한다. 나름 짠해 보여서 그런 모양이라며 아빠는 회상했다. 그때의 우리가 짠해 보였나? 어떤 눈치라도 챈 걸까? 어딘가 모르게 안쓰러워 보이는 셋은 휴양림으로 향한다. 울퉁불퉁한 산길을 오래 달려 도착해보니 동화책 속 통나무집이란 말은 맞았다. 동화에도 여러 장르가 있으니까. 흰 등불 아래 채널이 몇 개 나오지 않는 티비와 든 것 없는 냉장고, 신발장 옆엔 터무니없이 긴 구둣주걱과 먼지가 뽀얗게 낀 소화기가 있다. 내 기억은 다시금 거기까진데 아빠는 더 많은 걸 이야기해준다. 그 밤은 몹시 추웠다고. 겨울 산의 추위에 비해 미약한 난방, 그것도 여행이라고 곯아떨어진 두 아이를 데리고 자는 밤. 잠든 우리를 보며 아빠는 무슨 생각을 했을까. 나는 짐작할 수 없다. 그 지점은 아직 내가 가보지 못했다.

　함께 떠나지 않았으나 함께 다녀온 것만 같은 여행

도 있다. 아빠의 환갑을 기념하여 두 분은 엄마가 원하는 곳으로 여행을 다녀왔다. 문장이 아이러니한데 어떻게든 뜻이 통하긴 한다. 사실 엄마도 여행을 원했다기보다 내가 우겨서 보내드린 것에 가깝다. 멋진 곳에 보내드리고 싶은데 예산은 한정적이니 가성비를 좇는 여행이 되어버렸다.

"이탈리아 어때? 좋지? 좋지?"

"뭐, 그래. 우리는 어디든 좋지. 근데 많이 비싸지 않겠나?"

"그럼 내가 한번 알아볼게."

사이트를 누비며 열심히 손품을 판다. 일주일이면 한 도시에만 쭉 머물러도 좋겠지만 여행사 상품엔 그런 게 없다. 일주일 안에 길쭉한 이탈리아 반도를 모조리 찍을 기세다. 좀 피곤하겠지만 이동할 땐 전용 버스로 실어나른다 하니 중간중간 쉴 수 있지 않을까. 고민 끝에 이탈리아 일주 여행 상품을 예약하고 아빠와 엄마의 여권번호도 입력해두었다.

출발을 얼마 앞두고서 여행사에서 연락이 왔다. 해당 상품은 최소 모집 인원에 도달하지 않아 취소될 예정이라고 했다. 대신 같은 일정으로 떠나는 상품이 있다

며 이탈리아와 스위스를 묶은 여정 소개를 한다. 나는
다시 둘의 의사를 타진해본다.

"스위스? 뭐, 우리는 다 좋다."

"알았어. 그럼 이걸로 한다."

그래서 11월, 가을과 겨울 사이의 비수기에 둘은 떠
난다. 배웅하기 전 일정 안내에 적혀 있던 여러 옵션들
의 가격을 더해본다. 베네치아 곤돌라 얼마, 미니 밴 투
어는 또 얼마 하며 모조리 합해 그 비용만큼을 봉투에
챙긴다. 혹시나 가격에 쭈뼛거리며 하고 싶은데 못 하는
일이 없길 바라는 마음에서다. 다른 일행이 돌아오길 기
다리다가 길을 잃거나 소매치기를 당하거나 하지 않길
바라는 마음도 있다.

"길거리에서 가방이랑 핸드폰 조심하고, 모르는 거
나 궁금한 거 있으면 인솔자한테 물어봐요. 사진 많이
찍어서 보내주고."

"알겠다. 고맙다. 잘 다녀올게."

수학여행 가는 날, 용돈 쥐어주며 선생님 말씀 잘
듣고 친구들이랑 재미있게 놀다 오라며 말하던 것과 무
엇이 다른가 싶다.

비수기답게 비가 부슬부슬 내려서 보내오는 사진

속 배경은 차분하고 잔잔하다. 스위스 산악열차에서 만난 그해의 첫눈 사진도 보내온다. 인솔자나 일행과 떨어져 길이라도 잃을까 봐 걱정했던 것은 역시 내 기우였다. 집합 시간 전 짬을 내어 둘은 동네의 작은 시장도 다녀온다. 평범한 풍경들에 감탄을 하고 천막 아래 선 좌판에서 과일도 산다. 하루 일과를 마치고선 호텔 앞 작은 술집을 찾아가 무슨 말인지 모르는 메뉴판에서 오직 감으로 때려 맞혀 와인 한 잔도 시켜본다. 돌아와선 그런 사소한 순간들이 여행의 재미였다고 회상한다. 나는 마음 깊이 뿌듯함을 느낀다. 나중에 더 좋은 곳, 멋진 곳 많이 가자. 어릴 때 엄마와 아빠가 내게 했던 약속을 이제 내가 청하고 있다. 언젠가는 이런 순간이 올 것이라 생각했지만 상상보다 빨리 왔다. 그건 내 마음을 살짝 기쁘고 또 아프게 한다. 우리의 다음 여행은 어디가 될까.

집 아닌 곳에서 머물며 맛있는 것을 먹고 밀린 이야기를 나누는 것이 여행이라면, 우리가 함께한 돌잔치도 여행일 것이다. 아기가 무사히 1년을 살아낸 것을 축하하기 위해 첫 번째 여행을 떠나기로 한다. 아기는 그간 서울을 떠나본 적이 없다. 그저 동네만 고만고만 돌아다니는 사이 해가 지고 바람이 불고 눈이 퍼붓고, 여름 가을 겨울 봄, 1년이 훌쩍 지났다. 아기도 우리도 또 부모님들도 모두 정성을 기울인 시간이었다. 누워서 버둥거리기만 하던 아기가 벽을 잡고 아장아장 걷고, 무엇이든 잡아 만져보고 싶어 하고, 제 딴에 웃긴 일이면 깔깔 웃음을 터뜨릴 만큼 컸다. 모두에게 축하를 전하고 또 받고 싶은 마음이 들었다.

각자의 거리를 고려하여 바다와 마주한 숙소를 예약했다. 2박 3일의 일정 동안 그곳으로 손님들이 온다. 하루는 달의 부모님, 하루는 우리 부모님이 함께 자고 갈 계획이다. 체크아웃과 체크인 사이 겹치는 시간, 그때 돌상을 차리고 돌잡이를 한 후엔 같이 사진을 찍고 점심을 먹는다. 계획은 그리 세워놓고 하나둘 잔치 준비를 한다. 필요한 준비물의 목록을 적은 다음 공평히 나눠 부탁드렸다. 과일을 부탁드리고 떡을 부탁드린다. 케이크는 우리가 준비하겠다고 말한다. 돌잔치엔 역시 돌잡이 이벤트가 필요한 법이니 돌집이 품목들을 각자 하나씩 준비해 달라는 부탁도 전한다. 과연 어떤 물건들이 등장할까? 아기는 그중 무엇을 잡을까?

여기까지 정한 다음 머릿속으로 아주 여러 번의 시뮬레이션을 돌린다. 난생 처음 기차를 타고 2시간 40분을 가는 여정이다. 아기의 끼니는 우리보다 촘촘하기에 그 안에 이유식도 먹어야 하고 우유도 먹어야 한다. 원래는 우유 대신 분유를 먹어왔지만 기차간 안에서 분유를 탈 자신은 자꾸만 줄어든다. 짐은 단촐하게 두 손은 되도록 자유롭게, 그간 아기와의 나들이에서 얻은 교훈을 바탕으로 여러 선택지를 점검해본다. 40도에 맞춰 보온병에 담아간 물에 분유를 타서 먹이는 대신, 우유를 먹여보기로 한다. 적응을 위해 아기는 출발 보름 전부터 우유 마시기 연습을 한다. 처음엔 안 마시겠다며 울더니 이것도 맘마라는 것을 깨닫고는 꿀꺽꿀꺽 잘 마시기 시작했다. 그러니 잔치를 위해 아기도 준비한 바가 있는 셈이다.

엄연히 좌석이 있으나 아기의 지루함을 덜기 위해, 정확히 말하면 분통 터뜨리며 울어 시끄럽게 하는 것을 막기 위해 우리는 계속 걷는다. 10킬로그램의 아기를 안고 기차간과 기차간을 연결하는 통로 사이에서 맴을 돈다. 저기 봐, 하고 둥근 창 너머 빠르게 스치는 나무들을 가리키기도 하고 연두로 무성한 논과 밭을 바라보기도 한다. 아기는 그보다 조금 더 가깝고 사실적인 것, 이를 테면 음료 자판기의 버튼이나 화장실 문의 손잡이를 만져보고 싶어 한다. 원래 쉽게 허락할 수 없는 것에 더 마음이 끌리는 법이니까.

"그건 지지야, 더러워."

허공을 휘젓는 손을 슬쩍 말아쥐고 관심을 다른 곳으로 돌리려 애쓴다. 내리는 문 옆의 접이식 의자에 앉아 이유식을 먹여보기도 한다. 다행스럽게 입을 벌리곤 원래 먹던 양보단 적으나 그래도 끼니답게 먹는다. 어르고 달래며 숟가락을 들이밀고, 흘리는 것들을 닦으며 객차의 문을 열고 나오는 이와 들어서는 이들의 눈길을 받는다. 승무원이 지나가며 맘마 잘 먹네 하고 칭찬해주기도 한다. 식사 시중을 마치고 한숨 돌리며 시계를 보니 이제 대전이다. 고작 대전이라니, 이제 믿을 것은 속담 하나밖에 없다. 미친 개가 짖어도 기차는 간다는 속담. 문득 이게 속담이 맞나 싶지만.

2박 3일은 쏜살같이 흘러간다. 아기는 1년 사이 배운 재롱을 뿅뿅 선보인다. 아주 오랜만에 보는 할머니 할아버지에게 환한 웃음을 짓는다. 등에도 덥석 업혀 좋다고 두 발을 굴러댄다. 수박과 참외, 시루떡에 수수경단과 케이크, 청포도, 파인애플도 알맞게 자리잡은 돌상이다. 이제 각자 가져온 돌잡이 아이템을 꺼낼 차례다. 청진기와 판사봉, 골프공과 마이크 그리고 금화 모양의 초콜릿까지. 너무나 세속적인 아이템들 사이에서 나는 명주실을 올릴 수밖에 없었다. 엄마가 되고 보니 마음이 그렇다. 아무것도 바라지 않고 그저 무병장수하길 바라는 마음뿐. 아기 앞에 쟁반을 가져가니 제법 뭘 알고 그러는 것처럼 고심하는 표정이다. 올려놓은 것들을 살짝 살짝 건드려 본다.

"손만 대는 건 무효고 완전히 잡고 들어야 인정입니다."

나도 모르게 이벤트 사회자 같은 멘트를 친다. 아기는 모든 아이템들을 한 번씩 건드리더니 결국 금화 초콜릿을 집어든다. 와르르 웃음이 터져 나온다. 잡은 것은 입에 가져가야 직성이 풀리는 아기인 만큼 초콜릿 역시 한입 물어보았고, 그 모습은 마치 금메달리스트의 자랑스러운 포즈 같아서 두 번째 웃음이 터져 나온다.

나는 제일 먼저 명주실에 손을 댄 장면을 마음에 묻어둔다. 네가 무엇이 되든 되지 않든 엄마는 좋아, 건강

하고 행복하게 자라만 다오. 이런 소박하고 절실한 마음은 1년 아기를 키워보았기에 드는 것 같았다. 그사이 쌓인 정이 있어 드는 마음이란 생각과, 고작 1년 키워 놓았기에 이 정도 바란다는 생각까지. 더 자라면 나도 모르게 뭔가 자꾸 기대하고 기다리게 되는 것이 아닐까. 그런 생각들이 왁자지껄한 가운데 몰래 튀어 올랐다.

짧아도 여행은 여행이다. 가끔 마주치는 어려움과 그에 딸린 당황함은 바닷바람에 지워진다. 걱정은 나만 했고 시시하게 사라졌다. 아기는 숙소에서 빌린 유아차에 앉아 본격 산책에 나선다. 우리는 우리대로 밀린 이야기를 나누는 사이 웃음이 파도처럼 다가왔다 멀어진다. 그 소리가 정다웠는지 아기의 고개는 스르르 기운다. 유아차 각도를 최대로 젖히고 얇은 담요로 그늘을 만들어 그렇게 동백섬을 돈다. 한 바퀴는 아쉬워 두 바퀴를 돈다. 아기는 새근새근, 섬집 아기의 아기처럼 잘도 자다가 다시 섬의 입구에 다다르자 그제야 낑낑대며 일어난다. 이제 짐을 꾸려 다시 기차를 탈 시간, 우리의 짐은 놀랍게 줄어 있었다. 한 뭉치 가져온 기저귀와 이유식을 잘도 소진한 결과다. 여러모로 가벼운 몸과 마음으로 기차를 탄다. 일요일 오후의 상행선은 만석이다. 아기를 꼭 붙들어 안은 채로 도시들을 지난다. 동대구, 대전, 광명 그리고 아직 멀고 먼 서울. 북적거리는 가운데 편히 잠을 청하기 어려웠는지 아기는 칭얼거린다. 피곤에서 잠으로 넘어가는 그 순간이 어려운 듯했다. 생각 끝에 종이를 접어 얼굴 위를 가려주니 이마와 콧잔등 그리고 입술 위로 얇은 그늘이 내린다. 스르르 내려간 속눈썹을 바라볼 때, 마음에 스며드는 평안함과 달리 내 발은 쉬는 법이 없다. 제자리걸음이라도 계속해 일정한 리듬을 만들어준다. 다시 차창을 바라본다. 나무가 흔들리고 들과 산이 멀어지고 이내 아기가 잠든다. 안도의 한숨을 쉰다. 1년이 이리 흘렀다.

# 넌 절대 아프면 안 돼

이 말만은 진심이다. 연애부터 하면 11년째 옆을 지키고 있는 사람, 남편의 얼굴을 바라보며 말한다. 어조는 단호하고 톤은 분명해 달콤하고 애틋한 분위기는 찾으려야 찾을 수 없다. 이어 말을 덧붙인다.

"내가 네 수발까지는 못 들지. 그러니까 절대 아프면 안 돼."

상대의 안위와 안녕을 걱정한다기보다는 2교대 근무 스케줄을 짜는 기분이다. 우리는 제 손으로 발에 질긴 끈을 동여맸고, 험한 세상을 껑충껑충 2인 3각으로 뛰고 있는 중이다. 게다가 팔에는 오늘이 제일 가볍고 오늘이 제일 굼뜬 아기가 안겨 있다. 날마다 무럭무럭

성장하고 있다는 말이다. 정확한 구령에 발 맞춰 떼어도 제대로 갈 듯 말 듯한 상황이다. 그러니 "아아 어깨가 너무 아파서"라든지, "발목이 좀 이상한 것 같아" 같은 말은 절대 환영받지 못한다. 아픈 어깨나 이상한 발목을 가지고서도 계속 뛰거나 걸어야 하기 때문이다. 한 명이 처지는 동안 아프지 않은 사람이 그 몫을 대신해야 하는 것이 엄혹한 현실이다.

물론 과거 어느 순간 그 비슷한 질문에 우렁찬 대답을 했던 것 같기도 하다. 기쁠 때나 슬플 때나, 즐거울 때나 괴로울 때나 변치 않고 서로를 사랑하시겠습니까? 같은 질문 말이다. 인생을 채 알지 못했던 우리는 너무 어렸고, 그래서 두 눈 속에 서로밖에 보이지 않았다. 다가올 미래에 어떤 갈피들이 있을지 결코 알지 못했으므로 그리 소리 높여 대답할 수 있었다. 사람들의 웃음소리가 흩어지고 우리는 함께 행진을 시작한다. 하객들이 자리에서 일어나 박수를 친다. 여기저기에 손을 흔들고 눈을 맞추고 고개를 숙인다. 한 손으론 달의 팔짱을 끼고 남은 손으로 드레스 자락을 거머쥔다. 이렇게 긴 치맛자락은 처음이니까 제대로 즈려밟으며 넘어지는 일이 없도록 해야 한다. 어색하게 걸음걸이를 맞추며 웃음을 짓는다. 그러니까 그때부터 시작된 2인 3각이다.

'당신의 시시한 질병은 육아 순번의 면제 사유가 되지 못합니다.' 나는 인색하고 완고한 얼굴을 한다. 눈빛만큼은 삼엄한 출입국 사무소의 직원 못지 않다. '기각!' 내가 찍는 도장은 언제나 붉고 선명하다. 소비에트 연합의 분위기를 물씬 풍기고 있다. 문득 이반 데니소비치가 떠오른다. 그가 어디 있었더라? 그래, 수용소였다. 창문을 닫아도 성에가 끼고 속눈썹에도 살얼음이 어는 곳이다.

나와 달 사이의 온도도 그에 못지 않다. 우리 사이는 냉랭하고 서걱서걱하다. 그런 날엔 고되고 지친 몸을 데리고도 편히 잠들지 못한다. 어둠 속 이불을 조용히 끌어올리지만 방 안 가득 싸늘한 침묵이 고여 있다. 들숨과 날숨 그 자연스러운 소리도 신경이 쓰여 숨을 고르게 된다. 마음엔 원통함과 분노가 가시지 않는다. 그날의 화를 다음 날까지 넘기지 말라는 것은 좋은 조언이지만 그릇이 작은 나에게는 어려운 일이다. 그렇게 울렁거리는 마음을 다독이려 애쓰는데 그만 듣고야 만다. 내 옆에서 들려오는 조용하고 규칙적인 숨소리. 뭐야?

싶은데 곧 더욱 확실한 소리가 들린다. 달은 그르릉 그르릉 낮은 소리로 코를 골고 있다. 내가 너무했나? 하며 사그라들던 마음이 다시 굳는다. 결국 나무껍질처럼 딱딱해진 마음으로 잠에 들려 애를 쓴다.

내일은 또 내일의 해가 뜨고, 그러면 내일의 아기도 깨어난다. 육아라는 숭고한, 숭하고 고생스러운 길을 부상자를 끌고 2인 3각으로 걸어야 한다. 골고다, 골고다가 여기인가.


달이 아프다고 하면 나는 왜 화가 나는가. 홀로 자문해보다 깨닫는다. 나는 달에게 아빠의 모습을 투영하고 있었다. 아빠는 여간해서 아프다고 말하지 않는다. 기본적으로 건강한 체질인 듯싶고 어디가 아파도 사소한 것처럼 이야기하고 넘긴다. 그래서 하루 넘게 딸꾹질을 하면서도 출근을 한다. 그래, 그건 시트콤 에피소드처럼 웃긴 구석이 있었다. 그러면 배가 아플 때는? 역시 하루를 버티다 병원에 실려갔다. 이번엔 급성 맹장염이었다. 다시 생각을 더듬어보면서 깨닫는다. 당연한 말이지만 아빠가 무쇠 인간이나 무적은 아니었구나, 알게된다.

아빠는 수영장에서 힘차게 다이빙을 하다 코뼈가 부러져 수술을 한 적이 있다. 병문안을 간 기억 속 아빠는 코가 보이지 않도록 붕대를 둘둘 감고 있었다. 최근 들어선 손목이, 어깨가, 허리가 아프다고 말하기도 한다. 아픈 부위에 동전파스를 붙이기도 하고 물리치료를 받아야겠다며 병원에 다녀오고선 별것 아닌 주사에 몇만 원을 써 아깝다고도 말한다. 그렇다면 내 머릿속의 아빠가 아프지 않은 사람처럼 느껴지는 것은 왜일까? 아빠는 아파도 아빠의 일을 하고 끝내 책임을 다 하고야 만다. 그건 정말 대단한 일인데 평생을 그렇게 살아오니 내겐 인간의 기본 덕목이 되어 버렸다. 다들 그렇게 하는 거 아냐? 하며 눈을 비비고 일어나 세수를 하고선 휘청거리는 걸음으로 출근을 한다. 평생직장 시절의 사람이 IMF를 겪고서도 같은 태도로 살아간다. 그걸 보고 자란 나도 그렇게 산다. 지각하지 않고 결근도 하지 않으며 아침의 알람을 미뤄본 적은 손에 꼽는다. 그게 나란 사람을 병나게 만들었어도 태도는 쉽게 바뀌지 않았다.

그러니 어제는 어디가 편찮고 오늘은 어디가 불편하고 아마 내일은 또 어디가 시원찮을 저 사람의 말을

{ 나를 성실하게 만드는 사람 }

듣고 있노라면 하해와 같은 사랑으로 다독거릴 자신이
없다.

"그래? 그래. 알았어. 약 먹어"

어쩌면 매정하게 들릴 목소리로 답하게 된다. 아침
에 비비적거리며 일어나지 못하고 있는 모습을 바라보
며 전전긍긍하는 것은 이미 새벽녘에 일어난 나다. 빈속
에 커피를 안 들이킬 수 없다. 비틀거리는 저 어깨를 안
흘겨볼 수 없다. 아프다는 사람을 따스하게 바라보지 못
하는 것, 이건 옳은 행동인가? 물론 옳지 않다. 옳지 않
은 것을 아는데도 내 눈빛은 곱지가 않다. 사랑? 이 정
도면 이미 사랑 아닌가 싶다.

아빠는 엄마가 그 옛날 처음 운전 면허를 딸 때도,
한참을 묵혀놓은 면허로 다시 운전을 시작할 때도 자처
해서 연수를 해주었다. 그건 연애 시절 엄마에게 자전거
타기를 가르쳐준 것처럼 자연스럽고 친숙한 일이었다.
엄마가 실수를 하면 아빠는 혀를 차며 제대로 된 방법
을 일러주었고 그게 가르침과 배움의 전부였다. 높일 언
성도 뚝뚝 흐를 눈물도 없었기에 어리석게도 나는 모두
가 그렇게 배우는 줄 알았다. 곧 있을 도로주행 시험을
앞두고 운전석에 오르기 전까지 달도 내게 그런 가이드

를 해주리라 생각했다.

완전한 오산이었다. 한 코스를 다 돌아보기도 전 우리는 이미 마음이 상했다. 나는 나를 나무라는 거친 음성에 놀라고 말았다. 평소의 다정하고 살갑던 그 목소리는 다 어디로 갔나. 그러려면 왜 자기가 도와주겠다고 한 거지? 당황하면 할수록 실수는 거듭되었다.

"야, 내려. 내려."

"너랑 운전 연습 안 해. 절대 안 해."

두 문장은 동시에 튀어나왔다. 나는 속으로 이를 갈며 다짐했다. 내 이 수모를 갚고 말리라. 무엇으로? 합격으로. 다행히 필기, 기능, 도로주행 모두 탈락 없이 합격했다. 1종 보통 운전면허증을 거머쥐고서 제대로 으쓱거렸다. 좁은 오르막길에서 내려오는 트럭을 피해 후진하다 전봇대를 박기 전까지 말이다. 사람 아니니까 다행이다, 나는 조용히 나를 위로했다.

어느 시절의 나에게 "나중에 아빠 같은 사람 만날 거야?" 물었다면 나는 소스라치게 놀랐을 것이다. "아니, 절대, 안 만나" 답했을 것이다. 또 어떤 시절의 나에게 "아빠와 정반대의 사람은 어때?" 묻는다면 "그건 좀 그래, 우리 아빠에게도 좋은 점이 많지.” 답할 것이다. 아빠에게선 전혀 볼 수 없었던 새로운 면을 보고 달에게 끌렸다. 하지만 아빠와 몹시 다른 점 때문에 실망하고 미워한다. 내가 긍정으로 답하든 부정으로 답하든 내 안에 아빠의 그늘이 있음은 지울 수 없다. 아빠가 만들고 내가 키운 그늘, 그건 여전히 총총 드리워져 있다. 오늘의 나를 감싸고 있다.

달이 아프다고 하면

나는 왜 화가 나는가.

홀로 자문해보다 깨닫는다.

나는 달에게

아빠의 모습을 투영하고 있었다.

아빠는 여간해서

아프다고 말하지 않는다.

## 사랑한다는 말 없이도 알 수 있는

아빠와 단둘이는 라면 하나 끓여 먹기도 어색한 사이였다. 그러니 안부 전화는 손가락에 꼽을 정도 되었을까. 그러는 사이 기차역 앞에서 헤어지기 전 아빠가 쥐어주던 용돈을 이제 내가 드리는 나이가 되었다. 맛있는 것 사 드세요. 매번 같은 말을 하면서.

요즘 나는 매일 저녁 아빠에게 전화를 그것도 영상통화를 건다. 목욕을 마치고 저녁 맘마를 먹은 아기와 함께 화면 속 아빠가 등장하길 기다린다. 배부른 아기는 기분이 좋고 손자 얼굴을 보는 아빠도 행복해 보인다. 아기는 할아버지를 보면 손을 흔든다. 할아버지가 반갑

게 이름을 부르면 예도 아니고 네도 아닌 "아!"라고 대답한다. 처음 "아!"라는 대답을 했을 때 모두가 웃으며 계속 시킨 덕에 아기는 대답할 땐 아! 해야 하는 줄 안다. 할아버지를 보며 미끄럼틀에 올라가 흔들흔들 균형잡기 놀이도 한다. 화면 속 할아버지는 행여 손을 놓칠까, 발이 미끄러질까 걱정하고 있는데 아기는 실실 웃으며 미끄럼틀을 타고 넘는다. 가끔 할아버지의 얼굴에 손가락을 뻗어 콕 찍으면 할아버지는 어이쿠 소리를 내며 화면을 흔든다. 아기는 깔깔 웃는다.

내가 아기의 하루 일과를 읊으면 매일 같은 이야기인데도 아빠는 진지하게 듣는다. 날마다 통화하면서도 얼굴이 통통해졌다느니, 키가 큰 것 같다느니 하는 말을 한다. 그런 이야기는 아무리 해도 질리지 않는 모양으로 하는 아빠도 듣는 나도 그렇다. 아기가 화면 밖에서 열심히 노는 사이 우리는 슬쩍슬쩍 각자의 안부를 전하고 서로의 일상을 듣는다. 예전 같으면 상상도 못할 일이다. 아빠는 어땠는지 몰라도 나는 아빠의 안부에 큰 관심이 없었으니까. 특별한 계기가 있었던 것은 아닌데 어쩌다 보니 그렇게 되어버렸다. '각자 알아서 잘 살도록 해요. 무소식이 희소식이니까.' 나는 그런 태도로 일관했고 아빠도 나를 말리지 않았다. 아빠를 떠나온 지 오래될수록 더 자연스러워졌다. 대신 엄마를 통해 가끔 근황을 듣곤 했다. 어디가 아프고 어디를 가야 하고 무엇을 하려는지에 관한 이야기들은 엄마를 거쳐야만 도착했다. 내 이야기 역시 마찬가지였다. 아빠는 가끔 내가 고민하거나 어려워하던 일에 관해 묻곤 했으나 그건 시한이 한참 지난 이야기가 되어버렸다. 다 식어빠진 질문들을 받으면 답을 하기 전부터 맥이 빠졌다. 당연하겠지만 답도 건성건성 성의 없었다.

그러던 우리가 하루의 이야기를 나누고 있다. 오늘은 뭘 먹고 뭘 하고 놀고 산책은 어딜 다녀왔는지 시시콜콜한 이야기를 한다. 그러는 동안 아기는 장난감을 가지고 놀거나 책을 펼쳤다 접었다 하고 있다. 할아버지가 사준 공을 굴리기도 한다. 물론 침을 줄줄 흘리면서다. 안전 펜스를 잡고 게걸음을 연습하고 있으면 아빠는 나 어릴 적 이야기를 한다.

"너는 11개월 좀 지나서 걸었지. 혼자 비틀비틀 중심 잡으며 서려고 할 때, 박수 치며 오라고 하면 아빠 보고 걸어오더라."

그러더니 아기에게도 그렇게 시켜보라고 한다. 나

는 나대로 놀라운 이야기를 전한다.

"오늘 냉장고에서 오이소박이를 꺼내 담는데 그거 보고서 뭐라고 한 줄 알아? '악어'라고 외쳤어. 낮에 그림책에서 악어를 보긴 했는데 오이 보고 악어라고 할 줄이야. 진짜 놀랍지?"

악어와 오이의 공통점을 생각했다는 점이 너무 놀라워 나는 팔불출이 된다. 아빠, 아빠. 오이 보고 악어라고 했어. 악어라고 정확히 말했어. 여러 번 다시 물어도 이건 악어래. 저 멀리 오이보다 더 상큼한 향기가 밀려온다. 뭐라 다 할 수 없는 기쁨이 출렁이고 우리 얼굴엔 진심 어린 미소가 번진다.

아빠와 내가 이렇게 화합하여 웃는 날이 올 줄 진정 몰랐다. 우리 앞엔 반목의 골짜기, 냉소의 그늘, 체념의 구덩이만 존재하는 줄 알았다. 희망도 딱히 없으니 기대도 없었다. 아빠의 마음을 돌아보기에 내 삶이 더 바쁜데 뭐 하러 그걸 들여다보나, 흥. 손톱 거스러미 같은 복수심도 없었다면 거짓말이다. 생각나면 잡아 뜯고 뜯다 퉁퉁 붓는 마음이었다. 그러다 묻어둔 채 흉이 진 줄만 알았었는데 그게 스르르 누그러져 있다. 흔적만 희미하게 남아 있다.

늘 지난 시간을 곱씹으며 사무쳐 했던 내가 이제 시선을 돌려 다른 쪽을 본다. 우리가 해왔던 일들을 지나 해야 할 일들과 하고 싶은 일들을 생각한다. 그 거리를 어떻게 좁혀가며 살 수 있을지를 고민한다. 거기엔 적잖은 책임감이 출렁인다. 이제 쉽게 아파서도 안 된다. 다쳐서도 안 된다. 하물며 아기를 두고 세상을 일찍 등져서도 안 된다.

언젠가 엄마가 해준 이야기가 생각난다. 어린 나의 손톱을 깎아줄 때마다 엄마는 다짐했다고 한다. 내가 스스로 손톱을 잘 깎을 수 있을 때까지 건강하고 씩씩하게 나를 지켜줘야 한다고. 그도 제대로 못할 어린 나이에 행여 헤어지는 일이 있어서는 안 된다고. 그 비슷한 맹세를 나도 한다. 옥수수알보다 작은 아기의 손톱을 바라보며 한다. 그건 나뿐만이 아닌 모양이다. 어느 날 저녁, 평소처럼의 통화에서 아빠는 열심히 뭔가를 헤집는 아기를 보며 말한다. 무슨 말인지 알아듣지 못하는데도 진지하게 말한다.

"지금부터 할아버지는 하나도 안 늙을 거야. 너만 쑥쑥 자라서 할아버지랑 같이 축구도 하고 야구도 보러 가고 그러자.”

어떻게 이렇게 평범한 타이밍에 저런 이야기를 하지? 주름진 아빠의 얼굴이 화면 위로 흐려졌다. 프레임 밖에서 자꾸 솟는 눈물을 몰래 훔치며 나는 맞장구친다. 다 같이 야구장도 가고 파울볼도 잡고 그러자고. 소리 높여서 응원도 하고 박수와 함성 사이 맛있는 것도 먹고 마시자고 화답한다. 아기는 배를 깔고 엎드려 소파 아래 어둠을 훔치더니 우리의 대화를 들은 것마냥 공 하나를 찾아낸다. 자랑스레 움켜쥐고 화면에 들이밀며 소리친다.

“아! 아아!”

아빠도 나도 웃음을 터뜨린다. 이미 여기 외야석에 나란히 앉은 우리다. 같은 모자를 쓰고 같은 응원가를 따라 부르고 있다. 언젠가의 미래에 우리가 각기 다른 보폭으로 도달할 것을 믿는다. 아는 것도 다짐하는 것도 아닌 믿는 것. 그게 지금 내가 해야 할 일이다.

{ 나를 성실하게 만드는 사람 }

# 에필로그

다 지나왔다고 생각했지만 어떤 일들은 털어버리기 어렵다. 과거를 회상하며 원고를 쓰는 일은 물잔을 이리저리 기울여보고 휘휘 저어보는 행위에 가까웠다. 시점을 과거로 옮기면 잔 바닥에 깔린 것들이 떠올라 맴을 돌았다. 그걸 건져내 글의 재료로 삼으면서도 나는 때때로 키보드 위 손가락을 접었다. 머리만 쓱 쓸어넘기고 다시 글 속으로 돌아갈 때가 대부분이었지만 말없이 눈앞의 벽을 바라보며 눈물을 뚝뚝 흘릴 때도 있었다. '자기 글 읽으면서 우는 작가라니 진짜 자의식 넘치네'라는 생각과 '그래도 까페의 벽쪽 자리를 잡아서 다행이야'란 생각이 서로 엇갈렸다.

헤아릴 수 없을 만큼 많은 잔의 커피와 적당한 양의 맥주 그리고 몇몇의 작가들이 글쓰기 동료가 되어주었다. 〈내가 말하지 못한 모든 것〉의 에밀리 파인, 〈욕구들〉의 캐럴라인 냅 그리고 원고의 편집자가 되어주신 〈대체로 가난해서〉의 윤준가 작가님까지. 이들과 글을 사이에 두고 밀고 당기는 것은 함께 헤엄을 치는 것과도 비슷했다. 앞서가는 이를 따라 팔을 휘젓고 발을 구르는 동안 많은 영감과 눈물이 솟아올랐다. 조금 다른 공간과 시대, 경험을 사이에 두고서 배우고 느끼게 되는 것들이 있다. '그때 내가 왜 그랬을까?'에 대한 자책의 답이 되기도 하고, 나도 저렇게 살고 싶다는 희망의 빛이 되기도 한다. 차차로 배워나가는 하루들, 그게 나를 이곳까지 이끌었다. 발에 걸려드는 두려움들을 박차고 나서게 만들었다.

그러니 오늘도 내일도 멀리 깜박이는 등대의 불빛에 의지해 나아가고 싶다. 인생의 선배들과 삶을 보듬으며 어푸어푸 첨벙 헤엄치고 싶다. 그 바다는 몹시 따뜻할 것 같다.

# 다정한 얼룩

**어떤 남자들에 대하여**

초판 1쇄 인쇄 2022년 1월 10일
초판 1쇄 발행 2022년 1월 23일

지은이 한량
발행인 박효상
편집장 김현
기획·편집 장경희 김설아 하나래
시리즈 책임기획·편집 윤정아
디자인 이지선
마케팅 이태호 이전희
관리 김태옥

종이 월드페이퍼 | 인쇄·제본 예림인쇄 바인딩 | 출판등록 제10-1835호
펴낸 곳 사람in | 주소 04034 서울시 마포구 양화로11길 14-10(서교동) 3F
전화 02) 338-3555(代) | 팩스 02) 338-3545 | E-mail saramin@netsgo.com
Website www.saramin.com

ISBN 978-89-6049-935-5
      978-89-6049-909-6  04810 (세트)